P9-CKU-731

Milan Kundera

L'insoutenable légèreté de l'être

Traduit du tchèque
par François Kérel

Postface
de François Ricard

NOUVELLE ÉDITION
REVUE PAR L'AUTEUR

Gallimard

Milan Kundera est né en Tchécoslovaquie. En 1975, il s'installe en France.

PREMIÈRE PARTIE

LA LÉGÈRETÉ ET LA PESANTEUR

1

L'éternel retour est une idée mystérieuse et, avec elle, Nietzsche a mis bien des philosophes dans l'embarras : penser qu'un jour tout se répétera comme nous l'avons déjà vécu et que même cette répétition se répétera encore indéfiniment ! Que veut dire ce mythe loufoque ?

Le mythe de l'éternel retour affirme, par la négation, que la vie qui disparaît une fois pour toutes, qui ne revient pas, est semblable à une ombre, est sans poids, est morte d'avance, et fût-elle atroce, belle, splendide, cette atrocité, cette beauté, cette splendeur ne signifient rien. Il ne faut pas en tenir compte, pas plus que d'une guerre entre deux royaumes africains du XIVe siècle, qui n'a rien changé à la face du monde, bien que trois cent mille Noirs y aient trouvé la mort dans d'indescriptibles supplices.

Cela changera-t-il quelque chose à la guerre entre deux royaumes africains du XIVe siècle si elle se répète un nombre incalculable de fois dans l'éternel retour ?

Oui : elle deviendra un bloc qui se dresse et perdure, et sa stupidité sera sans rémission.

Si la Révolution française devait éternellement se répéter, l'historiographie française serait moins fière de Robespierre. Mais comme elle parle d'une chose qui ne reviendra pas, les années sanglantes ne sont plus que des mots, des théories, des discussions, elles sont plus légères qu'un duvet, elles ne font pas peur. Il y a une infinie différence entre un Robespierre qui n'est apparu qu'une seule fois dans l'histoire et un Robespierre qui reviendrait éternellement couper la tête aux Français.

Disons donc que l'idée de l'éternel retour désigne une perspective où les choses ne nous semblent pas telles que nous les connaissons : elles nous apparaissent sans la circonstance atténuante de leur fugacité. Cette circonstance atténuante nous empêche en effet de prononcer un quelconque verdict. Peut-on condamner ce qui est éphémère ? Les nuages orangés du couchant éclairent toute chose du charme de la nostalgie ; même la guillotine.

Il n'y a pas longtemps, je me suis surpris dans une sensation incroyable : en feuilletant un livre sur Hitler, j'étais ému devant certaines de ses photos ; elles me rappelaient le temps de mon enfance ; je l'ai vécu pendant la guerre ; plusieurs membres de ma famille ont trouvé la mort dans des camps de concentration nazis ; mais qu'était leur mort auprès de cette photographie d'Hitler qui me rappelait un temps révolu de ma vie, un temps qui ne reviendrait pas ?

Cette réconciliation avec Hitler trahit la profonde perversion morale inhérente à un monde fondé essentiellement sur l'inexistence du retour, car dans ce monde-là tout est d'avance pardonné et tout y est donc cyniquement permis.

2

Si chaque seconde de notre vie doit se répéter un nombre infini de fois, nous sommes cloués à l'éternité comme Jésus-Christ à la croix. Cette idée est atroce. Dans le monde de l'éternel retour, chaque geste porte le poids d'une insoutenable responsabilité. C'est ce qui faisait dire à Nietzsche que l'idée de l'éternel retour est le plus lourd fardeau (*das schwerste Gewicht*).

Si l'éternel retour est le plus lourd fardeau, nos vies, sur cette toile de fond, peuvent apparaître dans toute leur splendide légèreté.

Mais la pesanteur est-elle vraiment atroce et belle la légèreté ?

Le plus lourd fardeau nous écrase, nous fait ployer sous lui, nous presse contre le sol. Mais dans la poésie amoureuse de tous les siècles, la femme désire recevoir le fardeau du corps mâle. Le plus lourd fardeau est donc en même temps l'image du plus intense accomplissement vital. Plus lourd est le fardeau, plus notre vie est proche de la terre, et plus elle est réelle et vraie.

En revanche, l'absence totale de fardeau fait que l'être humain devient plus léger que l'air, qu'il s'envole, qu'il s'éloigne de la terre, de l'être terrestre, qu'il n'est plus qu'à demi réel et que ses mouvements sont aussi libres qu'insignifiants.

Alors, que choisir ? La pesanteur ou la légèreté ?

15

C'est la question que s'est posée Parménide au
VIᵉ siècle avant Jésus-Christ. Selon lui, l'univers est
divisé en couples de contraires : la lumière-l'obscurité ; l'épais-le fin ; le chaud-le froid ; l'être-le non-
être. Il considérait qu'un des pôles de la contradiction
est positif (le clair, le chaud, le fin, l'être), l'autre
négatif. Cette division en pôles positif et négatif peut
nous paraître d'une puérile facilité. Sauf dans un cas :
qu'est-ce qui est positif, la pesanteur ou la légèreté ?

Parménide répondait : le léger est positif, le lourd
est négatif. Avait-il ou non raison ? C'est la question.
Une seule chose est certaine. La contradiction lourd-
léger est la plus mystérieuse et la plus ambiguë de
toutes les contradictions.

3

Il y a bien des années que je pense à Tomas. Mais c'est à la lumière de ces réflexions que je l'ai vu clairement pour la première fois. Je l'ai vu, debout à une fenêtre de son appartement, les yeux fixés de l'autre côté de la cour sur le mur de l'immeuble d'en face, et il ne savait pas ce qu'il devait faire.

Il avait fait connaissance avec Tereza environ trois semaines plus tôt dans une petite ville de Bohême. Ils avaient passé une heure à peine ensemble. Elle l'avait accompagné à la gare et elle avait attendu avec lui jusqu'au moment où il était monté dans le train. Une dizaine de jours plus tard, elle vint le voir à Prague. Ils firent l'amour le jour même. Dans la nuit, elle eut un accès de fièvre et elle passa chez lui toute une semaine avec la grippe.

Il éprouva alors un inexplicable amour pour cette fille qui lui était presque inconnue. Il lui semblait que c'était un enfant qu'on avait déposé dans une corbeille enduite de poix et lâché sur les eaux d'un fleuve pour qu'il le recueille sur la berge de son lit.

Elle resta chez lui une semaine puis, une fois rétablie, elle retourna dans la ville où elle habitait, à deux cents kilomètres de Prague. Et c'est ici que se situe le moment dont je viens de parler et où je vois la clé de la vie de Tomas : il est debout à la fenêtre, les yeux fixés de l'autre côté de la cour sur le mur de l'immeuble d'en face, et il réfléchit :

Faut-il lui proposer de venir s'installer à Prague ? Cette responsabilité l'effraie. Qu'il l'invite chez lui maintenant, elle viendra le rejoindre pour lui offrir toute sa vie.

Ou bien, faut-il renoncer ? Dans ce cas, Tereza restera serveuse de brasserie dans un trou de province, et il ne la reverra jamais.

Veut-il qu'elle le rejoigne, oui ou non ?

Il regarde dans la cour, les yeux fixés sur le mur d'en face, et cherche une réponse.

Il revient, encore et toujours, à l'image de cette femme couchée sur son divan ; elle ne lui rappelait personne de sa vie d'autrefois. Ce n'était ni une maîtresse ni une épouse. C'était un enfant qu'il avait sorti d'une corbeille enduite de poix et qu'il avait posé sur la berge de son lit. Elle s'était endormie. Il s'agenouilla près d'elle. Son haleine fiévreuse s'accélérait et il entendit un faible gémissement. Il pressa son visage contre le sien et lui chuchota des mots rassurants dans son sommeil. Au bout d'un instant, il lui sembla qu'elle respirait plus calmement et que son visage se soulevait machinalement vers le sien. Il sentait à ses lèvres l'odeur un peu âcre de la fièvre et il l'aspirait comme s'il avait voulu s'imprégner de l'intimité de son corps. Alors il imagina qu'elle était chez lui depuis de longues années et qu'elle était mourante. Soudain, il lui parut évident qu'il ne survivrait pas à sa mort. Il s'allongerait à côté d'elle pour mourir avec elle. Mû par cette vision, il enfouit son visage contre le sien dans l'oreiller et resta longtemps ainsi.

A présent, il est debout à la fenêtre et il invoque cet instant. Qu'était-ce, sinon l'amour, qui était ainsi venu se faire connaître ?

Mais était-ce l'amour ? Il s'était persuadé qu'il voulait mourir à côté d'elle, et ce sentiment était manifestement excessif : il la voyait alors pour la deuxième fois de sa vie ! N'était-ce pas plutôt la réaction hystérique d'un homme qui, comprenant en son for intérieur son inaptitude à l'amour, commençait à se jouer à lui-même la comédie de l'amour ? En même temps, son subconscient était si lâche qu'il choisissait pour sa comédie cette pauvre serveuse de province qui n'avait pratiquement aucune chance d'entrer dans sa vie !

Il regardait les murs sales de la cour et comprenait qu'il ne savait pas si c'était de l'hystérie ou de l'amour.

Et, dans cette situation où un homme vrai aurait pu immédiatement agir, il se reprochait d'hésiter et de priver ainsi le plus bel instant de sa vie (il est à genoux au chevet de la jeune femme, persuadé de ne pouvoir survivre à sa mort) de toute signification.

Il s'accablait de reproches, mais il finit par se dire que c'était au fond bien normal qu'il ne sût pas ce qu'il voulait :

L'homme ne peut jamais savoir ce qu'il faut vouloir car il n'a qu'une vie et il ne peut ni la comparer à des vies antérieures ni la rectifier dans des vies ultérieures.

Vaut-il mieux être avec Tereza ou rester seul ?

19

Il n'existe aucun moyen de vérifier quelle décision est la bonne car il n'existe aucune comparaison. Tout est vécu tout de suite pour la première fois et sans préparation. Comme si un acteur entrait en scène sans avoir jamais répété. Mais que peut valoir la vie, si la première répétition de la vie est déjà la vie même ? C'est ce qui fait que la vie ressemble toujours à une esquisse. Mais même « esquisse » n'est pas le mot juste, car une esquisse est toujours l'ébauche de quelque chose, la préparation d'un tableau, tandis que l'esquisse qu'est notre vie est une esquisse de rien, une ébauche sans tableau.

Tomas se répète le proverbe allemand : *einmal ist keinmal,* une fois ne compte pas, une fois c'est jamais. Ne pouvoir vivre qu'une vie, c'est comme ne pas vivre du tout.

4

Mais un jour, pendant une pause entre deux opérations, une infirmière l'avertit qu'on le demandait au téléphone. Il entendit la voix de Tereza dans l'écouteur. Elle l'appelait de la gare. Il se réjouit. Malheureusement, il était pris ce soir-là, et il ne l'invita chez lui que pour le lendemain. Dès qu'il eut raccroché, il se reprocha de ne pas lui avoir dit de venir tout de suite. Il avait encore le temps de décommander son rendez-vous ! Il se demandait ce que Tereza allait faire à Prague pendant les longues trente-six heures qui restaient jusqu'à leur rencontre et il avait envie de prendre sa voiture et de partir à sa recherche dans les rues de la ville.

Elle arriva le lendemain soir. Elle avait un sac en bandoulière au bout d'une longue courroie, il la trouva plus élégante que la dernière fois. Elle tenait un gros livre à la main ; *Anna Karénine* de Tolstoï. Elle avait des façons joviales, un peu bruyantes même, et s'efforçait de lui montrer qu'elle était passée tout à fait par hasard, à cause d'une circonstance particulière : elle était à Prague pour des motifs professionnels, peut-être (ses propos étaient très vagues) en quête d'un nouvel emploi.

Ensuite, ils se retrouvèrent allongés côte à côte, nus et épuisés sur le divan. Il faisait déjà nuit. Il lui demanda où elle logeait, il voulait la raccompagner en voiture.

Elle répondit d'un air gêné qu'elle allait se chercher un hôtel et qu'elle avait déposé sa valise à la consigne.

La veille encore, il craignait qu'elle ne vînt lui offrir toute sa vie s'il l'invitait chez lui à Prague. Maintenant, en l'entendant lui annoncer que sa valise était à la consigne, il se dit qu'elle avait mis sa vie dans cette valise et qu'elle l'avait déposée à la gare avant de la lui offrir.

Il monta avec elle dans sa voiture en stationnement devant l'immeuble, alla à la gare, retira la valise (elle était grosse et énormément lourde) et la ramena chez lui avec Tereza.

Comment se fait-il qu'il se soit décidé si vite, alors qu'il avait hésité pendant près de quinze jours et qu'il ne lui avait même pas envoyé une carte postale ?

Il en était lui-même surpris. Il agissait contre ses principes. Voici dix ans, quand il avait divorcé d'avec sa première femme, il avait vécu son divorce dans une atmosphère de liesse, comme d'autres célèbrent leur mariage. Il avait alors compris qu'il n'était pas né pour vivre aux côtés d'une femme, quelle qu'elle fût, et qu'il ne pouvait être vraiment lui-même que célibataire. Il s'efforçait donc soigneusement d'agencer le système de sa vie de telle sorte qu'une femme ne pût jamais venir s'installer chez lui avec une valise. Aussi n'avait-il qu'un divan. Bien que ce fût un assez large divan, il affirmait à ses compagnes qu'il était incapable de s'endormir près de quelqu'un d'autre sur une couche commune et il les reconduisait toutes chez elles après minuit. D'ailleurs, la première fois, quand Tereza resta chez lui avec la grippe, il ne dormit pas

22

avec elle. Il passa la première nuit dans un grand fauteuil, et les nuits suivantes il alla à l'hôpital où son cabinet de consultation était équipé d'une chaise longue qu'il utilisait en service de nuit.

Pourtant, cette fois-ci, il s'endormit près d'elle. Au matin, quand il se réveilla, il constata que Tereza qui dormait encore lui tenait la main. S'étaient-ils tenus comme ça par la main toute la nuit ? Ça lui semblait difficilement croyable.

Elle respirait profondément dans son sommeil, elle le tenait par la main (fermement, il n'arrivait pas à se dégager de son étreinte) et l'énormément lourde valise était posée à côté du lit.

Il n'osait pas dégager sa main de son étreinte de peur de la réveiller, et il se tourna très prudemment sur le côté pour pouvoir mieux l'observer.

Encore une fois, il se dit que Tereza était un enfant qu'on avait mis dans une corbeille enduite de poix et qu'on avait lâché au fil de l'eau. Peut-on laisser dériver sur les eaux furieuses d'un fleuve la corbeille qui abrite un enfant ! Si la fille de Pharaon n'avait pas retiré des eaux la corbeille du petit Moïse, il n'y aurait pas eu l'Ancien Testament et toute notre civilisation ! Au début de tant de mythes anciens, il y a quelqu'un qui sauve un enfant abandonné. Si Polybe n'avait recueilli le petit Œdipe, Sophocle n'aurait pas écrit sa plus belle tragédie !

Tomas ne savait pas, alors, que les métaphores sont une chose dangereuse. On ne badine pas avec les métaphores. L'amour peut naître d'une seule métaphore.

5

Il avait vécu deux ans à peine avec sa première femme et il en avait eu un fils. Dans le jugement de divorce, le juge confia l'enfant à la mère et condamna Tomas à leur verser le tiers de son salaire. Il lui garantit en même temps qu'il pourrait voir son fils deux fois par mois.

Mais chaque fois qu'il devait aller le voir, la mère remettait le rendez-vous. S'il leur avait fait de somptueux cadeaux, il aurait certainement pu le voir plus facilement. Il comprit qu'il devait payer à la mère l'amour de son fils, et payer d'avance. Il s'imaginait voulant plus tard inculquer à son fils ses idées qui étaient en tout point opposées à celles de la mère. Rien que d'y penser, il en était déjà fatigué. Un dimanche où la mère l'avait encore une fois empêché à la dernière minute de sortir avec son fils, il décida qu'il ne le verrait plus jamais de sa vie.

D'ailleurs, pourquoi se serait-il attaché à cet enfant plutôt qu'à un autre ? Il n'était lié à lui par rien, sauf par une nuit imprudente. Il verserait scrupuleusement l'argent, mais qu'on n'aille pas, au nom d'on ne sait quels sentiments paternels, lui demander de se battre pour ses droits de père !

Evidemment, personne n'était prêt à accepter pareil raisonnement. Ses propres parents le condamnèrent et déclarèrent que si Tomas refusait de s'intéresser à son fils, eux-mêmes, les parents de Tomas, cesseraient aussi de s'intéresser au leur. Aussi continuaient-ils d'entretenir avec leur bru des rapports d'une ostentatoire cordialité, se vantant auprès de leur entourage de leur attitude exemplaire et de leur sens de la justice.

En peu de temps, il réussit donc à se débarrasser d'une épouse, d'un fils, d'une mère et d'un père. Ne lui en restait en héritage que la peur des femmes. Il les désirait, mais les craignait. Entre la peur et le désir, il fallait trouver un compromis ; c'était ce qu'il appelait « l'amitié érotique ». Il affirmait à ses maîtresses : seule une relation exempte de sentimentalité, où aucun des partenaires ne s'arroge de droits sur la vie et la liberté de l'autre, peut apporter le bonheur à tous les deux.

Pour avoir la certitude que l'amitié érotique ne cède jamais à l'agressivité de l'amour, il ne voyait chacune de ses maîtresses permanentes qu'à de très longs intervalles. Il tenait cette méthode pour parfaite et en faisait l'éloge à ses amis : « Il faut observer la règle de trois. On peut voir la même femme à des intervalles très rapprochés, mais alors jamais plus de trois fois. Ou bien on peut la fréquenter pendant de longues années, mais à condition seulement de laisser passer au moins trois semaines entre chaque rendez-vous. »

Ce système offrait à Tomas la possibilité de ne pas rompre avec ses maîtresses permanentes et d'avoir en même temps beaucoup de maîtresses éphémères. Il n'était pas toujours compris. De toutes ses amies, c'était Sabina qui le comprenait le mieux. Elle était peintre. Elle disait : « Je t'aime bien, parce que tu es tout le contraire du kitsch. Au royaume du kitsch, tu serais un monstre. Il n'existe aucun scénario de film américain ou de film russe où tu pourrais être autre chose qu'un cas répugnant. »

Ce fut donc à Sabina qu'il demanda de l'aider à trouver du travail à Prague pour Tereza. Comme l'exigeaient les règles non écrites de l'amitié érotique, elle lui promit de faire ce qu'elle pourrait et, effectivement, elle ne tarda pas à découvrir une place dans le laboratoire de photo d'un hebdomadaire. Cet emploi n'exigeait pas de qualification particulière mais il éleva Tereza du statut de serveuse à celui de personnel de presse. Sabina vint elle-même la présenter à la rédaction, et Tomas se dit alors qu'il n'avait jamais eu de meilleure amie.

6

La convention non écrite de l'amitié érotique impliquait que l'amour fût exclu de la vie de Tomas. Eût-il enfreint cette condition, ses autres maîtresses se seraient aussitôt retrouvées dans une position inférieure et se seraient révoltées.

Il procura donc à Tereza un studio en sous-location où elle dut emporter sa lourde valise. Il voulait veiller sur elle, la protéger, se réjouir de sa présence, mais il n'éprouvait nul besoin de changer sa façon de vivre. Aussi ne voulait-il pas qu'on pût savoir qu'elle dormait chez lui. Le sommeil partagé était le corps du délit de l'amour.

Avec les autres femmes, il ne dormait jamais. Quand il allait les voir chez elles, c'était facile, il pouvait partir quand il voulait. C'était plus délicat quand elles venaient chez lui et qu'il devait leur expliquer qu'il les raccompagnerait chez elles après minuit car il souffrait d'insomnie et ne parvenait pas à s'endormir près de quelqu'un. Ce n'était pas loin de la vérité, mais la raison principale était pire et il n'osait l'avouer à ses compagnes : dans l'instant qui suivait l'amour, il éprouvait un insurmontable désir de rester seul. Il lui était désagréable de se réveiller en pleine nuit à côté d'un être étranger ; le lever matinal du couple lui répugnait ; il n'avait pas envie qu'on l'entendît se brosser les dents dans la salle de bains et l'intimité du petit déjeuner à deux ne le tentait pas.

C'est pourquoi il fut tellement surpris quand il se réveilla et que Tereza le tenait fermement par la main ! Il la regardait et il avait peine à comprendre ce qui lui était arrivé. Il évoquait les heures qui venaient de s'écouler et il croyait y respirer le parfum d'un bonheur inconnu.

Depuis, tous deux se réjouissaient d'avance du sommeil partagé. Je serais presque tenté de dire que, pour eux, le but de l'acte d'amour n'était pas la volupté mais le sommeil qui lui succédait. Elle, surtout, ne pouvait dormir sans lui. S'il lui arrivait de rester seule dans son studio (qui n'était de plus en plus qu'un alibi), elle ne pouvait fermer l'œil de la nuit. Dans ses bras, même au comble de l'agitation, elle s'assoupissait toujours. Il lui racontait à mi-voix des contes qu'il inventait pour elle, des riens, des mots rassurants ou drôles qu'il répétait d'un ton monotone. Dans la tête de Tereza, ces mots se muaient en visions confuses qui la menaient au premier rêve. Il avait tout pouvoir sur son sommeil et elle s'endormait à la seconde qu'il avait choisie.

Quand ils dormaient, elle le tenait comme la première nuit : elle serrait fermement son poignet, un de ses doigts, ou sa cheville. Quand il voulait s'éloigner sans la réveiller, il devait agir avec ruse. Il dégageait son doigt (son poignet, sa cheville) de son étreinte, ce qui la réveillait toujours à demi, car elle le surveillait attentivement jusque dans le sommeil. Pour la calmer il lui glissait dans la main, à la place de son poignet, un objet quelconque (un pyjama roulé en boule, une pantoufle, un livre) qu'elle serrait ensuite énergiquement comme si c'était une partie de son corps.

Un jour qu'il venait de l'endormir et qu'elle était dans l'antichambre du premier sommeil où elle pouvait encore répondre à ses questions, il lui dit : « Bon ! Maintenant, je m'en vais. — Où ça ? demanda-t-elle. — Je sors, dit-il d'une voix sévère. — Je vais avec toi ! dit-elle en se dressant sur le lit. — Non, je ne veux pas. Je pars pour toujours », dit-il, et il sortit de la chambre dans l'entrée. Elle se leva et le suivit dans l'entrée en clignant des yeux. Elle ne portait qu'une courte chemisette sous laquelle elle était nue. Son visage était immobile, sans expression, mais ses mouvements étaient énergiques. De l'entrée, il sortit dans le couloir (le couloir commun de l'immeuble de rapport) et ferma la porte devant elle. Elle l'ouvrit d'un geste brusque et le suivit, persuadée dans son demi-sommeil qu'il voulait partir pour toujours et qu'elle devait le retenir. Il descendit un étage, s'arrêta sur le palier et l'attendit. Elle l'y rejoignit, le saisit par la main et le ramena près d'elle, dans le lit.

Tomas se disait : coucher avec une femme et dormir avec elle, voilà deux passions non seulement différentes mais presque contradictoires. L'amour ne se manifeste pas par le désir de faire l'amour (ce désir s'applique à une innombrable multitude de femmes) mais par le désir du sommeil partagé (ce désir-là ne concerne qu'une seule femme).

7

Au milieu de la nuit, elle se mit à gémir dans son sommeil. Tomas la réveilla, mais en apercevant son visage elle dit avec haine : « Va-t'en ! Va-t'en ! » Puis elle lui raconta son rêve : ils étaient tous les deux quelque part avec Sabina. Dans une chambre immense. Il y avait un lit au milieu, on aurait dit la scène d'un théâtre. Tomas lui ordonna de rester dans un coin et il fit l'amour devant elle avec Sabina. Elle regardait, et ce spectacle lui causait une souffrance insupportable. Pour étouffer la douleur de l'âme sous la douleur physique, elle s'enfonçait des aiguilles sous les ongles. « Ça faisait atrocement mal ! » dit-elle, serrant les poings comme si ses mains avaient été réellement meurtries.

Il la prit dans ses bras et lentement (elle n'en finissait pas de trembler) elle s'endormit dans son étreinte.

Le lendemain, en pensant à ce rêve, il se souvint de quelque chose. Il ouvrit son bureau et sortit un paquet de lettres de Sabina. Au bout d'un instant, il trouva le passage que voici : « Je voudrais faire l'amour avec toi dans mon atelier comme sur une scène de théâtre. Il y aurait des gens tout autour et ils n'auraient pas le droit de s'approcher. Mais ils ne pourraient pas nous quitter des yeux... »

Le pire, c'était que la lettre était datée. C'était une lettre récente, écrite alors que Tereza habitait depuis longtemps chez Tomas.

Il s'emporta : « Tu as fouillé dans mes lettres ! »

Sans chercher à nier, elle dit : « Eh bien ! Flanque-moi à la porte ! »

Mais il ne la flanqua pas à la porte. Il la voyait, là, qui s'enfonçait des aiguilles sous les ongles, plaquée contre le mur de l'atelier de Sabina. Il prit ses doigts dans ses mains, les caressa, les porta à ses lèvres et les baisa comme s'il y était resté des traces de sang.

Mais, à partir de ce moment-là, tout parut conspirer contre lui. Il ne se passait pratiquement pas de jour sans qu'elle apprît quelque chose de nouveau sur ses aventures clandestines.

D'abord, il niait tout. Quand les preuves étaient trop criantes, il tentait de démontrer qu'il n'y avait aucune contradiction entre sa vie polygame et son amour pour Tereza. Il n'était pas conséquent : tantôt il niait ses infidélités, tantôt il les justifiait.

Un jour, il téléphonait à une amie pour prendre rendez-vous. Quand la communication fut terminée, il entendit un bruit bizarre dans la pièce voisine, comme un claquement de dents entrechoquées.

Elle était venue chez lui par hasard et il n'en savait rien. Elle tenait à la main un flacon de calmant, buvait au goulot et, comme sa main tremblait, le verre du flacon cognait sur ses dents.

Il s'élança vers elle comme pour la sauver de la noyade. Le flacon de valériane tomba et fit une grosse tache sur le tapis. Elle se débattait, elle voulait lui échapper, et il la maintint pendant un quart d'heure comme dans une camisole de force, jusqu'à ce qu'elle fût calmée.

Il savait qu'il se trouvait dans une situation injustifiable parce que fondée sur une totale inégalité :

Bien avant qu'elle n'eût découvert sa correspondance avec Sabina ils étaient allés ensemble dans un cabaret avec quelques amis. Ils célébraient la nouvelle place de Tereza. Elle avait quitté le laboratoire de photo et était devenue photographe au magazine. Comme il n'aimait pas danser, un de ses jeunes collègues de l'hôpital s'occupait de Tereza. Ils glissaient magnifiquement sur la piste et Tereza paraissait plus belle que jamais. Il était stupéfait de voir avec quelle précision et quelle docilité elle devançait d'une fraction de seconde la volonté de son partenaire. Cette danse semblait proclamer que son dévouement, son ardent désir de faire ce qu'elle lisait dans les yeux de Tomas, n'étaient pas nécessairement liés à la personne de Tomas, mais étaient prêts à répondre à l'appel de n'importe quel homme qu'elle eût rencontré. Il n'était rien de plus facile que d'imaginer Tereza et ce jeune collègue amants. C'était même cette facilité avec laquelle il pouvait les imaginer ainsi qui le blessait ! Le corps de Tereza était parfaitement pensable dans l'étreinte amoureuse avec n'importe quel corps mâle, et cette idée le mit de mauvaise humeur. Tard dans la nuit, quand ils furent de retour, il lui avoua qu'il était jaloux.

Cette absurde jalousie, née d'une possibilité toute théorique, était la preuve qu'il tenait sa fidélité pour une condition sine qua non. Mais alors, comment pouvait-il lui en vouloir d'être jalouse de ses maîtresses tout à fait réelles ?

8

Le jour elle s'efforçait (mais sans y parvenir vraiment) de croire ce que disait Tomas et d'être gaie comme elle l'avait toujours été jusqu'ici. Mais la jalousie, domptée le jour, se manifestait encore plus violemment dans ses rêves qui s'achevaient toujours par un gémissement qu'il ne pouvait interrompre qu'en la réveillant.

Ses rêves se répétaient comme des thèmes à variations ou comme les épisodes d'un feuilleton télévisé. Un rêve qui revenait souvent, par exemple, c'était le rêve des chats qui lui sautaient au visage et lui plantaient leurs griffes dans la peau. A vrai dire, ce rêve peut facilement s'expliquer : en tchèque, chat est une expression d'argot qui désigne une jolie fille. Tereza se sentait menacée par les femmes, par toutes les femmes. Toutes les femmes étaient les maîtresses potentielles de Tomas, et elle en avait peur.

Dans un autre cycle de rêves, on l'envoyait à la mort. Une nuit qu'il l'avait réveillée hurlante de terreur, elle lui raconta ce rêve : « C'était une grande piscine couverte. On était une vingtaine. Rien que des femmes. On était toutes complètement nues et on devait marcher au pas autour du bassin. Il y avait un grand panier suspendu sous le plafond, et dedans il y avait un type. Il portait un chapeau à larges bords qui dissimulait son visage, mais je savais que c'était toi.

33

Tu nous donnais des ordres. Tu criais. Il fallait qu'on chante en défilant et qu'on fléchisse les genoux. Quand une femme ratait sa flexion, tu lui tirais dessus avec un revolver et elle tombait morte dans le bassin. A ce moment-là, toutes les autres éclataient de rire et elles se mettaient à chanter encore plus fort. Et toi, tu ne nous quittais pas des yeux, et si l'une d'entre nous faisait un mouvement de travers tu l'abattais. Le bassin était plein de cadavres qui flottaient au ras de l'eau. Et moi, je savais que je n'avais plus la force de faire ma prochaine flexion et que tu allais me tuer ! »

Le troisième cycle de rêves racontait ce qu'il lui arrivait, une fois morte.

Elle gisait dans un corbillard grand comme un camion de déménagement. Autour d'elle, il n'y avait que des cadavres de femmes. Il y en avait tellement qu'il fallait laisser la porte arrière ouverte et que des jambes dépassaient.

Tereza hurlait : « Voyons ! Je ne suis pas morte ! J'ai encore toutes mes sensations ! »

— Nous aussi, on a toutes nos sensations », ricanaient les cadavres.

Elles avaient exactement le même rire que les femmes vivantes qui lui disaient autrefois avec plaisir qu'elle aurait les dents gâtées, les ovaires malades et des rides et que c'était tout à fait normal puisqu'elles avaient, elles aussi, les dents gâtées, les ovaires malades et des rides. Avec le même rire, elles lui expliquaient maintenant qu'elle était morte et que tout était en ordre.

Tout à coup, elle eut envie de faire pipi. Elle

s'écria : « Mais puisque j'ai envie de faire pipi ! C'est la preuve que je ne suis pas morte ! »

De nouveau, elles rirent aux éclats : « C'est normal, que tu aies envie de faire pipi ! Toutes ces sensations te resteront encore longtemps. C'est comme les gens qu'on a amputés d'une main, ils la sentent encore longtemps après. Nous autres on n'a plus d'urine, et pourtant on a toujours envie de pisser. »

Tereza se serrait contre Tomas dans le lit : « Et elles me tutoyaient toutes, comme si elles me connaissaient depuis toujours, comme si c'étaient mes camarades, et moi j'avais peur d'être obligée de rester avec elles pour toujours ! »

9

Toutes les langues issues du latin forment le mot *compassion* avec le préfixe « com- » et la racine « passio » qui, originellement, signifie « souffrance ». Dans d'autres langues, par exemple en tchèque, en polonais, en allemand, en suédois, ce mot se traduit par un substantif formé avec un préfixe équivalent suivi du mot « sentiment » (en tchèque : sou-cit ; en polonais : wspol-czucie ; en allemand : Mit-gefühl ; en suédois : med-känsla).

Dans les langues dérivées du latin le mot compassion signifie que l'on ne peut regarder d'un cœur froid la souffrance d'autrui ; autrement dit : on a de la sympathie pour celui qui souffre. Un autre mot, qui a à peu près le même sens, *pitié* (en anglais pity, en italien pietà, etc.), suggère même une sorte d'indulgence envers l'être souffrant. Avoir de la pitié pour une femme, c'est être mieux loti qu'elle, c'est s'incliner, s'abaisser jusqu'à elle.

C'est pourquoi le mot compassion inspire généralement la méfiance ; il désigne un sentiment considéré comme de second ordre qui n'a pas grand-chose à voir avec l'amour. Aimer quelqu'un par compassion, ce n'est pas l'aimer vraiment.

Dans les langues qui forment le mot compassion non pas avec la racine « passio — souffrance » mais avec le substantif « sentiment », le mot est employé à peu près dans le même sens, mais on peut difficilement dire qu'il désigne un sentiment mauvais ou médiocre. La force secrète de son étymologie baigne le mot d'une autre lumière et lui donne un sens plus large : avoir de la compassion (co-sentiment), c'est pouvoir vivre avec l'autre son malheur mais aussi sentir avec lui n'importe quel autre sentiment : la joie, l'angoisse, le bonheur, la douleur. Cette compassion-là (au sens de soucit, wspolczucie, Mitgefühl, medkänsla) désigne donc la plus haute capacité d'imagination affective, l'art de la télépathie des émotions. Dans la hiérarchie des sentiments, c'est le sentiment suprême.

Quand Tereza rêvait qu'elle s'enfonçait des aiguilles sous les ongles, elle se trahissait, révélant ainsi à Tomas qu'elle fouillait en cachette dans ses tiroirs. Si une autre femme lui avait fait ça, jamais plus il ne lui aurait adressé la parole. Parce que Tereza le savait, elle lui dit : « Flanque-moi à la porte ! » Or, non seulement il ne la flanqua pas à la porte, mais il lui saisit la main et lui baisa le bout des doigts car, à ce moment-là, il sentait lui-même la douleur qu'elle éprouvait sous les ongles, comme si les nerfs des doigts de Tereza avaient été reliés directement à son propre cerveau.

Celui qui ne possède pas le don diabolique de la compassion (co-sentiment) ne peut que condamner froidement le comportement de Tereza, car la vie privée de l'autre est sacrée et on n'ouvre pas les tiroirs où il range sa correspondance personnelle. Mais parce que la compassion était devenue le destin (ou la malédiction) de Tomas, il lui semblait que c'était lui-même qui s'était alors agenouillé devant le tiroir ouvert de son bureau et qui ne parvenait pas à détacher les yeux des phrases tracées de la main de Sabina. Il comprenait Tereza, et non seulement il était incapable de lui en vouloir mais il l'en aimait encore davantage.

10

De plus en plus, elle avait des gestes brusques et incohérents. Voilà deux ans qu'elle avait découvert ses infidélités et tout allait de mal en pis. C'était sans issue.

Comment ! Ne pouvait-il en finir avec ses amitiés érotiques ? Non. Ça l'aurait déchiré. Il n'avait pas la force de maîtriser son appétit d'autres femmes. Et puis, ça lui paraissait inutile. Nul ne savait mieux que lui que ses aventures ne faisaient courir aucun risque à Tereza. Pourquoi s'en serait-il privé ? Cette éventualité lui semblait tout aussi absurde que de renoncer à aller aux matches de football.

Mais pouvait-on encore parler de plaisir ? Dès qu'il partait rejoindre une de ses maîtresses, il éprouvait de l'aversion pour elle et il se jurait qu'il la verrait pour la dernière fois. Il avait l'image de Tereza devant les yeux, et il fallait vite qu'il se soûle pour ne plus penser à elle. Depuis qu'il la connaissait, il ne pouvait pas coucher avec d'autres sans le secours de l'alcool ! Mais l'haleine marquée par l'alcool était justement l'indice auquel Tereza découvrait encore plus facilement ses infidélités.

Le piège s'était refermé sur lui : aussitôt qu'il allait les rejoindre, il n'en avait plus envie, mais qu'il fût un jour sans elles, il composait un numéro de téléphone pour prendre rendez-vous.

C'était encore chez Sabina qu'il se sentait le mieux, car il savait qu'elle était discrète et qu'il n'avait pas à craindre d'être découvert. Dans l'atelier flottait comme un souvenir de sa vie passée, sa vie idyllique de célibataire.

Il ne se rendait peut-être même pas compte lui-même à quel point il avait changé : il avait peur de rentrer tard chez lui parce que Tereza l'attendait. Une fois, Sabina s'aperçut qu'il regardait sa montre pendant l'acte d'amour et qu'il s'efforçait d'en précipiter la conclusion.

Ensuite, d'un pas nonchalant, elle se mit à se promener nue à travers l'atelier puis, campée devant une toile inachevée posée sur le chevalet, elle loucha dans la direction de Tomas qui enfilait ses vêtements à la hâte.

Il fut bientôt rhabillé, mais il avait un pied nu. Il regarda autour de lui, puis il se mit à quatre pattes et chercha quelque chose sous la table.

Elle dit : « Quand je te regarde, j'ai l'impression que tu es en train de te confondre avec le thème éternel de mes toiles. La rencontre de deux mondes. Une double exposition. Derrière la silhouette de Tomas le libertin transparaît l'incroyable visage de l'amoureux romantique. Ou bien c'est le contraire : à travers la silhouette du Tristan qui ne pense qu'à sa Tereza, on aperçoit le bel univers trahi du libertin. »

Tomas s'était redressé et écoutait d'une oreille distraite les paroles de Sabina :

« Qu'est-ce que tu cherches ? demanda-t-elle.

— Une chaussette. »

Elle inspecta la pièce avec lui, puis il se remit à quatre pattes et recommença à chercher sous la table.

« Il n'y a pas de chaussette ici, dit Sabina. Tu ne l'avais certainement pas en arrivant.

— Comment, je ne l'avais pas ! s'écria Tomas en regardant sa montre. Je ne suis certainement pas venu avec une seule chaussette !

— Ce n'est pas exclu. Tu es follement distrait depuis quelque temps. Tu es toujours pressé, tu regardes ta montre, alors ça n'a rien d'étonnant que tu oublies de mettre une chaussette. »

Il était déjà résolu à enfiler sa chaussure à même son pied nu.

« Il fait froid dehors, dit Sabina. Je vais te prêter un bas ! »

Elle lui tendit un long bas blanc résille à la dernière mode.

Il savait fort bien que c'était une vengeance. Elle avait caché sa chaussette pour le punir d'avoir regardé sa montre pendant l'amour. Avec le froid qu'il faisait, il ne lui restait plus qu'à se soumettre. Il rentra chez lui et il avait une chaussette à une jambe, à l'autre un bas blanc de femme roulé sur la cheville.

Sa situation était sans issue : aux yeux de ses maîtresses il était marqué du sceau infamant de son amour pour Tereza, aux yeux de Tereza du sceau infamant de ses aventures avec ses maîtresses.

11

Pour apaiser sa souffrance, il l'épousa (ils purent enfin résilier la sous-location, elle n'habitait plus dans le studio depuis longtemps) et il lui procura un petit chiot.

La mère était le saint-bernard d'un collègue de Tomas. Le père était le chien-loup du voisin. Personne ne voulait des petits bâtards et son collègue avait mal au cœur à l'idée de les tuer.

Tomas devait choisir parmi les chiots et savait que ceux qu'il ne choisirait pas allaient mourir. Il se faisait l'effet d'un président de la République quand il y a quatre condamnés à mort et qu'il ne peut en gracier qu'un. Finalement, il choisit l'un des chiots, une femelle qui semblait avoir le corps du chien-loup et dont la tête rappelait sa mère saint-bernard. Il l'apporta à Tereza. Elle prit le toutou, le pressa contre sa poitrine, et l'animal fit aussitôt pipi sur sa blouse.

Ensuite, il fallut lui trouver un nom. Tomas voulait qu'on sût, rien qu'à ce nom, que c'était le chien de Tereza, et il se rappela le livre qu'elle serrait sous son bras le jour où elle était venue à Prague sans prévenir. Il proposa d'appeler le chien Tolstoï.

« On ne peut pas l'appeler Tolstoï, répliqua Tereza, puisque c'est une fille. On peut l'appeler Anna Karénine.

— On ne peut pas l'appeler Anna Karénine, une

femme n'a jamais une petite gueule aussi marrante, dit Tomas. Plutôt Karénine. Oui, Karénine. C'est exactement comme ça que je l'ai toujours imaginé.

— Est-ce que ça ne va pas perturber sa sexualité de l'appeler Karénine ?

— Il est possible, dit Tomas, qu'une chienne que ses maîtres appellent toujours d'un nom de chien ait des tendances lesbiennes. »

Le plus curieux, c'est que la prévision de Tomas se réalisa. D'ordinaire, les chiennes s'attachent davantage à leur maître qu'à leur maîtresse, mais chez Karénine ce fut le contraire. Il décida de s'éprendre de Tereza. Tomas lui en était reconnaissant. Il lui caressait la tête et lui disait : « Tu as raison, Karénine, c'est exactement ce que j'attendais de toi. Puisque je n'y arrive pas tout seul, il faut m'aider. »

Mais même avec l'aide de Karénine, il n'arriva pas à la rendre heureuse. Il le comprit une dizaine de jours après l'occupation de son pays par les chars russes. On était en août 1968, le directeur d'une clinique de Zurich, dont Tomas avait fait la connaissance pendant un colloque international, lui téléphonait tous les jours de là-bas. Il tremblait pour Tomas et lui offrait un poste.

12

Si Tomas refusait sans hésitation l'offre du médecin suisse c'était à cause de Tereza. Il pensait qu'elle ne voudrait pas partir. D'ailleurs, elle passa les sept premiers jours de l'occupation dans une sorte de transe qui ressemblait presque à du bonheur. Elle était dans la rue avec un appareil photographique et distribuait ses pellicules aux journalistes étrangers qui se battaient pour en avoir. Un jour qu'elle s'était montrée trop téméraire et qu'elle avait photographié de près un officier qui pointait son revolver sur des manifestants, elle fut appréhendée et on lui fit passer la nuit au quartier général russe. On menaça de la fusiller, mais dès qu'elle fut relâchée elle retourna dans les rues prendre des photos.

Aussi, quelle ne fut pas la surprise de Tomas quand elle lui dit, le dixième jour de l'occupation : « Au fond, pourquoi est-ce que tu ne veux pas aller en Suisse ?

— Et pourquoi est-ce que j'irais ?

— Ici, ils ont des comptes à régler avec toi.

— Avec qui n'en ont-ils pas ? répliqua Tomas avec un geste résigné. Mais dis-moi : tu pourrais vivre à l'étranger ?

— Et pourquoi pas ?

— Après t'avoir vue prête à sacrifier ta vie pour ce

pays, je me demande comment tu pourrais le quitter maintenant ?

— Depuis que Dubcek est rentré, tout a changé », dit Tereza.

C'était vrai : l'euphorie générale n'avait duré que les sept premiers jours de l'occupation. Les hommes d'Etat tchèques avaient été emmenés par l'armée russe comme des criminels, personne ne savait où ils étaient, tout le monde tremblait pour leur vie, et la haine des Russes étourdissait comme un alcool. C'était la fête enivrante de la haine. Les villes de Bohême se couvraient de milliers d'affiches peintes à la main rehaussées d'inscriptions sarcastiques, d'épigrammes, de poèmes, de caricatures de Brejnev et de son armée dont tout le monde se moquait comme d'une troupe de clowns illettrés. Mais aucune fête ne peut durer éternellement. Pendant ce temps, les Russes avaient forcé les hommes d'Etat tchèques kidnappés à signer à Moscou un compromis. Avec ce compromis Dubcek rentra à Prague et lut son discours à la radio. Ses six jours de séquestration l'avaient à ce point diminué qu'il pouvait à peine parler, qu'il bégayait et cherchait son souffle, marquant au milieu des phrases des pauses interminables qui duraient près d'une demi-minute.

Le compromis sauva le pays du pire : des exécutions et des déportations en masse en Sibérie, dont tout le monde avait peur. Mais une chose apparut tout de suite clairement : la Bohême devait s'incliner devant le conquérant. Elle allait à tout jamais bégayer, bafouiller, chercher son souffle comme Alexandre

45

Dubcek. La fête était finie. On entrait dans le quotidien de l'humiliation.

Tereza expliquait tout cela à Tomas, et il savait que c'était vrai mais que sous cette vérité se cachait encore une autre raison, plus fondamentale, qui faisait que Tereza voulait quitter Prague : sa vie ici était malheureuse.

Elle avait vécu ses plus beaux jours quand elle avait photographié les soldats russes dans les rues de Prague et qu'elle s'était exposée au danger. C'étaient les seuls jours où le feuilleton télévisé de ses rêves s'était interrompu et où ses nuits avaient été paisibles. Avec leurs blindés, les Russes lui avaient apporté la sérénité. A présent que la fête était finie, elle avait de nouveau peur de ses nuits et elle voulait fuir devant elles. Elle avait découvert qu'il existait des circonstances où elle pouvait se sentir forte et satisfaite, et elle désirait partir pour l'étranger dans l'espoir d'y retrouver des circonstances semblables.

« Et ça ne te fait rien, demanda Tomas, que Sabina ait émigré en Suisse ?

— Genève n'est pas Zurich, dit Tereza. Certainement qu'elle me gênera moins là-bas qu'elle ne me gênait à Prague. »

Celui qui veut quitter le lieu où il vit n'est pas heureux. Ce désir de Tereza d'émigrer, Tomas l'accepta comme un coupable accepte le verdict. Il s'y soumit et se retrouva un peu plus tard avec Tereza et Karénine dans la plus grande ville de Suisse.

13

Il acheta un lit pour emménager dans un logement vide (ils n'avaient pas encore de quoi s'acheter d'autres meubles) et se jeta dans le travail avec toute la frénésie d'un homme qui commence une vie nouvelle à quarante ans passés.

Il téléphona plusieurs fois à Sabina à Genève. Par chance, elle y avait eu un vernissage huit jours avant l'invasion russe et les amateurs suisses de peinture, portés par l'élan de sympathie pour son petit pays, avaient acheté toutes ses toiles.

« Grâce aux Russes, je suis devenue riche ! » dit-elle en éclatant de rire dans le téléphone, et elle invita Tomas chez elle dans son nouvel atelier qui, assurait-elle, n'était guère différent de celui que Tomas connaissait à Prague.

Il serait volontiers allé la voir, mais il ne trouvait pas de prétexte pour justifier ce voyage à Tereza. Ce fut donc Sabina qui vint à Zurich. Elle descendit à l'hôtel. Tomas alla la voir après sa journée de travail, il s'annonça au téléphone depuis la réception et monta dans sa chambre. Elle lui ouvrit et se campa devant lui sur ses belles longues jambes, déshabillée, en slip et soutien-gorge. Elle avait un chapeau melon juché sur sa tête. Elle regardait longuement Tomas, sans bouger, et ne disait rien. Tomas aussi restait immobile, silencieux. Puis, il se rendit compte qu'il était très ému. Il lui enleva le chapeau melon de la tête et le posa sur la table de chevet. Ils firent l'amour sans dire un mot.

En rentrant de l'hôtel à son foyer zurichois (garni depuis longtemps d'une table, de chaises, de fauteuils, d'un tapis), il se disait avec un sentiment de bonheur qu'il portait avec lui son mode de vie comme l'escargot sa maison. Tereza et Sabina représentaient les deux pôles de sa vie, des pôles éloignés, inconciliables, mais beaux tous les deux.

Mais parce qu'il portait partout avec lui le système de sa vie, comme un appendice de son corps, Tereza faisait toujours les mêmes rêves.

Ils étaient à Zurich depuis six ou sept mois quand il trouva une lettre sur la table, un soir qu'il était rentré tard. Elle lui annonçait qu'elle était retournée à Prague. Elle était partie parce qu'elle n'avait pas la force de vivre à l'étranger. Elle savait qu'ici elle aurait dû être un appui pour Tomas et elle savait aussi qu'elle en était incapable. Elle avait cru naïvement que la vie à l'étranger la changerait. Elle s'était imaginé qu'après ce qu'elle avait vécu pendant les journées de l'invasion elle ne serait plus mesquine, qu'elle deviendrait adulte, raisonnable, courageuse, mais elle s'était surestimée. Elle était un poids pour lui et c'était justement ce qu'elle ne voulait pas. Elle voulait en tirer les conséquences avant qu'il ne soit trop tard. Et qu'il lui pardonne d'avoir emmené avec elle Karénine.

Il prit des somnifères très forts mais ne s'endormit qu'au petit matin. Heureusement c'était un samedi et il pouvait rester à la maison. Pour la cent cinquantième fois, il récapitulait toute la situation : les frontières entre la Bohême et le reste du monde n'étaient plus ouvertes comme elles l'étaient à l'époque où ils étaient partis. Ni les télégrammes ni les coups de téléphone ne pourraient faire revenir Tereza. Les autorités ne la laisseraient plus sortir. Il n'arrivait pas à y croire, mais le départ de Tereza était définitif.

14

L'idée qu'il ne pouvait absolument rien faire le plongeait dans un état de stupeur, mais en même temps le tranquillisait. Personne ne l'obligeait à prendre une décision. Il n'avait pas besoin de contempler le mur de l'immeuble d'en face et de se demander s'il voulait ou ne voulait pas vivre avec elle. Tereza avait elle-même décidé de tout.

Il alla déjeuner au restaurant. Il se sentait triste, mais pendant le repas son désespoir initial parut se lasser, comme s'il avait perdu de sa vigueur et qu'il n'en restât que la mélancolie. Il jetait un regard en arrière sur les années passées avec elle et se disait que leur histoire ne pouvait pas mieux se terminer. L'eût-on inventée, on n'aurait pas pu la conclure autrement :

Un jour, Tereza était venue chez lui sans prévenir. Un jour, elle était repartie de la même manière. Elle était arrivée avec une lourde valise. Avec une lourde valise elle était repartie.

Il paya, sortit du restaurant et alla faire un tour dans les rues, plein d'une mélancolie de plus en plus délicieuse. Il avait derrière lui sept années de vie avec Tereza et voilà qu'il constatait que ces années étaient plus belles dans le souvenir qu'à l'instant où il les avait vécues.

L'amour entre lui et Tereza était certainement

beau, mais aussi fatigant : il fallait toujours cacher quelque chose, dissimuler, feindre, réparer, lui remonter le moral, la consoler, lui prouver continuellement qu'il l'aimait, subir les reproches de sa jalousie, de sa souffrance, de ses rêves, se sentir coupable, se justifier et s'excuser. Maintenant, la fatigue avait disparu et il ne restait que la beauté.

La soirée du samedi commençait ; pour la première fois il se promenait seul dans Zurich et aspirait profondément le parfum de sa liberté. L'aventure guettait à chaque coin de rue. L'avenir redevenait un mystère. Il revenait à sa vie de célibataire, cette vie à laquelle il était certain autrefois d'être destiné car c'était la seule où il pouvait être tel qu'il était vraiment.

Il avait vécu enchaîné à Tereza pendant sept ans et elle avait suivi du regard chacun de ses pas. C'était comme si elle lui avait attaché des boulets aux chevilles. A présent, son pas était soudain beaucoup plus léger. Il planait presque. Il se trouvait dans l'espace magique de Parménide : il savourait la douce légèreté de l'être.

(Avait-il envie de téléphoner à Genève à Sabina, de contacter une des femmes de Zurich dont il avait fait la connaissance au cours des derniers mois ? Non, il n'en avait pas la moindre envie. Dès qu'il se retrouverait avec une autre, il le savait, le souvenir de Tereza lui causerait une insoutenable douleur.)

15

Ce bizarre enchantement mélancolique dura jusqu'au dimanche soir. Le lundi tout changea. Tereza fit irruption dans sa pensée : il sentait ce qu'elle avait éprouvé en lui écrivant la lettre d'adieu ; il sentait comme ses mains tremblaient ; il la voyait, traînant d'une main la lourde valise, la laisse de Karénine dans l'autre ; il l'imaginait tournant la clé dans la serrure de l'appartement pragois et il sentait dans son propre cœur la désolation de l'esseulement qui lui avait soufflé au visage quand elle avait ouvert la porte.

Pendant ces deux belles journées de mélancolie, sa compassion (cette malédiction de la télépathie sentimentale) se reposait. La compassion dormait comme le mineur dort le dimanche après une semaine de dur labeur afin de pouvoir retourner travailler au fond le lundi.

Tomas examinait un malade et c'était Tereza qu'il voyait à sa place. Il se rappelait à l'ordre : N'y pense pas ! N'y pense pas ! Il se dit : Je suis malade de compassion et c'est pour ça que c'est une bonne chose qu'elle soit partie et que je ne la revoie jamais. Ce n'est pas d'elle qu'il faut que je me libère, mais de ma compassion, de cette maladie que je ne connaissais pas autrefois et dont elle m'a inoculé le bacille !

Le samedi et le dimanche il avait senti la douce légèreté de l'être venir à lui du fond de l'avenir. Le lundi, il se sentit accablé d'une pesanteur comme il n'en avait encore jamais connu. Toutes les tonnes de fer des chars russes n'étaient rien auprès de ce poids. Il n'est rien de plus lourd que la compassion. Même notre propre douleur n'est pas aussi lourde que la douleur coressentie avec un autre, pour un autre, à la place d'un autre, multipliée par l'imagination, prolongée dans des centaines d'échos.

Il se morigénait, s'intimait l'ordre de ne pas céder à la compassion, et la compassion l'écoutait en baissant la tête comme un coupable. La compassion savait qu'elle abusait de ses droits mais s'obstinait discrètement, ce qui fait que cinq jours après le départ de Tereza, Tomas annonça au directeur de la clinique (celui-là même qui lui téléphonait tous les jours à Prague après l'invasion russe) qu'il devait rentrer immédiatement. Il avait honte. Il savait que le directeur trouverait sa conduite irresponsable et impardonnable. Il avait mille fois envie de tout lui confier et de lui parler de Tereza et de la lettre qu'elle lui avait laissée sur la table. Mais il n'en fit rien. Un médecin suisse n'aurait pu voir dans la façon d'agir de Tereza qu'un comportement hystérique et déplaisant. Et Tomas ne voulait pas permettre qu'on pût penser du mal de Tereza.

Le directeur était vraiment froissé.

Tomas haussa les épaules et dit : « Es muss sein. Es muss sein. »

C'était une allusion. Le dernier mouvement du dernier quatuor de Beethoven est composé sur ces deux motifs :

53

Pour que le sens de ces mots soit absolument clair, Beethoven a inscrit en tête du dernier mouvement les mots : « Der schwer gefasste Entschluss » — la décision gravement pesée.

Par cette allusion à Beethoven Tomas se trouvait déjà auprès de Tereza, car c'était elle qui l'avait forcé à acheter les disques des quatuors et des sonates de Beethoven.

Cette allusion était d'ailleurs plus opportune qu'il ne l'imaginait, car le directeur était mélomane. Avec un sourire serein, il dit doucement, imitant de la voix la mélodie de Beethoven : « Muss es sein ? » Le faut-il ?

Tomas dit encore une fois : « Oui, il le faut ! Ja, es muss sein ! »

16

A la différence de Parménide, Beethoven semblait considérer la pesanteur comme quelque chose de positif. « Der schwer gefasste Entschluss », la décision gravement pesée est associée à la voix du Destin (« es muss sein! »); la pesanteur, la nécessité et la valeur sont trois notions intrinsèquement liées : n'est grave que ce qui est nécessaire, n'a de valeur que ce qui pèse.

Cette conviction est née de la musique de Beethoven et bien qu'il soit possible (sinon probable) que la responsabilité en incombe plutôt aux exégètes de Beethoven qu'au compositeur lui-même, nous la partageons tous plus ou moins aujourd'hui : pour nous, ce qui fait la grandeur de l'homme, c'est qu'il *porte* son destin comme Atlas portait sur ses épaules la voûte du ciel. Le héros beethovénien est un haltérophile soulevant des poids métaphysiques.

Tomas roulait vers la frontière suisse et j'imagine que Beethoven en personne, morose et chevelu, dirigeait la fanfare des pompiers locaux et lui jouait pour son adieu à l'émigration une marche intitulée *Es muss sein!*

Mais plus tard, après avoir franchi la frontière tchèque, il se trouva nez à nez avec une colonne de chars russes. Il dut stopper sa voiture à un carrefour et attendre une demi-heure qu'ils soient passés. Un tankiste terrifiant vêtu d'un uniforme noir avait pris place au carrefour et réglait la circulation comme si toutes les routes de Bohême n'avaient appartenu qu'à lui.

« Es muss sein! il le faut », se répétait Tomas, mais bientôt, il commença à en douter : le fallait-il vraiment ?

Oui, il eût été insupportable de rester à Zurich et d'imaginer Tereza seule à Prague.

Mais combien de temps eût-il été tourmenté par la compassion ? Toute la vie ? Toute une année ? Un mois ? Ou juste une semaine ?

Comment pouvait-il le savoir ? Comment pouvait-il le vérifier ?

En travaux pratiques de physique, n'importe quel collégien peut faire des expériences pour vérifier l'exactitude d'une hypothèse scientifique. Mais l'homme, parce qu'il n'a qu'une seule vie, n'a aucune possibilité de vérifier l'hypothèse par l'expérience de sorte qu'il ne saura jamais s'il a eu tort ou raison d'obéir à son sentiment.

Il en était là de ses réflexions quand il ouvrit la porte de l'appartement. Karénine lui sauta au visage, ce qui facilita l'instant des retrouvailles. L'envie de se jeter dans les bras de Tereza (cette envie qu'il éprouvait encore au moment où il était monté en voiture à Zurich) avait entièrement disparu. Ils se faisaient face au milieu d'une plaine enneigée et ils tremblaient tous deux de froid.

17

Depuis le premier jour de l'occupation, les avions russes volaient toute la nuit dans le ciel de Prague. Tomas avait perdu l'habitude de ce bruit et ne parvenait pas à s'endormir.

Il se tournait d'un côté sur l'autre près de Tereza endormie, et il pensait à ce qu'elle lui avait dit quelques années plus tôt au milieu de propos insignifiants. Ils parlaient de son ami Z. et elle avait déclaré : « Si je ne t'avais pas rencontré, j'en serais certainement tombée amoureuse. »

Alors déjà, ces mots avaient plongé Tomas dans une étrange mélancolie. Il avait en effet brusquement compris que c'était tout à fait par hasard que Tereza s'était éprise de lui et non de son ami Z. Qu'en dehors de son amour réalisé pour Tomas, il existait au royaume du possible un nombre infini d'amours irréalisées pour d'autres hommes.

Nous croyons tous qu'il est impensable que l'amour de notre vie puisse être quelque chose de léger, quelque chose qui ne pèse rien ; nous nous figurons que notre amour est ce qu'il devait être ; que sans lui notre vie ne serait pas notre vie. Nous nous persuadons que Beethoven en personne, morose et la crinière terrifiante, joue son « Es muss sein ! » pour notre grand amour.

Tomas se souvenait de la remarque de Tereza sur son ami Z., et constatait que l'histoire d'amour de sa vie ne reposait pas sur « Es muss sein », mais plutôt sur « Es könnte auch anders sein » : ça aurait très bien pu se passer autrement...

Sept ans plus tôt, un cas difficile de méningite s'était déclaré *par hasard* à l'hôpital de la ville où habitait Tereza, et le chef du service où travaillait Tomas avait été appelé d'urgence en consultation. Mais, *par hasard*, le chef de service avait une sciatique, il ne pouvait pas bouger, et il avait envoyé Tomas à sa place dans cet hôpital de province. Il y avait cinq hôtels dans la ville, mais Tomas était descendu *par hasard* dans celui où travaillait Tereza. *Par hasard*, il avait un moment à perdre avant le départ du train et il était allé s'asseoir dans la brasserie. Tereza était de service *par hasard* et servait *par hasard* la table de Tomas. Il avait donc fallu une série de six hasards pour pousser Tomas jusqu'à Tereza, comme si, laissé à lui-même, rien ne l'y eût conduit.

Il était rentré en Bohême à cause d'elle. Une décision aussi fatale reposait sur un amour à ce point fortuit qu'il n'aurait même pas existé si le chef de service n'avait eu une sciatique sept ans plus tôt. Et cette femme, cette incarnation du hasard absolu, était maintenant couchée à côté de lui et respirait profondément dans son sommeil.

Il était très tard. Tomas sentait qu'il commençait à avoir mal à l'estomac, comme ça lui arrivait dans les moments de détresse.

La respiration de Tereza se changea une ou deux

fois en léger ronflement. Tomas n'éprouvait pas la moindre compassion. Il ne sentait qu'une chose, une pression au creux de l'estomac et le désespoir d'être rentré.

DEUXIÈME PARTIE

L'ÂME ET LE CORPS

1

Il serait sot, de la part de l'auteur, de vouloir faire croire au lecteur que ses personnages ont réellement existé. Ils ne sont pas nés d'un corps maternel, mais de quelques phrases évocatrices ou d'une situation clé. Tomas est né de la phrase *einmal ist keinmal*. Tereza est née de borborygmes.

La première fois qu'elle franchit le seuil de l'appartement de Tomas, ses entrailles furent prises de gargouillements. Il ne faut pas s'en étonner, elle n'avait ni déjeuné ni dîné, s'étant contentée d'un sandwich sur le quai en fin de matinée, avant de monter dans le train. Toute à l'idée de son audacieux voyage elle en oublia de manger. Mais à ne point se soucier de son corps, on en devient plus facilement la victime. Ce supplice d'entendre son ventre prendre la parole au moment où elle se retrouvait face à face avec Tomas ! Elle était au bord des larmes. Au bout de dix secondes, heureusement, Tomas l'enlaçait, et elle put oublier les voix de son ventre.

2

Tereza est donc née d'une situation qui révèle brutalement l'inconciliable dualité du corps et de l'âme, cette expérience humaine fondamentale.

Jadis, l'homme écoutait avec stupeur le martèlement régulier qui lui parvenait du fond de sa poitrine et se demandait ce que c'était. Il ne pouvait se considérer comme identique à une chose aussi étrangère et inconnue qu'un corps. Le corps était une cage et, à l'intérieur, quelque chose regardait, écoutait, s'effrayait, pensait et s'étonnait ; ce quelque chose, ce reliquat qui subsistait, déduction faite du corps, c'était l'âme.

Bien sûr, aujourd'hui, le corps a cessé d'être un mystère : ce qui cogne dans la poitrine, c'est le cœur, on le sait, et le nez n'est que l'extrémité d'un tuyau qui saillit du corps pour amener l'oxygène aux poumons. Le visage n'est que le tableau de bord auquel aboutissent tous les mécanismes physiques : la digestion, la vue, l'ouïe, la respiration, la réflexion.

Depuis que l'homme peut nommer toutes les parties du corps, le corps l'inquiète moins. Chacun sait aussi désormais que l'âme n'est que l'activité de la matière grise du cerveau. La dualité de l'âme et du corps fut dissimulée derrière des termes scientifiques et n'est, aujourd'hui, qu'un préjugé démodé qui fait franchement rire.

Mais il suffit d'aimer à la folie et d'entendre gargouiller ses intestins pour que l'unité de l'âme et du corps, illusion lyrique de l'ère scientifique, se dissipe aussitôt.

Elle tentait de se voir à travers son corps. Aussi se regardait-elle souvent dans le miroir. Et comme elle craignait d'être surprise par sa mère, ces regards portaient la marque d'un vice secret.

Ce n'était pas la vanité qui l'attirait vers le miroir, mais l'étonnement d'y découvrir son moi. Elle oubliait qu'elle avait devant les yeux le tableau de bord des mécanismes corporels. Elle croyait voir son âme qui se révélait à elle sous les traits de son visage. Elle oubliait que le nez est l'extrémité d'un tuyau qui amène l'air aux poumons. Elle y voyait l'expression fidèle de sa nature.

Elle s'y contemplait longuement, et ce qui la contrariait parfois c'était de retrouver sur son visage les traits de sa mère. Alors, elle n'en mettait que plus d'obstination à se regarder et tendait sa volonté pour s'abstraire de la physionomie maternelle, en faire table rase et ne laisser subsister sur son visage que ce qui était elle-même. Y parvenait-elle, c'était une minute enivrante : l'âme remontait à la surface du corps, pareille à l'équipage qui s'élance du ventre du navire, envahit le pont, agite les bras vers le ciel et chante.

4

Non seulement elle ressemblait physiquement à sa mère, mais j'ai parfois l'impression que sa vie n'a été qu'un prolongement de la vie de sa mère, un peu comme la course d'une boule de billard est le prolongement du geste exécuté par le bras d'un joueur.

Où et quand avait pris naissance ce geste qui, plus tard, se métamorphosa en vie de Tereza ?

Sans doute à l'instant où un commerçant pragois fit pour la première fois devant sa fille, la mère de Tereza, l'éloge de sa beauté. La mère avait alors trois ou quatre ans et il lui disait qu'elle ressemblait à la madone de Raphaël. Elle en prit bonne note et, plus tard, sur les bancs du collège, au lieu d'écouter le professeur, elle se demandait à quelle peinture elle pouvait ressembler.

Quand vint le temps des demandes en mariage, elle eut neuf soupirants. Tous s'agenouillaient en cercle autour d'elle. Elle se tenait au milieu comme une princesse et ne savait lequel choisir : le premier était plus beau, le deuxième plus spirituel, le troisième plus riche, le quatrième plus sportif, le cinquième d'une meilleure famille, le sixième lui récitait des vers, le septième avait parcouru le monde entier, le huitième jouait du violon et le neuvième était le plus viril des hommes. Mais ils s'agenouillaient tous de la même manière et ils avaient tous les mêmes ampoules aux genoux.

Elle choisit finalement le neuvième, pas parce que c'était le plus viril, mais parce qu'au moment où elle lui chuchotait à l'oreille pendant l'amour : « Fais attention ! Fais bien attention ! », il faisait exprès de n'en rien faire, de sorte qu'elle dut se hâter de le prendre pour époux, n'ayant pu trouver à temps un médecin pour la faire avorter. Ainsi naquit Tereza. L'innombrable famille affluait de tous les coins du pays, se penchait sur le berceau et zozotait. La mère de Tereza ne zozotait pas. Elle se taisait. Elle pensait aux huit autres soupirants et les trouvait tous beaucoup mieux que le neuvième.

Comme sa fille, la mère de Tereza aimait bien se regarder dans la glace. Un jour, elle constata qu'elle avait des rides autour des yeux, et elle se dit que son mariage était un non-sens. Elle rencontra un homme pas viril du tout, qui avait derrière lui plusieurs escroqueries et deux divorces. Elle détestait les amants aux genoux couverts d'ampoules. Elle éprouvait une furieuse envie de s'agenouiller à son tour. Elle tomba à genoux devant l'escroc et quitta son mari et Tereza.

Le plus viril des hommes devint le plus triste des hommes. Il était si triste que tout lui était indifférent. Il disait partout et tout haut ce qu'il pensait, et la police communiste, outrée de ses réflexions incongrues, l'interpella, le condamna et l'emprisonna. Expulsée de l'appartement mis sous scellés, Tereza partit chez sa mère.

Au bout de quelque temps, le plus triste des

hommes mourut en prison, et la mère, suivie de Tereza, partit avec l'escroc s'installer dans une petite ville au pied des montagnes. Le beau-père était employé de bureau, la mère était vendeuse de magasin. Elle eut encore trois enfants. Puis, un jour qu'elle se regardait une fois de plus dans la glace, elle s'aperçut qu'elle était vieille et laide.

Ayant constaté qu'elle avait tout perdu, elle chercha un coupable. Coupable, tout le monde l'était : Coupable son premier mari, viril et mal aimé, qui lui avait désobéi quand elle lui chuchotait à l'oreille de faire attention ; coupable son second mari, peu viril et bien-aimé, qui l'avait entraînée loin de Prague dans une petite ville de province et courait après toutes les jupes, de sorte qu'elle n'en finissait pas d'être jalouse. Face à ses deux maris, elle était désarmée. Le seul être humain qui lui appartenait et ne pouvait lui échapper, l'otage qui pouvait payer pour tous les autres, c'était Tereza.

D'ailleurs, il était peut-être exact qu'elle était responsable du sort de sa mère. Elle : l'absurde rencontre d'un spermatozoïde du plus viril des hommes et d'un ovule de la plus belle des femmes. En cette seconde fatidique nommée Tereza, maman avait commencé le marathon de sa vie gâchée.

Elle expliquait inlassablement à Tereza qu'être mère c'est tout sacrifier. Ses paroles étaient convaincantes parce qu'elles exprimaient l'expérience d'une femme qui avait tout perdu à cause de son enfant. Tereza écoutait et croyait que la plus haute valeur de la vie c'est la maternité, et que la maternité est un grand sacrifice. Si la maternité est le Sacrifice même, être fille c'est la Faute que rien ne pourra jamais racheter.

6

Bien entendu, Tereza ignorait l'épisode de la nuit où sa mère avait chuchoté à l'oreille du plus viril des hommes de faire attention. La culpabilité qu'elle ressentait était indéfinissable comme le péché originel. Elle faisait tout pour l'expier. Sa mère l'ayant retirée du collège, elle travaillait comme serveuse depuis l'âge de quinze ans, et tout ce qu'elle gagnait elle le lui remettait. Elle était prête à tout pour mériter son amour. Elle prenait soin du ménage, s'occupait de ses frères et sœurs, passait tout le dimanche à gratter et laver. C'était dommage, car au lycée c'était la plus douée de sa classe. Elle voulait s'élever, mais pour elle, dans cette petite ville, où s'élever ? Elle faisait la lessive et un livre était posé près d'elle à côté de la baignoire. Elle tournait les pages et le livre était mouillé de gouttes d'eau.

A la maison, la pudeur n'existait pas. Sa mère allait et venait dans l'appartement en sous-vêtements, parfois sans soutien-gorge, parfois même, les jours d'été, toute nue. Son beau-père ne se promenait pas tout nu, mais il attendait toujours que Tereza fût dans la baignoire pour entrer dans la salle de bains. Un jour qu'elle s'y était enfermée à clé, sa mère fit une scène : « Pour qui te prends-tu ? Qu'est-ce que tu te crois ? Il ne va pas te la manger, ta beauté ! »

(Cette situation montre clairement que la haine de

la mère pour la fille était plus forte que la jalousie que lui inspirait son mari. La faute de la fille étant infinie, elle englobait même les infidélités du mari. Que la fille veuille s'émanciper et ose revendiquer des droits — comme celui de s'enfermer à clé dans la salle de bains — est beaucoup plus inacceptable pour la mère qu'une éventuelle intention sexuelle du mari à l'égard de Tereza.)

Un jour d'hiver, sa mère se promenait nue dans une pièce avec la lumière allumée. Tereza courut baisser le store pour qu'on ne pût la voir depuis l'immeuble d'en face. Elle l'entendit rire derrière elle. Le lendemain, des amies rendirent visite à sa mère. Une voisine, une collègue du magasin, une institutrice du quartier et deux ou trois femmes qui se réunissaient régulièrement. Tereza vint passer un instant avec elles, accompagnée du fils d'une des dames, un garçon de seize ans. Sa mère en profita aussitôt pour raconter comment Tereza avait voulu protéger sa pudeur. Elle riait, et toutes les femmes s'esclaffaient. Puis, la mère dit : « Tereza ne veut pas admettre qu'un corps humain ça pisse et ça pète. » Tereza était écarlate, mais sa mère poursuivait : « Qu'y a-t-il de mal à ça ? » Et aussitôt, répondant elle-même à sa question, elle lâcha des pets sonores. Toutes les femmes riaient.

La mère se mouche bruyamment, donne aux gens des détails sur sa vie sexuelle, exhibe son dentier. Elle sait le dégager d'un coup de langue avec une remarquable adresse, laissant la mâchoire supérieure retomber sur les dents du bas dans un large sourire ; son visage donne soudain la chair de poule.

Tout son comportement n'est qu'un seul brusque geste par lequel elle rejette sa jeunesse et sa beauté. Au temps où les neuf soupirants s'agenouillaient en cercle autour d'elle, elle veillait avec un soin anxieux sur sa nudité. C'était à l'aune de sa pudeur qu'elle jaugeait le prix de son corps. Si elle est impudique à présent, elle l'est radicalement comme si elle voulait, par son impudeur, tirer un trait solennel sur sa vie passée et crier bien haut que la jeunesse et la beauté qu'elle a surestimées n'ont en fait aucune valeur.

Tereza me paraît le prolongement de ce geste par lequel la mère rejeta au loin sa vie de belle femme.

(Et si Tereza elle-même a des allures nerveuses, si ses gestes manquent de gracieuse lenteur, il ne faut pas s'en étonner : ce grand geste de sa mère, autodestructeur et violent, c'est elle, c'est Tereza.)

8

La mère réclame pour elle justice et veut que le coupable soit châtié. Elle insiste pour que sa fille reste avec elle dans le monde de l'impudeur où la jeunesse et la beauté ne signifient rien, où l'univers n'est qu'un gigantesque camp de concentration de corps qui se ressemblent l'un l'autre et dont les âmes sont invisibles.

Maintenant, nous pouvons mieux comprendre le sens du vice secret de Tereza, de ses longs regards répétés devant le miroir. C'était un combat avec sa mère. C'était le désir de ne pas être un corps comme les autres corps, mais de voir sur la surface de son visage l'équipage de l'âme surgir du ventre du navire. Ce n'était pas facile parce que l'âme, triste, craintive, effarouchée, se cachait au fond des entrailles de Tereza et avait honte de se montrer.

Il en fut ainsi le jour où elle rencontra Tomas pour la première fois. Elle se faufilait entre les ivrognes dans la brasserie, son corps ployait sous le poids des chopes de bière qu'elle portait sur un plateau, et elle avait l'âme au creux de l'estomac ou dans le pancréas. A ce moment, elle entendit Tomas l'appeler. Cet appel était important, car il venait de quelqu'un qui ne connaissait ni sa mère ni les ivrognes dont elle entendait chaque jour les remarques obscènes et éculées. Son statut d'inconnu l'élevait au-dessus des autres.

Et quelque chose d'autre aussi : un livre ouvert était posé sur sa table. Dans ce café, personne n'avait encore jamais ouvert de livre sur une table. Pour Tereza, le livre était le signe de reconnaissance d'une fraternité secrète. Contre le monde de la grossièreté qui l'entourait, elle n'avait en effet qu'une seule arme : les livres qu'elle empruntait à la bibliothèque municipale ; surtout des romans : elle en lisait des tas, de Fielding à Thomas Mann. Ils lui offraient une chance d'évasion imaginaire en l'arrachant à une vie qui ne lui apportait aucune satisfaction, mais ils avaient aussi un sens pour elle en tant qu'objets : elle aimait se promener dans la rue avec des livres sous le bras. Ils étaient pour elle ce qu'était la canne élégante pour le dandy du siècle dernier. Ils la distinguaient des autres.

(La comparaison entre le livre et la canne élégante du dandy n'est pas tout à fait exacte. La canne était le signe distinctif du dandy, mais elle en faisait aussi un personnage moderne et à la mode. Le livre distinguait Tereza des autres jeunes femmes, mais en faisait un être suranné. Certes, elle était trop jeune pour pouvoir saisir ce qu'il y avait de démodé dans sa personne. Les adolescents qui se promenaient autour d'elle avec des transistors tonitruants, elle les trouvait idiots. Elle ne s'apercevait pas qu'ils étaient modernes.)

Donc, l'homme qui venait de l'appeler était à la fois inconnu et membre d'une fraternité secrète. Il parlait d'un ton courtois, et Tereza sentit son âme s'élancer à la surface par toutes ses veines, tous ses capillaires et tous ses pores pour être vue de lui.

9

Après son retour de Zurich à Prague, Tomas fut pris de malaise à l'idée que sa rencontre avec Tereza avait été le résultat de six improbables hasards.

Mais un événement n'est-il pas au contraire d'autant plus important et chargé de signification qu'il dépend d'un plus grand nombre de hasards ?

Seul le hasard peut nous apparaître comme un message. Ce qui arrive par nécessité, ce qui est attendu et se répète quotidiennement n'est que chose muette. Seul le hasard est parlant. On tente d'y lire comme les gitanes lisent au fond d'une tasse dans les figures qu'a dessinées le marc de café.

La présence de Tomas dans sa brasserie, ce fut pour Tereza la manifestation du hasard absolu. Il était seul à une table devant un livre ouvert. Il leva les yeux sur elle et sourit : « Un cognac ! »

A ce moment-là, il y avait de la musique à la radio. Tereza partit chercher un cognac au comptoir et tourna le bouton de l'appareil pour augmenter le volume. Elle avait reconnu Beethoven. Elle le connaissait depuis qu'un quatuor de Prague était venu en tournée dans la petite ville. Tereza (comme nous le savons, elle aspirait à « s'élever ») allait au concert. La salle était vide. Elle s'y retrouva seule avec le pharmacien et son épouse. Il y avait donc un quatuor de musiciens sur la scène et un trio d'auditeurs dans la

76

salle, mais les musiciens avaient eu la gentillesse de ne pas annuler le concert et de jouer pour eux seuls pendant toute une soirée les trois derniers quatuors de Beethoven.

Le pharmacien avait ensuite invité les musiciens à dîner et avait prié l'auditrice inconnue de se joindre à eux. Depuis, Beethoven était devenu pour elle l'image du monde « de l'autre côté », l'image du monde auquel elle aspirait. A présent, tandis qu'elle revenait du comptoir avec un cognac pour Tomas, elle s'efforçait de lire dans ce hasard : comment se pouvait-il qu'au moment même où elle s'apprêtait à servir un cognac à cet inconnu qui lui plaisait, elle entendît du Beethoven ?

Le hasard a de ces sortilèges, pas la nécessité. Pour qu'un amour soit inoubliable, il faut que les hasards s'y rejoignent dès le premier instant comme les oiseaux sur les épaules de saint François d'Assise.

Il l'appela pour payer. Il referma le livre (ce signe de reconnaissance d'une fraternité secrète) et elle eut envie de savoir ce qu'il lisait.

« Vous pouvez inscrire ça sur ma note d'hôtel ? demanda-t-il.

— Certainement. Quel est votre numéro de chambre ? »

Il lui montra une clé au bout d'une plaquette de bois où un six était peint en rouge.

« C'est curieux, dit-elle. Vous êtes au six.

— Qu'est-ce que ça a de curieux ? » demanda-t-il.

Elle se souvint qu'au temps où elle habitait à Prague chez ses parents, avant leur divorce, leur immeuble était au numéro six. Mais elle dit tout autre chose (et nous ne pouvons qu'admirer sa ruse) : « Vous avez la chambre six et je termine mon service à six heures.

— Et moi, je prends le train de sept heures », dit l'inconnu.

Elle ne savait plus que dire, elle lui tendit la note pour qu'il la signe et l'emporta à la réception. Quand elle termina son service, il avait quitté la table. Avait-il compris son message discret ? En sortant du restaurant, elle se sentait nerveuse.

En face, au centre de la petite ville sale, il y avait un square morne et clairsemé qui avait toujours été pour elle un îlot de beauté : une pelouse avec quatre peupliers, des bancs, un saule pleureur et des forsythias.

Il était assis sur un banc jaune d'où l'on pouvait voir l'entrée de la brasserie. C'était justement le banc où elle s'était assise la veille avec un livre sur les genoux ! Elle comprit alors (les oiseaux des hasards se rejoignaient sur ses épaules) que cet inconnu lui était prédestiné. Il l'appela, l'invita à s'asseoir à côté de lui. (Tereza sentit l'équipage de l'âme s'élancer sur le pont de son corps.) Un peu plus tard, elle l'accompagna à la gare et, au moment de la quitter, il lui tendit une carte de visite avec son numéro de téléphone : « Si, par hasard, vous venez un jour à Prague... »

11

Beaucoup plus que cette carte de visite qu'il lui a tendue au dernier moment, c'est cet appel des hasards (le livre, Beethoven, le chiffre six, le banc jaune du square) qui a donné à Tereza le courage de partir de chez elle et de changer son destin. Ce sont peut-être ces quelques hasards (d'ailleurs bien modestes et banals, vraiment dignes de cette ville insignifiante) qui ont mis en mouvement son amour et sont devenus la source d'énergie où elle s'abreuvera jusqu'à la fin.

Notre vie quotidienne est bombardée de hasards, plus exactement de rencontres fortuites entre les gens et les événements, ce qu'on appelle des coïncidences. Il y a coïncidence quand deux événements inattendus se produisent en même temps, quand ils se rencontrent : Tomas apparaît dans la brasserie au moment où la radio joue du Beethoven. Dans leur immense majorité, ces coïncidences-là passent complètement inaperçues. Si le boucher du coin était venu s'asseoir à une table de la brasserie à la place de Tomas, Tereza n'aurait pas remarqué que la radio jouait du Beethoven (bien que la rencontre de Beethoven et d'un boucher soit aussi une curieuse coïncidence). Mais l'amour naissant a aiguisé en elle le sens de la beauté et elle n'oubliera jamais cette musique. Chaque fois qu'elle l'entendra, elle sera émue. Tout ce qui se passera autour d'elle en cet instant sera nimbé de l'éclat de cette musique, et sera beau.

Au début du roman que Tereza tenait sous le bras le jour où elle était venue chez Tomas, Anna rencontre Vronsky en d'étranges circonstances. Ils sont sur le quai d'une gare où quelqu'un vient de tomber sous un train. A la fin du roman, c'est Anna qui se jette sous un train. Cette composition symétrique, où le même motif apparaît au commencement et à la fin, peut sembler très « romanesque ». Oui, je l'admets, mais à condition seulement que romanesque ne signifie pas pour vous une chose « inventée », « artificielle », « sans ressemblance avec la vie ». Car c'est bien ainsi que sont composées les vies humaines.

Elles sont composées comme une partition musicale. L'homme, guidé par le sens de la beauté, transforme l'événement fortuit (une musique de Beethoven, une mort dans une gare) en un motif qui va ensuite s'inscrire dans la partition de sa vie. Il y reviendra, le répétera, le modifiera, le développera comme fait le compositeur avec le thème de sa sonate. Anna aurait pu mettre fin à ses jours de tout autre manière. Mais le motif de la gare et de la mort, ce motif inoubliable associé à la naissance de l'amour, l'attirait à l'instant du désespoir par sa sombre beauté. L'homme, à son insu, compose sa vie d'après les lois de la beauté jusque dans les instants du plus profond désespoir.

On ne peut donc reprocher au roman d'être fasciné par les mystérieuses rencontres des hasards (par exemple, par la rencontre de Vronsky, d'Anna, du

81

quai et de la mort, ou la rencontre de Beethoven, de Tomas, de Tereza et du verre de cognac), mais on peut avec raison reprocher à l'homme d'être aveugle à ces hasards et de priver ainsi la vie de sa dimension de beauté.

12

Enhardie par les oiseaux des hasards qui s'étaient rejoints sur ses épaules, elle prit une semaine de congé sans en avertir sa mère et monta dans le train. Elle alla souvent aux waters se regarder dans la glace et implorer son âme de ne pas abandonner une seconde le pont de son corps en ce jour décisif de sa vie. Comme elle se regardait ainsi, elle prit peur : elle sentait que sa gorge était irritée. En cette journée fatidique, allait-elle tomber malade ?

Mais il n'y avait plus moyen de reculer. Elle l'appela de la gare et, au moment où la porte s'ouvrit, son ventre émit soudain d'horribles gargouillements. Elle avait honte. C'était comme d'avoir sa mère dans le ventre et de l'y entendre ricaner pour lui gâcher son rendez-vous.

Elle crut d'abord qu'il allait la mettre dehors à cause de ces bruits incongrus, mais il la prit dans ses bras. Elle lui savait gré d'être indifférent à ses borborygmes, et elle l'embrassait avec d'autant plus de passion, les yeux voilés de brume. Au bout d'une minute à peine, ils faisaient l'amour. Et dans l'amour, elle criait. Elle avait déjà la fièvre. Elle était grippée. L'extrémité du tuyau qui amène l'air aux poumons était rouge et bouchée.

Puis elle revint une autre fois avec une lourde valise où elle avait entassé toutes ses affaires, résolue à ne plus jamais retourner dans la petite ville. Il l'invita chez lui pour le lendemain soir. Elle passa la nuit dans un hôtel bon marché. Le matin, elle déposa la valise à la consigne de la gare, et toute la journée elle traîna dans les rues de Prague avec *Anna Karénine* sous le bras. Le soir, elle sonna, il ouvrit ; elle ne lâchait pas le livre. Comme si c'était son billet d'entrée dans l'univers de Tomas. Elle comprenait qu'elle n'avait pour passeport que ce seul misérable ticket, et ça lui donnait envie de pleurer. Pour éviter de pleurer elle était volubile, parlait fort et riait. Mais comme l'autre fois, à peine eut-elle franchi le seuil, il la prit dans ses bras et ils firent l'amour. Elle glissa dans un brouillard où il n'y avait rien à voir, rien à entendre que son cri.

13

Ce n'était pas un halètement, ce n'était pas un gémissement, c'était vraiment un cri. Elle criait si fort que Tomas éloignait sa tête de son visage, comme si cette voix hurlant à son oreille allait lui crever le tympan. Ce cri n'était pas une expression de sensualité. La sensualité, c'est la mobilisation maximale des sens : on observe l'autre intensément et on écoute ses moindres bruits. Le cri de Tereza voulait au contraire étourdir les sens pour les empêcher de voir et d'entendre. Ce qui hurlait en elle, c'était l'idéalisme naïf de son amour qui voulait abolir toutes les contradictions, abolir la dualité du corps et de l'âme, et peut-être même abolir le temps.

Avait-elle les yeux clos ? Non, mais ils ne regardaient nulle part, ils fixaient le vide du plafond et, par instants, elle tournait violemment la tête tantôt d'un côté, tantôt de l'autre.

Quand son cri s'apaisa, elle s'endormit au côté de Tomas et garda toute la nuit sa main dans la sienne.

Déjà, à l'âge de huit ans, elle s'assoupissait une main pressée contre l'autre, s'imaginant tenir ainsi l'homme qu'elle aimait, l'homme de sa vie. Il est donc bien compréhensible qu'elle serre avec un tel entêtement la main de Tomas dans son sommeil : elle s'y préparait, elle s'y entraînait depuis l'enfance.

14

Une jeune fille qui doit, au lieu de « s'élever »,
servir de la bière à des ivrognes et passer le dimanche à
laver le linge sale de ses frères et sœurs, amasse en elle
une immense réserve de vitalité, inconcevable pour
des gens qui vont à l'université et bâillent devant des
bouquins. Tereza en avait lu plus qu'eux, en savait
plus long qu'eux sur la vie, mais ne s'en rendrait
jamais compte. Ce qui distingue l'autodidacte de celui
qui a fait des études, ce n'est pas l'ampleur des
connaissances, mais des degrés différents de vitalité et
de confiance en soi. La ferveur avec laquelle Tereza,
une fois à Prague, s'élança dans la vie, était à la fois
vorace et fragile. Elle semblait redouter qu'on pût lui
dire un jour : « Tu n'es pas à ta place ici ! Retourne
d'où tu es venue ! » Tout son appétit de vivre était
suspendu à un fil : la voix de Tomas, qui avait fait
remonter vers les hauteurs l'âme timidement cachée
dans les entrailles de Tereza.

Elle trouva une place dans un magazine, au
laboratoire photo, mais elle ne pouvait s'en contenter.
Elle voulait faire elle-même des photos. L'amie de
Tomas, Sabina, lui prêta des monographies de photographes célèbres, la retrouva dans un café et lui
expliqua devant des livres ouverts ce que ces photos
avaient d'intéressant. Tereza l'écoutait avec une atten-

tion silencieuse, comme un professeur en voit rarement sur le visage de ses étudiants.

Grâce à Sabina, Tereza comprit la parenté de la photographie et de la peinture et obligea Tomas à l'accompagner à toutes les expositions. Elle réussit bientôt à publier ses propres photos dans le magazine et quitta le laboratoire pour travailler parmi les photographes professionnels du journal.

Ce soir-là, ils allèrent avec des amis fêter sa promotion dans un cabaret ; ils dansèrent. Tomas se rembrunit et, comme elle insistait pour savoir ce qu'il avait, il lui avoua, quand ils furent enfin de retour, qu'il était jaloux parce qu'il l'avait vue danser avec son collègue.

« C'est vrai que je t'ai rendu jaloux ? » Elle répéta ces mots une dizaine de fois, comme s'il eût annoncé qu'elle avait reçu le prix Nobel et eût refusé de le croire.

Elle le prit par la taille et se mit à danser avec lui dans la chambre. Ce n'était pas du tout la danse mondaine de tout à l'heure sur la piste du cabaret. C'était une sorte de bourrée villageoise, une série de bonds extravagants ; elle levait très haut la jambe, exécutait de grands sauts maladroits et l'entraînait aux quatre coins de la pièce.

Hélas, elle devint bientôt jalouse à son tour. Pour Tomas, sa jalousie ne fut pas le prix Nobel mais un fardeau auquel il n'échapperait qu'un an ou deux avant de mourir.

15

Elle défilait nue autour du bassin de la piscine avec une foule d'autres femmes nues, Tomas était en haut, debout dans un panier suspendu sous la voûte, il hurlait, les obligeait à chanter et à fléchir les genoux. Quand une femme faisait un faux mouvement, il l'abattait d'un coup de revolver.

Je voudrais encore une fois revenir à ce rêve : l'horreur ne commençait pas au moment où Tomas tirait la première balle. Dès le début, c'était un rêve horrible. Marcher au pas, nue parmi d'autres femmes nues, c'était pour Tereza l'image la plus élémentaire de l'horreur. Au temps où elle habitait chez sa mère, il lui était interdit de s'enfermer à clé dans la salle de bains. Par là, sa mère lui disait : ton corps est comme tous les autres corps ; tu n'as pas droit à la pudeur ; tu n'as aucune raison de cacher quelque chose qui existe sous une forme identique à des milliards d'exemplaires. Dans l'univers de sa mère, tous les corps étaient les mêmes et marchaient au pas l'un derrière l'autre. Depuis l'enfance, la nudité était pour Tereza le signe de l'uniformité obligatoire du camp de concentration ; le signe de l'humiliation.

Il y avait encore une autre horreur tout au début du rêve : toutes les femmes devaient chanter ! Non seulement leurs corps étaient les mêmes, pareillement dévalorisés, simples mécanismes sonores sans âme, mais les femmes s'en réjouissaient ! C'était la jubilante solidarité des sans-âmes. Elles étaient heureuses d'avoir rejeté le fardeau de l'âme, cette illusion de l'unicité, cet orgueil ridicule, et d'être toutes semblables. Tereza chantait avec elles mais ne se réjouissait pas. Elle chantait parce qu'elle avait peur d'être tuée par les femmes si elle ne chantait pas.

Mais que signifiait que Tomas les abatte à coups de revolver et qu'elles tombent l'une après l'autre, mortes, dans la piscine ?

Les femmes qui se réjouissent d'être tout à fait semblables et indifférenciées célèbrent en fait leur mort future qui rendra leur ressemblance absolue. Le claquement du coup de feu n'était donc que l'heureux accomplissement de leur marche macabre. Elles riaient d'un rire joyeux à chaque coup de revolver et, tandis que le cadavre coulait lentement sous la surface de l'eau, elles chantaient encore plus fort.

Et pourquoi était-ce Tomas qui tirait, et pourquoi voulait-il aussi tirer sur Tereza ?

Parce que c'était lui qui avait envoyé Tereza parmi ces femmes. C'était cela que le rêve était chargé d'apprendre à Tomas, puisque Tereza ne savait pas comment le lui dire elle-même. Elle était venue vivre avec lui pour échapper à l'univers de sa mère où tous les corps étaient égaux. Elle était venue vivre avec lui pour que son corps devienne unique et irremplaçable. Et voici qu'il avait tracé, lui aussi, un signe d'égalité entre elle et les autres : il les embrassait toutes de la même manière, leur prodiguait les mêmes caresses, ne faisait aucune, aucune, mais aucune différence entre le corps de Tereza et les autres corps. Il l'avait renvoyée à l'univers auquel elle avait cru échapper. Il l'avait envoyée défiler nue avec d'autres femmes nues.

16

Elle faisait alternativement trois séries de rêves : la première, où sévissaient des chats, disait ce qu'elle avait souffert de son vivant ; la seconde montrait dans d'innombrables variantes des images de son exécution ; la troisième parlait de sa vie dans l'au-delà, où son humiliation était devenue un état éternel.

Dans ces rêves, il n'y avait rien à déchiffrer. L'accusation qu'ils adressaient à Tomas était si évidente qu'il ne pouvait que se taire et caresser, tête basse, la main ue Tereza.

Outre qu'ils étaient éloquents, ces rêves étaient beaux. C'est un aspect qui a échappé à Freud dans sa théorie des rêves. Le rêve n'est pas seulement une communication (éventuellement une communication chiffrée), c'est aussi une activité esthétique, un jeu de l'imagination, et ce jeu est en lui-même une valeur. Le rêve est la preuve qu'imaginer, rêver ce qui n'a pas été, est l'un des plus profonds besoins de l'homme. Là est la raison du perfide danger qui se cache dans le rêve. Si le rêve n'était pas beau, on pourrait vite l'oublier. Mais Tereza revenait sans cesse à ses rêves, elle se les répétait en pensée, elle en faisait des légendes. Tomas vivait sous le charme hypnotique de la déchirante beauté des rêves de Tereza.

« Tereza, Tereza chérie, tu t'éloignes de moi. Où veux-tu aller ? Tu rêves tous les jours de la mort, comme si tu voulais vraiment disparaître... », lui disait-il un jour qu'ils étaient attablés dans un bar.

Il faisait grand jour, la raison et la volonté avaient repris le gouvernail. Une goutte de vin rouge coulait lentement sur la paroi du verre et Tereza disait : « Tomas, je n'y peux rien. Je comprends tout. Je sais que tu m'aimes. Je sais bien que tes infidélités n'ont rien de dramatique... »

Elle le regardait avec amour, mais elle redoutait la nuit qui allait venir, elle avait peur de ses rêves. Sa vie était coupée en deux. La nuit et le jour se disputaient le pouvoir sur elle.

Celui qui veut continuellement « s'élever » doit
s'attendre à avoir un jour le vertige. Qu'est-ce que le
vertige ? La peur de tomber ? Mais pourquoi avons-
nous le vertige sur un belvédère pourvu d'un solide
garde-fou ? Le vertige, c'est autre chose que la peur de
tomber. C'est la voix du vide au-dessous de nous qui
nous attire et nous envoûte, le désir de chute dont
nous nous défendons ensuite avec effroi.

Le défilé des femmes nues autour de la piscine, les
cadavres dans le corbillard qui se réjouissaient que
Tereza fût morte comme eux, c'est l' « en-bas » qui
l'effrayait, d'où elle s'était déjà enfuie une fois, mais
qui l'attirait mystérieusement. C'était son vertige :
elle entendait un appel très doux (presque joyeux) à
renoncer au destin et à l'âme. C'était l'appel à la
solidarité avec les sans-âmes et, dans les moments de
faiblesse, elle avait envie d'y répondre et de retourner
vers sa mère. Elle avait envie de rappeler du pont de
son corps l'équipage de l'âme ; de descendre s'asseoir
parmi les amies de sa mère et de rire quand l'une ou
l'autre lâche un pet sonore ; de défiler nue avec elles
autour de la piscine et de chanter.

18

Il est vrai qu'avant de quitter sa famille Tereza était en lutte avec sa mère, mais n'oublions pas qu'elle l'aimait en même temps d'un amour malheureux. Elle aurait fait n'importe quoi pour sa mère si seulement celle-ci le lui avait demandé avec la voix de l'amour. N'avoir jamais entendu cette voix lui avait donné la force de partir.

Quand la mère comprit que son agressivité n'avait plus de prise sur sa fille, elle lui écrivit à Prague des lettres larmoyantes. Elle se plaignait de son mari, de son patron, de sa santé, de ses enfants, et disait que Tereza était le seul être qu'elle eût au monde. Tereza crut entendre enfin la voix de l'amour maternel, dont elle avait eu la nostalgie pendant vingt ans, et elle eut envie de retourner près d'elle. Elle en eut d'autant plus envie qu'elle se sentait faible. Les infidélités de Tomas lui révélaient soudain son impuissance, et de ce sentiment d'impuissance naissait le vertige, un immense désir de tomber.

La mère lui téléphona. Elle avait un cancer, disait-elle. Il lui restait à peine quelques mois à vivre. A cette nouvelle, le désespoir où les infidélités de Tomas avaient plongé Tereza se mua en révolte. Elle se reprochait d'avoir trahi sa mère pour un homme qui ne l'aimait pas. Elle était prête à oublier tout ce que sa mère lui avait fait subir. Elle était à même de la comprendre, à présent. Elles étaient toutes les deux dans la même situation : la mère aimait son mari comme Tereza aimait Tomas, et les infidélités du beau-père faisaient souffrir sa mère exactement comme celles de Tomas tourmentaient Tereza. Si sa mère avait été méchante avec elle, c'était uniquement parce qu'elle était trop malheureuse.

Elle parla à Tomas de la maladie de sa mère et lui annonça qu'elle allait prendre une semaine de congé pour aller la voir. Il y avait du défi dans sa voix.

Comme s'il devinait que c'était le vertige qui attirait Tereza auprès de sa mère, Tomas ne souhaitait pas ce voyage. Il téléphona au dispensaire de la petite ville. En Bohême, les dossiers des examens cancérologiques sont très détaillés et il put aisément vérifier que la mère de Tereza n'avait aucun symptôme de cancer et n'avait même pas consulté depuis un an.

Tereza obéit et n'alla pas voir sa mère. Mais le même jour elle tomba dans la rue. Sa démarche devint hésitante ; elle tombait presque quotidiennement, elle se cognait ou, au mieux, lâchait l'objet qu'elle tenait à la main.

Elle éprouvait un insurmontable désir de tomber. Elle vivait dans un continuel vertige.

Celui qui tombe dit : « Relève-moi ! » Patiemment, Tomas la relevait.

« Je voudrais faire l'amour avec toi dans mon atelier, comme sur une scène de théâtre. Il y aurait des gens autour et ils n'auraient pas le droit de s'approcher mais ils ne pourraient pas nous quitter des yeux... »

A mesure que le temps passait, cette image perdait de sa cruauté initiale et commençait à l'exciter. Plusieurs fois, pendant l'amour, en chuchotant à l'oreille de Tomas, elle évoqua cette situation.

Elle se dit qu'il existait un moyen d'échapper à la condamnation qu'elle lisait dans ses infidélités : qu'il l'emmène avec lui ! qu'il l'emmène chez ses maîtresses ! Par ce détour, son corps redeviendrait peut-être unique et premier entre tous. Son corps serait l'alter ego de Tomas, son second et son assistant.

Ils s'étreignent, et elle lui murmure : « Je te les déshabillerai, je te les laverai dans la baignoire et je te les amènerai... » Elle voudrait qu'ils se transforment tous deux en créatures hermaphrodites et que les corps des autres femmes deviennent leur jouet commun.

20

Lui servir d'alter ego dans sa vie polygame. Tomas ne voulait pas comprendre, mais elle ne pouvait se débarrasser de cette idée et tentait de se rapprocher de Sabina. Elle lui proposa de faire des photos-portraits.

Sabina l'invita dans son atelier. Tereza découvrait enfin l'immense pièce avec au centre le large divan carré dressé comme une estrade.

« Quelle honte que tu ne sois encore jamais venue chez moi ! » disait Sabina en lui montrant les tableaux rangés contre le mur. Elle sortit même une vieille toile qu'elle avait peinte au temps où elle était étudiante. On y voyait un chantier de hauts fourneaux en construction. Elle y avait travaillé à l'époque où les Beaux-Arts exigeaient le réalisme le plus rigoureux (l'art non réaliste était alors considéré comme une tentative de subversion du socialisme), et Sabina, guidée par le goût sportif du pari, s'efforçait d'être encore plus rigoureuse que les professeurs. Avec sa manière d'alors le trait du pinceau était imperceptible, ce qui donnait à ses toiles l'apparence de photos en couleurs.

« Ce tableau-là, je l'avais abîmé. De la peinture rouge avait coulé sur la toile. Au début, j'étais furieuse, mais cette tache a commencé à me plaire parce qu'on aurait dit une fissure, comme si le chantier n'était pas un vrai chantier, mais seulement

L'insoutenable légèreté de l'être.   4.

un vieux décor fendu où le chantier était peint en trompe l'œil. J'ai commencé à m'amuser avec cette fissure, à l'agrandir, à imaginer ce qu'on pouvait voir derrière. C'est comme ça que j'ai peint mon premier cycle de tableaux que j'ai appelé Décors. Evidemment, il fallait que personne ne les vît. On m'aurait fichue à la porte de l'école. Devant, c'était toujours un monde parfaitement réaliste et, en arrière-plan, comme derrière la toile déchirée d'un décor de théâtre, on voyait quelque chose d'autre, quelque chose de mystérieux ou d'abstrait. »

Elle s'interrompit, puis elle ajouta : « Devant c'était le mensonge intelligible, et derrière l'incompréhensible vérité. »

Tereza écoutait avec cette incroyable attention qu'un professeur a rarement l'occasion de voir sur le visage d'un étudiant, et elle constatait que tous les tableaux de Sabina, ceux d'avant et ceux de maintenant, parlaient en fait toujours de la même chose, qu'ils étaient tous la rencontre simultanée de deux thèmes, de deux mondes, qu'ils étaient comme des photographies nées d'une double exposition. Un paysage et, au fond, en transparence, une lampe de chevet allumée. Une main déchirant par-derrière une idyllique nature morte avec pommes, noix et sapin de Noël illuminé.

Elle éprouvait soudain de l'admiration pour Sabina et, comme l'artiste était très amicale, cette admiration n'était pas mêlée de crainte ou de méfiance et se changeait en sympathie.

Pour un peu, elle en oubliait qu'elle était venue

pour faire des photos. Sabina dut le lui rappeler. Détachant son regard des tableaux, elle vit le divan dressé comme une estrade au milieu de la pièce.

21

Il y avait une table de chevet à côté du divan et, sur cette table, un socle en forme de tête humaine, un de ces présentoirs dont les coiffeurs se servent pour exposer les perruques. Chez Sabina, la tête postiche ne portait pas de perruque, mais un chapeau melon. Sabina sourit. « Ce chapeau melon me vient de mon grand-père. »

Des chapeaux comme celui-ci, noirs, ronds, rigides, Tereza n'en avait vu qu'au cinéma. Charlie Chaplin en portait toujours un. Elle sourit à son tour, prit le chapeau melon dans la main et l'examina longuement. Puis elle dit : « Veux-tu le mettre pour que je te photographie ? »

Pour toute réponse, Sabina partit d'un grand éclat de rire. Tereza reposa le chapeau melon, se saisit de son appareil et commença à prendre des photos.

Au bout d'une petite heure, elle dit : « Et si je te photographiais nue ?

— Nue ? fit Sabina.

— Oui, dit Tereza, répétant bravement sa proposition.

— Pour ça, il faut d'abord qu'on boive », dit Sabina, et elle alla déboucher une bouteille de vin.

Tereza éprouvait une sorte d'engourdissement, elle se taisait, tandis que Sabina marchait de long en large dans la chambre, un verre de vin à la main, et parlait de son grand-père qui était maire d'une petite ville de province ; Sabina ne l'avait jamais connu ; tout ce qui restait de lui, c'était ce chapeau et une photographie où l'on voyait des notables à une tribune ; l'un des notables était le grand-père de Sabina ; on ne savait pas très bien ce qu'ils faisaient là, peut-être participaient-ils à une cérémonie, peut-être inauguraient-ils un monument à la mémoire d'un autre notable qui portait aussi un chapeau melon dans les occasions solennelles.

Sabina parla longuement du chapeau melon et du grand-père. Ayant vidé son troisième verre, elle dit : « Attends une seconde ! » et elle disparut dans la salle d'eau.

Elle revint en peignoir de bain. Tereza prit son appareil et l'appliqua contre son œil. Sabina écarta le peignoir.

22

L'appareil servait à Tereza d'œil mécanique pour observer la maîtresse de Tomas et en même temps de voile pour lui dissimuler son visage.

Il fallut un bon moment à Sabina pour se résoudre à ôter le peignoir. La situation était plus difficile qu'elle ne l'avait cru. Après avoir posé quelques minutes, elle s'approcha de Tereza et dit : « Maintenant, c'est à mon tour de te photographier. Déshabille-toi ! »

Ces mots « déshabille-toi », que Sabina avait entendus bien des fois de la bouche de Tomas, s'étaient gravés dans sa mémoire. C'était donc l'ordre de Tomas que la maîtresse adressait maintenant à l'épouse. Les deux femmes étaient ainsi reliées par la même phrase magique. C'était sa façon à lui de faire surgir, inopinément, d'une conversation anodine une situation érotique : pas par des caresses, des frôlements, des compliments, des prières, mais par un ordre qu'il proférait soudainement, à l'improviste, d'une voix basse bien qu'énergique et autoritaire, et à distance. A ce moment-là, jamais il ne touchait celle à qui il s'adressait. Même à Tereza, il disait souvent, exactement sur le même ton : « Déshabille-toi ! » Et quoiqu'il dît cela doucement, quoiqu'il ne fît que chuchoter, c'était un ordre, et elle se sentait toujours excitée rien que de lui obéir. Or, elle venait d'entendre ces mêmes mots et son désir de se soumettre était d'autant plus grand que c'est une étrange folie d'obéir à quelqu'un d'étranger, folie en l'occurrence d'autant plus belle que l'ordre n'était pas proféré par un homme, mais par une femme.

Sabina lui saisit l'appareil des mains et Tereza se déshabilla. Elle était debout, nue et désarmée. Littéralement *désarmée* parce que privée de l'appareil dont elle s'était servie pour dissimuler son visage et qu'elle pointait sur Sabina comme une arme. Elle était à la merci de la maîtresse de Tomas. Cette belle soumission la grisait. Puissent ces secondes où elle est nue devant Sabina ne s'achever jamais !

Je pense que Sabina sentit aussi le charme insolite de cette situation où elle avait devant elle la femme de son amant, étrangement docile et timide. Elle appuya deux ou trois fois sur le déclencheur puis, comme effrayée de cet envoûtement et pour le dissiper au plus vite, elle rit très fort.

Tereza en fit autant et toutes deux se rhabillèrent.

23

Tous les crimes passés de l'Empire russe ont été perpétrés à l'abri d'une pénombre discrète. La déportation d'un demi-million de Lituaniens, l'assassinat de centaines de milliers de Polonais, la liquidation des Tatars de Crimée, tout cela est resté dans la mémoire sans preuves photographiques, donc comme une chose indémontrable que l'on fera tôt ou tard passer pour une mystification. Au contraire, l'invasion de la Tchécoslovaquie, en 1968, a été photographiée, filmée et déposée dans les archives du monde entier.

Les photographes et les cameramen tchèques comprirent l'occasion qui leur était donnée de faire la seule chose qu'on pouvait encore faire : préserver pour l'avenir lointain l'image du viol. Tereza passa ces sept journées-là dans les rues à photographier des soldats et des officiers russes dans toutes sortes de situations compromettantes. Les Russes étaient pris au dépourvu. Ils avaient reçu des instructions précises sur l'attitude à adopter au cas où on leur tirerait dessus ou si on leur lançait des pierres, mais personne ne leur avait indiqué comment réagir devant l'objectif d'un appareil photographique.

Elle prit des photos sur des centaines de pellicules. Elle en distribua à peu près la moitié à des journalistes étrangers sous forme de rouleaux à développer (la frontière était toujours ouverte, les journalistes arrivaient de l'étranger, au moins pour un aller et retour, et ils acceptaient avec reconnaissance le moindre document). Beaucoup de ses photos parurent à l'étranger dans les journaux les plus divers : on y voyait des tanks, des poings menaçants, des immeubles endommagés, des morts recouverts d'un drapeau tricolore ensanglanté, des jeunes gens à moto qui tournaient à toute vitesse autour des chars en agitant des drapeaux tchèques au bout de longues perches, et de très jeunes filles vêtues de minijupes incroyablement courtes, qui provoquaient les malheureux soldats russes sexuellement affamés en embrassant sous leurs yeux des passants inconnus. L'invasion russe, répétons-le, n'a pas été seulement une tragédie ; ce fut aussi une fête de la haine dont personne ne comprendra jamais l'étrange euphorie.

24

Elle avait emporté en Suisse une cinquantaine de photographies qu'elle développa elle-même avec tout le soin et tout l'art dont elle était capable. Elle alla les proposer à un magazine à grand tirage. Le rédacteur en chef la reçut aimablement (tous les Tchèques portaient autour de la tête l'auréole de leur malheur qui touchait les bons Suisses), l'invita à s'asseoir dans un fauteuil, examina les photos, en fit l'éloge et expliqua qu'elles n'avaient aucune chance d'être publiées (« aussi belles soient-elles ! ») l'événement étant maintenant trop éloigné.

« Mais à Prague, rien n'est fini ! » s'indignait Tereza, et elle tentait d'expliquer en mauvais allemand que dans son pays occupé, en ce moment même, envers et contre tout, des conseils ouvriers se constituaient dans les usines, que les étudiants pour protester contre l'occupation étaient en grève et que tout le pays continuait à vivre comme il l'entendait. C'était justement ça, l'incroyable ! Et ça n'intéressait plus personne !

Le rédacteur en chef se sentit soulagé quand une femme énergique entra dans la pièce, interrompant leur conversation. Elle lui tendit un dossier : « Je t'apporte un reportage sur une plage de nudistes. »

Subtil, le rédacteur en chef craignit que cette Tchèque qui photographiait des tanks ne trouvât frivole l'image de gens tout nus sur une plage. Il repoussa le dossier le plus loin possible sur le bord de son bureau et s'empressa de dire à la nouvelle venue : « Je te présente une collègue de Prague. Elle m'a apporté de splendides photos. »

La femme serra la main de Tereza et prit les photos.

« Pendant ce temps, regardez les miennes ! »

Tereza se pencha sur le dossier et en sortit les photographies.

Le rédacteur en chef dit à Tereza d'une voix presque coupable : « C'est exactement le contraire de ce que vous avez photographié, vous. »

Tereza répondit : « Mais pas du tout ! C'est exactement la même chose. »

Personne ne comprit cette phrase, et moi aussi j'ai quelque peine à m'expliquer ce que Tereza voulait dire en comparant une plage de nudistes à l'invasion russe. Elle examinait les épreuves et s'arrêta longuement sur une photo où l'on voyait en cercle une famille de quatre personnes : la mère toute nue penchée sur ses enfants, avec ses grosses mamelles qui pendaient comme pendent les mamelles d'une chèvre ou d'une vache, et de dos, pareillement penché en avant, le mari dont les bourses ressemblaient à des pis miniatures.

« Ça ne vous plaît pas ? demanda le rédacteur en chef.

— C'est bien photographié.

— Je crois que le sujet la choque, dit la photographe. Rien qu'à vous voir, on devine que vous n'iriez pas sur une plage de nudistes.

— Sûrement pas », dit Tereza.

Le rédacteur en chef sourit : « On voit tout de suite d'où vous venez. C'est fou ce que les pays communistes sont puritains ! »

La photographe ajouta avec une amabilité maternelle : « Des corps nus. Et alors ! C'est normal ! Tout ce qui est normal est beau ! »

Tereza se souvint de sa mère qui se promenait nue dans l'appartement. Elle entendait encore le rire qui l'avait accompagnée quand elle avait couru baisser le store pour qu'on ne vît pas sa mère toute nue.

25

La photographe invita Tereza à prendre un café au bar.

« Vos photos sont très intéressantes. J'ai remarqué que vous avez un sens fantastique du corps féminin. Vous savez à quoi je pense ! A ces jeunes filles dans des poses provocantes !

— Les couples qui s'embrassent devant les chars russes ?

— Oui. Vous feriez une remarquable photographe de mode. Bien sûr, il faudrait d'abord prendre contact avec un modèle. De préférence, avec une fille qui débute, comme vous. Ensuite, vous pourriez faire quelques photos pour les présenter à une agence. Evidemment, il vous faudra un certain temps pour percer. En attendant, je pourrais peut-être faire quelque chose pour vous. Vous présenter au journaliste qui dirige la rubrique Votre Jardin. Il aurait peut-être besoin de photos. Des cactus, des roses, des trucs comme ça.

— Je vous remercie beaucoup », dit sincèrement Tereza, voyant que la femme assise en face d'elle était pleine de bonne volonté.

Mais ensuite elle se dit : pourquoi est-ce que je photographierais des cactus ? Elle éprouvait une sorte de dégoût à l'idée de recommencer ce qu'elle avait déjà fait à Prague : se battre pour une place, pour une carrière, pour chaque photo publiée. Elle n'avait jamais été ambitieuse par vanité. Tout ce qu'elle voulait, c'était échapper au monde de sa mère. Oui, elle le voyait soudain clairement : elle avait exercé son métier de photographe avec beaucoup de ferveur, mais elle aurait pu mettre la même ferveur dans n'importe quelle autre activité, car la photographie n'avait été qu'un moyen de « s'élever » et de vivre auprès de Tomas.

Elle dit : « Vous savez, mon mari est médecin et peut me nourrir. Je n'ai pas besoin de faire de la photo. »

La photographe répondit : « Je ne comprends pas que vous puissiez renoncer à la photo après en avoir fait d'aussi belles ! »

Oui, les photographies des journées de l'invasion, c'était autre chose. Ces photos-là, elle ne les avait pas faites pour Tomas. Elle les avait faites poussée par la passion. Mais pas par la passion de la photographie. Par la passion de la haine. Cette situation-là ne se répéterait plus. D'ailleurs, les photos qu'elle avait faites par passion, plus personne n'en voulait parce qu'elles n'étaient plus actuelles. Seul un cactus était éternellement actuel. Et les cactus ne l'intéressaient pas.

Elle dit : « C'est très gentil de votre part. Mais je préfère rester à la maison. Je n'ai pas besoin de travailler. »

La photographe dit : « Et ça vous satisfait de rester à la maison ? »

Tereza dit : « J'aime mieux ça que de photographier des cactus. »

La photographe dit : « Même si vous photographiez des cactus, c'est *votre* vie à *vous*. Si vous ne vivez que pour votre mari, ce n'est pas *votre* vie. »

Soudain, Tereza se sentit agacée : « Ma vie, c'est mon mari, pas les cactus. »

La photographe parlait avec une certaine irritation : « Voulez-vous dire que vous êtes heureuse ? »

Tereza dit (toujours avec agacement) : « Bien sûr que je suis heureuse ! »

La photographe dit : « Une femme qui dit cela est forcément très... » Elle préféra ne pas achever.

Tereza compléta : « Vous voulez dire : forcément très bornée. »

La photographe se maîtrisa et dit : « Non, pas bornée. Anachronique. »

Tereza dit d'un air songeur : « Vous avez raison. C'est exactement ce que mon mari dit de moi. »

26

Mais Tomas passait des journées entières à la clinique et elle était seule à la maison. Encore heureux qu'elle eût Karénine et qu'elle pût faire avec lui de longues promenades ! Quand elle rentrait, elle s'asseyait devant un manuel d'allemand ou de français. Mais elle avait le cafard et n'arrivait pas à se concentrer. Souvent, elle pensait au discours que Dubcek avait prononcé à la radio à son retour de Moscou. Elle ne se rappelait plus rien de ce qu'il avait dit, mais elle avait encore dans l'oreille sa voix bégayante. Elle pensait à lui : des soldats étrangers l'avaient arrêté dans son propre pays, lui, le chef d'un Etat souverain, ils l'avaient enlevé, l'avaient séquestré quatre jours durant quelque part dans les montagnes d'Ukraine, lui avaient fait comprendre qu'ils allaient le fusiller comme avait été fusillé douze ans plus tôt son précurseur hongrois Imre Nagy, puis ils l'avaient transféré à Moscou, lui avaient ordonné de prendre un bain, de se raser, de s'habiller, de mettre une cravate, lui avaient annoncé qu'il n'était plus destiné au peloton d'exécution, lui avaient enjoint de se considérer à nouveau comme un chef d'Etat, l'avaient fait asseoir à une table en face de Brejnev et l'avaient contraint à négocier.

Il était revenu humilié et s'était adressé à un peuple humilié. Il était humilié au point de ne pouvoir parler. Tereza n'oublierait jamais ces pauses atroces au milieu des phrases. Etait-il à bout de force? Malade? L'avait-on drogué? Ou bien, n'était-ce que le désespoir? S'il ne reste rien de Dubcek, il en restera ces longs silences atroces pendant lesquels il ne pouvait pas respirer, pendant lesquels il cherchait son souffle devant un peuple entier collé aux récepteurs. Dans ces silences, il y avait toute l'horreur qui s'était abattue sur le pays.

C'était le septième jour de l'invasion, elle avait écouté ce discours dans la salle de rédaction d'un quotidien qui était devenu pendant ces journées le porte-parole de la résistance. A ce moment-là, tous ceux qui étaient dans la salle et qui écoutaient Dubcek le haïssaient. Ils lui en voulaient du compromis auquel il avait consenti, ils se sentaient humiliés de son humiliation, et sa faiblesse les offensait.

Maintenant, à Zurich, en songeant à cet instant, elle n'éprouvait plus aucun mépris pour Dubcek. Le mot faiblesse ne sonnait plus comme un verdict. On est toujours faible, confronté à une force supérieure, même quand on a le corps d'athlète de Dubcek. Cette faiblesse qui lui paraissait alors insupportable, répugnante, et qui l'avait chassée de son pays, l'attirait soudain. Elle comprenait qu'elle faisait partie des faibles, du camp des faibles, du pays des faibles et qu'elle devait leur être fidèle, justement parce qu'ils étaient faibles et qu'ils cherchaient leur souffle au milieu des phrases.

Elle était attirée par cette faiblesse comme par le vertige. Elle était attirée parce qu'elle-même se sentait faible. Elle était de nouveau jalouse et ses mains s'étaient remises à trembler. Tomas s'en aperçut et fit le geste familier : il lui prit les mains pour la calmer d'une pression des doigts. Elle lui échappa.

« Qu'est-ce que tu as ?

— Rien.

— Qu'est-ce que tu veux que je fasse pour toi ?

— Je veux que tu sois vieux. Que tu aies dix ans de plus. Vingt ans de plus ! »

Elle voulait dire par là : je veux que tu sois faible. Que tu sois aussi faible que moi.

27

Karénine n'avait jamais vu d'un bon œil le départ pour la Suisse. Karénine détestait le changement. Pour un chien, le temps ne s'accomplit pas en ligne droite, son cours n'est pas un mouvement continu en avant, de plus en plus loin, d'une chose à la chose suivante. Il décrit un mouvement circulaire, comme le temps des aiguilles d'une montre, car les aiguilles non plus ne vont pas follement de l'avant, mais tournent en rond sur le cadran, jour après jour, selon la même trajectoire. A Prague, il suffisait qu'ils achètent un fauteuil neuf ou qu'ils changent un pot de fleurs de place, et Karénine était indigné. Son sens du temps en était perturbé. C'est ce qui arriverait aux aiguilles si on leur changeait sans cesse les chiffres du cadran.

Pourtant, il réussit bientôt à rétablir dans l'appartement zurichois l'ancien emploi du temps et les anciens rites. Le matin, comme à Prague, il les rejoignait d'un bond sur le lit pour inaugurer leur journée, puis il faisait avec Tereza les premières courses matinales et il exigeait, comme à Prague, sa promenade quotidienne.

Karénine était l'horloge de leur vie. Dans les moments de désespoir, Tereza se disait qu'il fallait tenir à cause de ce chien parce qu'il était encore plus faible qu'elle, peut-être encore plus faible que Dubcek et que sa patrie abandonnée.

Ils rentraient de la promenade et le téléphone sonnait. Elle souleva le combiné et demanda qui était à l'appareil.

C'était une voix de femme qui parlait allemand et demandait Tomas. La voix s'impatientait et Tereza crut y deviner une note de mépris. Quand elle dit que Tomas était sorti et qu'elle ne savait pas quand il rentrerait, la femme éclata de rire à l'autre bout de la ligne et raccrocha sans prendre congé.

Tereza savait qu'il ne fallait pas y attacher d'importance. C'était peut-être une infirmière de l'hôpital, une malade, une secrétaire, n'importe qui. Pourtant, elle était troublée et n'arrivait pas à se concentrer. Elle comprit qu'elle avait perdu le peu de force qu'elle avait encore à Prague et qu'elle était absolument incapable de supporter cet incident somme toute bien futile.

Qui vit à l'étranger marche dans un espace vide au-dessus de la terre sans le filet de protection que tend à tout être humain le pays qui est son propre pays, où il a sa famille, ses collègues, ses amis, et où il se fait comprendre sans peine dans la langue qu'il connaît depuis l'enfance. A Prague, elle dépendait de Tomas, certes, mais seulement par le cœur. Ici, elle dépendait de lui pour tout. S'il l'abandonnait, que deviendrait-elle ici ? Devait-elle passer toute sa vie dans la terreur de le perdre ?

Elle se disait que leur rencontre reposait depuis le début sur une erreur. *Anna Karénine*, qu'elle serrait sous son bras ce jour-là, était la fausse carte d'identité dont elle s'était servie pour tromper Tomas. Ils s'étaient créé un enfer, mutuellement, même s'ils s'aimaient. C'était vrai qu'ils s'aimaient, et c'était la preuve que la faute ne venait pas d'eux-mêmes, de leur comportement ou de leur sentiment labile, mais bien de leur incompatibilité parce qu'il était fort et qu'elle était faible. Elle était comme Dubcek qui marquait une pause d'une demi-minute au milieu d'une phrase, elle était comme sa patrie qui bégayait, cherchait son souffle et ne pouvait parler.

Mais c'était justement le faible qui devait savoir être fort et partir quand le fort était trop faible pour pouvoir blesser le faible.

Voilà ce qu'elle se disait. Puis, serrant son visage contre le crâne velu de Karénine : « Il ne faut pas m'en vouloir, Karénine, mais il va falloir déménager encore une fois. »

28

Elle se serrait dans un angle du compartiment, sa lourde valise posée au-dessus de sa tête, Karénine blotti à ses pieds. Elle pensait au cuisinier de la brasserie où elle était employée quand elle habitait chez sa mère. Il ne ratait pas une occasion de lui donner une claque sur les fesses et il lui avait plus d'une fois proposé devant tout le monde de coucher avec lui. C'était étrange qu'elle pensât justement à lui. Il incarnait pour elle tout ce qui lui répugnait. Mais à présent, elle n'avait plus qu'une idée, le retrouver et lui dire : « Tu disais que tu voulais coucher avec moi. Eh bien ! me voilà. »

Elle avait envie de faire quelque chose qui l'empêchât de revenir en arrière. Elle avait envie d'anéantir brutalement tout le passé de ses sept dernières années. C'était le vertige. Un étourdissant, un insurmontable désir de tomber.

Je pourrais dire qu'avoir le vertige c'est être ivre de sa propre faiblesse. On a conscience de sa faiblesse et on ne veut pas lui résister, mais s'y abandonner. On se soûle de sa propre faiblesse, on veut être plus faible encore, on veut s'écrouler en pleine rue aux yeux de tous, on veut être à terre, encore plus bas que terre.

Elle se persuadait qu'elle ne resterait pas à Prague et qu'elle ne travaillerait plus comme photographe.

Elle retournerait dans la petite ville d'où la voix de Tomas l'avait arrachée.

Mais une fois de retour à Prague, il fallait bien y passer quelque temps pour régler des détails pratiques. Elle retardait son départ.

De sorte qu'au bout de cinq jours Tomas apparut soudain dans l'appartement. Karénine lui sautait au visage, leur épargnant pendant un long moment la nécessité de se parler.

Ils étaient tous deux face à face au milieu d'une plaine enneigée et ils tremblaient de froid.

Puis ils s'approchèrent comme des amants qui ne se sont pas encore embrassés.

Il demanda : « Tout va bien ?

— Oui.

— As-tu été au journal ?

— J'ai téléphoné.

— Alors ?

— Rien. J'attendais.

— Quoi ? »

Elle ne répondait pas. Elle ne pouvait lui dire que c'était lui qu'elle attendait.

29

Retournons à l'instant que nous connaissons déjà. Tomas était désespéré et il avait mal à l'estomac. Il s'endormit très tard.

Quelques instants après, Tereza se réveilla. (Les avions russes tournaient toujours dans le ciel de Prague et on dormait mal dans ce vacarme.) Sa première pensée fut celle-ci : il était revenu à cause d'elle. A cause d'elle, il avait changé de destin. Maintenant, ce n'était plus lui qui serait responsable d'elle ; désormais, elle était responsable de lui.

Cette responsabilité lui semblait au-dessus de ses forces.

Puis elle se souvint : hier, il était apparu à la porte de l'appartement et, quelques instants après, une église de Prague avait sonné six heures. La première fois qu'ils s'étaient rencontrés, elle avait terminé son service à six heures. Elle le voyait en face d'elle, assis sur un banc jaune, et elle entendait le carillonnement des cloches.

Non, ce n'était pas de la superstition, c'était le sens de la beauté qui la délivrait soudain de son angoisse et l'emplissait d'un désir renouvelé de vivre. Une fois de plus, les oiseaux des hasards s'étaient posés sur ses épaules. Elle avait les larmes aux yeux et était infiniment heureuse de l'entendre respirer près d'elle.

TROISIÈME PARTIE

LES MOTS INCOMPRIS

1

Genève est une ville de jets d'eau et de fontaines. On y voit encore dans les jardins publics les kiosques où jouaient autrefois les fanfares. Même l'université se perd au milieu des arbres. Franz, qui venait de terminer son cours du matin, sortit du bâtiment. L'eau pulvérisée jaillissant des tourniquets retombait sur la pelouse; il était d'excellente humeur. De l'université, il alla directement chez son amie. Elle habitait à quelques rues de là.

Il s'arrêtait souvent chez elle, mais toujours en ami attentif, jamais en amant. S'il avait fait l'amour avec elle dans son atelier genevois, il serait passé d'une femme à l'autre dans la même journée, de l'épouse à la maîtresse, de la maîtresse à l'épouse, et, comme à Genève maris et femmes dorment à la française dans le même lit, il serait ainsi passé en quelques heures du lit d'une femme à celui de l'autre. A ses yeux, c'eût été humilier l'amante et l'épouse et, finalement, s'humilier lui-même.

Son amour pour la femme dont il était épris depuis quelques mois était une chose si précieuse qu'il s'ingéniait à lui façonner dans sa vie un espace autonome, un territoire inaccessible de pureté. Il était souvent invité à donner des conférences dans des universités étrangères et maintenant il acceptait avec empressement toutes les invitations. Comme il n'y en avait pas suffisamment, il les complétait par des congrès et des colloques imaginaires pour justifier ses voyages aux yeux de son épouse. Son amie, qui pouvait user librement de son temps, l'accompagnait. Il lui avait ainsi fait découvrir en un court laps de temps plusieurs villes européennes et une ville d'Amérique.

« Dans une dizaine de jours, si tu n'es pas contre, on pourrait aller à Palerme, dit-il.

— Je préfère Genève. » Debout devant son chevalet, elle examinait une toile inachevée.

Franz tenta de plaisanter : « Comment peut-on vivre sans connaître Palerme ?

— Je connais Palerme, dit-elle.

— Quoi ? demanda-t-il d'un ton presque jaloux.

— Une amie m'a envoyé une carte postale de làbas. Je l'ai collée avec du scotch dans les waters. Tu ne l'as pas remarquée ? »

Puis elle ajouta : « Ecoute l'histoire d'un poète du début du siècle. Il était très vieux et son secrétaire lui faisait faire sa promenade. Un jour, il lui dit : " Levez la tête, Maître, et regardez ! Voilà le premier aéroplane qui passe au-dessus de la ville ! — Je peux l'imaginer ", répliqua le Maître à son secrétaire, sans lever les yeux. Eh bien ! vois-tu, moi aussi, je peux m'imaginer Palerme. Il y aura les mêmes hôtels et les mêmes voitures que dans toutes les villes. Au moins, dans mon atelier, les tableaux sont toujours différents. »

Franz se rembrunit. Il était tellement habitué à ce lien entre sa vie amoureuse et les voyages qu'il avait mis dans sa proposition : « Allons à Palerme ! » un message érotique sans équivoque. Pour lui, la

réponse : « Je préfère Genève ! » ne pouvait donc signifier qu'une chose : son amie n'avait plus envie de lui.

Comment expliquer ce manque d'assurance devant
sa maîtresse ? Il n'avait aucune raison de douter ainsi
de lui-même ! C'était elle, pas lui, qui avait fait les
premières avances peu après leur rencontre ; il était
bel homme, au sommet de sa carrière scientifique et
même redouté de ses collègues pour la hauteur et
l'obstination dont il faisait preuve dans les polémiques
entre spécialistes. Alors, pourquoi se répétait-il chaque jour que son amie allait le quitter ?

Je n'arrive qu'à cette explication : l'amour n'était
pas pour lui le prolongement, mais l'antipode de sa vie
publique. L'amour, c'était pour lui le désir de s'abandonner au bon vouloir et à la merci de l'autre. Celui
qui se livre à l'autre comme le soldat se constitue prisonnier doit d'avance rejeter toutes ses armes. Et, se
voyant sans défense, il ne peut s'empêcher de se demander quand tombera le coup. Je peux donc dire que
l'amour était pour Franz l'attente continuelle du coup.

Tandis qu'il s'abandonnait à son angoisse, son
amie avait posé ses pinceaux et avait quitté la pièce.
Elle revint avec une bouteille de vin. Elle l'ouvrit en
silence et remplit deux verres.

Il sentit un grand poids lui tomber de la poitrine. Les
mots : « Je préfère Genève » ne signifiaient pas qu'elle ne
voulait pas faire l'amour avec lui, mais tout le contraire,
qu'elle en avait assez de restreindre leurs moments
d'intimité à de brefs séjours dans des villes étrangères.

Elle leva son verre et le vida d'un trait. Franz leva
le sien et but à son tour. Il était certes très satisfait de

constater que le refus d'aller à Palerme n'était en réalité qu'une invitation à l'amour, mais il en éprouva bientôt un certain regret : son amie avait décidé d'enfreindre la règle de pureté qu'il avait introduite dans leur liaison ; elle ne comprenait pas les efforts angoissés qu'il déployait pour protéger l'amour de la banalité et l'isoler radicalement du foyer conjugal.

S'abstenir de faire l'amour avec sa maîtresse à Genève, c'était en fait un châtiment qu'il s'infligeait pour se punir d'être marié avec une autre. Il vivait cette situation comme une faute ou comme une tare. De sa vie amoureuse avec son épouse, il n'y avait pratiquement rien à dire, mais ils couchaient quand même dans le même lit, la nuit chacun réveillait l'autre avec son souffle rauque, et ils aspiraient mutuellement les miasmes de leurs corps. Il aurait certainement préféré dormir seul, mais le lit commun restait le symbole du mariage et les symboles, on le sait, sont intouchables.

Chaque fois qu'il se mettait au lit à côté de sa femme, il pensait à son amie qui l'imaginait en train de se mettre au lit à côté de sa femme. Chaque fois, l'idée lui faisait honte ; aussi voulait-il mettre le plus d'espace possible entre le lit où il dormait avec sa femme et le lit où il faisait l'amour avec sa maîtresse.

Elle se versa un autre verre de vin, but une gorgée puis, sans un mot, avec une étrange indifférence, comme si Franz n'avait pas été là, elle retira lentement sa blouse. Elle se comportait comme se comporte dans un exercice d'improvisation l'élève d'un cours d'art dramatique qui doit se montrer tel qu'il est quand il est seul et que personne ne le voit.

Elle était en jupe et en soutien-gorge. Puis (comme si elle s'était soudain souvenue qu'il y avait quelqu'un dans la pièce) elle posa un long regard sur Franz.

Ce regard le gênait car il ne le comprenait pas. Il s'établit rapidement entre tous les amants des règles du jeu dont ils n'ont pas conscience mais qui ont force de loi et qu'il ne faut pas transgresser. Le regard qu'elle venait de poser sur lui échappait à ces règles ; il n'avait rien de commun avec les regards et les gestes qui précédaient habituellement leur étreinte. Il n'y avait dans ce regard ni défi ni coquetterie, plutôt une sorte d'interrogation. Seulement, Franz ne savait pas du tout sur quoi ce regard l'interrogeait.

Elle enleva sa jupe. Elle saisit sa main et le fit pivoter en direction d'un grand miroir appuyé contre le mur quelques pas plus loin. Sans lâcher sa main, elle regardait dans ce miroir, posant le même long regard interrogateur tantôt sur elle, tantôt sur lui.

Par terre, au pied du miroir, il y avait une tête postiche coiffée d'un vieux chapeau melon. Elle se pencha pour le prendre et se le planta sur la tête. Aussitôt, l'image changea dans le miroir : on y voyait une femme en sous-vêtements, belle, inaccessible, indifférente, la tête surmontée d'un chapeau melon tout à fait incongru. Elle tenait par la main un monsieur en costume gris et en cravate.

Une fois de plus, il s'étonna de comprendre aussi mal sa maîtresse. Elle ne s'était pas déshabillée pour le convier à l'amour, mais pour lui jouer une étrange

127

espièglerie, un happening intime pour eux deux. Il sourit, compréhensif et consentant.

Il pensait qu'elle allait lui sourire à son tour, mais son attente fut déçue. Elle ne lâchait pas sa main et son regard allait de l'un à l'autre dans le miroir.

La durée du happening dépassait les bornes. Franz trouvait que cette farce (charmante certes, il voulait bien l'admettre) se prolongeait un peu trop. Il prit délicatement le chapeau melon entre deux doigts, l'enleva en souriant de la tête de Sabina et le remit sur le socle. C'était comme de gommer les moustaches dessinées par un enfant polisson sur l'image de la Vierge Marie.

Elle resta encore immobile pendant quelques secondes à se contempler dans le miroir. Puis Franz la couvrit de tendres baisers. Il lui demanda encore une fois de l'accompagner dans une dizaine de jours à Palerme. Cette fois, elle promit sans détour, et il partit.

Sa bonne humeur était revenue. Genève, qu'il avait maudite toute sa vie comme la métropole de l'ennui, lui semblait belle et pleine d'aventures. Il se retourna, les yeux levés vers la baie vitrée de l'atelier. C'étaient les dernières semaines du printemps, il faisait chaud, toutes les fenêtres étaient tendues de stores à rayures. Franz arriva à un parc au-dessus duquel, au loin, flottaient les coupoles de l'église orthodoxe, semblables à des boulets d'or qu'une force invisible aurait retenus juste avant l'impact pour qu'ils se figent dans l'air. C'était beau. Franz descendit vers le quai pour prendre un bateau-mouche et se faire reconduire de l'autre côté du lac sur la rive droite où il habitait.

2

Sabina resta seule. De nouveau, elle se campa devant le miroir. Elle était toujours en sous-vêtements. Elle remit le chapeau melon et s'examina longuement. Elle s'étonnait, après tout ce temps, d'être encore poursuivie par le même instant perdu.

Quand Tomas, voici des années, était venu chez elle, le chapeau melon l'avait captivé. Il l'avait mis et s'était contemplé dans le grand miroir qui était alors appuyé comme ici contre un mur du studio pragois de Sabina. Il voulait voir quelle figure il aurait eue en maire d'une petite ville du siècle dernier. Puis, quand Sabina commença à se déshabiller lentement, il lui posa le chapeau melon sur la tête. Ils étaient debout devant le miroir (ils étaient toujours ainsi quand elle se déshabillait) et épiaient leur image. Elle était en sous-vêtements et coiffée du chapeau melon. Puis elle comprit soudain que ce tableau les excitait tous les deux.

Comment était-ce possible? Un instant auparavant, le chapeau melon qu'elle avait sur la tête lui faisait l'effet d'une blague. Du comique à l'excitant, n'y aurait-il qu'un pas?

Oui. En se regardant dans le miroir, elle ne vit d'abord qu'une situation drôle. Mais ensuite, le comique fut noyé sous l'excitation: le chapeau melon n'était plus un gag, il signifiait la violence; la violence faite à Sabina, à sa dignité de femme. Elle se voyait,

129

les jambes dénudées, avec un slip mince à travers lequel apparaissait le pubis. Les sous-vêtements soulignaient le charme de sa féminité, et le chapeau d'homme en feutre rigide la niait, la violait, la ridiculisait. Tomas était à côté d'elle, tout habillé, d'où il ressortait que l'essence de ce qu'ils voyaient n'était pas la blague (il aurait été lui aussi en sous-vêtements et coiffé d'un chapeau melon), mais l'humiliation. Au lieu de refuser cette humiliation, elle l'exhibait, provocante et fière, comme si elle s'était laissé violer de bon gré et publiquement, et finalement, n'en pouvant plus, elle renversa Tomas. Le chapeau melon roula sous la table ; leurs corps se tordaient sur le tapis au pied du miroir.

Revenons encore une fois à ce chapeau melon :

D'abord, c'était une trace laissée par un aïeul oublié qui avait été maire d'une petite ville de Bohême au siècle dernier.

Deuxièmement, c'était un souvenir du père de Sabina. Après l'enterrement, son frère s'était approprié tous les biens de leurs parents et elle avait obstinément refusé, par orgueil, de se battre pour ses droits. Elle avait déclaré d'un ton sarcastique qu'elle gardait le chapeau melon comme seul héritage de son père.

Troisièmement, c'était l'accessoire des jeux érotiques avec Tomas.

Quatrièmement, c'était le symbole de son originalité, qu'elle cultivait délibérément. Elle n'avait pas pu emporter grand-chose quand elle avait émigré, et pour se charger de cet objet encombrant et inutilisable elle avait dû renoncer à d'autres affaires plus utiles.

Cinquièmement : à l'étranger, le chapeau melon était devenu un objet sentimental. Quand elle était allée voir Tomas à Zurich, elle l'avait emporté et se l'était mis sur la tête pour lui ouvrir la porte de sa chambre d'hôtel. Il se produisit alors quelque chose d'inattendu : le chapeau melon n'était ni drôle ni excitant, c'était un vestige du temps passé. Ils étaient émus tous les deux. Ils firent l'amour comme jamais : il n'y avait pas place pour les jeux obscènes, car leur rencontre n'était pas le prolongement de jeux érotiques où ils imaginaient chaque fois quelque vice nouveau, mais c'était une récapitulation du temps, un chant à la mémoire de leur passé commun, la récapitulation sentimentale d'une histoire asentimentale qui se perdait dans le lointain.

Le chapeau melon était devenu le motif de la partition musicale qu'était la vie de Sabina. Ce motif revenait encore et toujours, prenant chaque fois une autre signification ; toutes ces significations passaient par le chapeau melon comme l'eau par le lit d'un fleuve. Et c'était, je peux le dire, le lit du fleuve d'Héraclite : « On ne se baigne pas deux fois dans le même fleuve ! » Le chapeau melon était le lit d'un fleuve et Sabina voyait chaque fois couler un autre fleuve, un autre *fleuve sémantique* : le même objet suscitait chaque fois une autre signification, mais cette signification répercutait (comme un écho, comme un cortège d'échos) toutes les significations antérieures. Chaque nouvelle expérience vécue résonnait d'une harmonie plus riche. A Zurich, dans la chambre d'hôtel, ils étaient émus à la vue du chapeau melon et s'aimaient presque en pleurant, parce que cette chose noire n'était pas seulement un souvenir de leurs jeux amoureux, c'était aussi une trace du père de Sabina et du grand-père qui avaient vécu en des temps sans automobiles et sans avions.

On peut sans doute mieux comprendre à présent l'abîme qui séparait Sabina et Franz : il l'écoutait avidement parler de sa vie, et elle l'écoutait avec la même avidité. Ils comprenaient exactement le sens logique des mots qu'ils se disaient, mais sans entendre le murmure du fleuve sémantique qui coulait à travers ces mots.

C'est pourquoi, quand Sabina se mit le chapeau melon sur la tête devant lui, Franz se sentit gêné comme si on lui avait parlé dans une langue inconnue. Il ne trouvait ce geste ni obscène ni sentimental, c'était seulement un geste incompréhensible qui le déconcertait par l'absence de signification.

Tant que les gens sont encore plus ou moins jeunes et que la partition musicale de leur vie n'en est qu'à ses premières mesures, ils peuvent la composer ensemble et échanger des motifs (comme Tomas et Sabina ont échangé le motif du chapeau melon) mais, quand ils se rencontrent à un âge plus mûr, leur partition musicale est plus ou moins achevée, et chaque mot, chaque objet signifie quelque chose d'autre dans la partition de chacun.

Si je reprenais tous les sentiers entre Sabina et Franz, la liste de leurs incompréhensions ferait un gros dictionnaire. Contentons-nous d'un petit lexique.

3

Petit lexique de mots incompris (première partie)

FEMME

Etre femme, c'est pour Sabina une condition qu'elle n'a pas choisie. Ce qui n'est pas l'effet d'un choix ne peut être tenu ni pour un mérite ni pour un échec. Face à un état qui nous est imposé, il faut, pense Sabina, trouver une attitude appropriée. Il lui paraît aussi absurde de s'insurger contre le fait qu'elle est née femme que de s'en faire gloire.

A l'une de leurs premières rencontres, Franz lui dit avec une intonation singulière : « Sabina, vous êtes une *femme*. » Elle ne comprenait pas pourquoi il lui annonçait cette nouvelle du ton solennel d'un Christophe Colomb qui viendrait d'apercevoir le rivage d'une Amérique. Elle comprit seulement plus tard que le mot femme, qu'il prononçait avec une emphase particulière, n'était pas pour lui la désignation de l'un des deux sexes de l'espèce humaine, mais représentait une *valeur*. Toutes les femmes n'étaient pas dignes d'être appelées femmes.

Mais si Sabina est la *femme* pour Franz, que peut être pour lui Marie-Claude, sa véritable épouse ? Voici une vingtaine d'années (ils se connaissaient alors depuis quelques mois), elle l'avait menacé de se suicider s'il l'abandonnait. Cette menace ensorcela

Franz. Marie-Claude ne lui plaisait pas tellement, mais son amour lui paraissait sublime. Il se trouvait indigne d'un aussi grand amour et croyait devoir s'incliner très bas devant lui.

Il s'était donc incliné jusqu'à terre et l'avait épousée. Et bien qu'elle ne lui manifestât plus jamais la même intensité de sentiments qu'à l'instant où elle l'avait menacé de se suicider, cet impératif restait vivace tout au fond de lui : ne jamais faire de mal à Marie-Claude et respecter la femme en elle.

Cette phrase est curieuse. Il ne se disait pas : respecter Marie-Claude, mais : respecter la femme en Marie-Claude.

Seulement, puisque Marie-Claude était elle-même une femme, quelle est cette autre femme qui se cache en elle et qu'il doit respecter ? Ne serait-ce pas l'idée platonicienne de la femme ?

Non. C'est sa mère. Jamais il ne lui serait venu à l'idée de dire que ce qu'il respectait chez sa mère, c'était la femme. Il adorait sa mère, non pas quelque femme en elle. L'idée platonicienne de la femme et sa mère, c'était une seule et même chose.

Il avait à peu près douze ans quand un jour elle s'était retrouvée seule, le père de Franz l'ayant subitement quittée. Franz se doutait qu'il s'était passé quelque chose de grave, mais sa mère dissimulait le drame sous des propos neutres et mesurés pour ne pas le traumatiser. C'est ce jour-là, au moment de quitter l'appartement pour aller faire ensemble un tour en ville, que Franz s'aperçut que sa mère avait mis des chaussures dépareillées. Il était confus et voulait l'avertir, tout en craignant de la blesser. Il passa avec elle deux heures dans les rues sans pouvoir détacher les yeux des pieds de sa mère. C'est alors qu'il commença à comprendre ce qu'est la souffrance.

LA FIDÉLITÉ ET LA TRAHISON

Il l'avait aimée depuis l'enfance jusqu'au moment où il l'avait accompagnée au cimetière, et il l'aimait dans ses souvenirs. D'où il tenait l'idée que la fidélité est la première de toutes les vertus ; elle donne son unité à notre vie qui, sans elle, s'éparpillerait en mille impressions fugitives.

Franz parlait souvent de sa mère à Sabina, et peut-être même, inconsciemment, par calcul : Sabina serait séduite par son aptitude à la fidélité, et c'était un moyen de se l'attacher.

Seulement, c'était la trahison qui séduisait Sabina, pas la fidélité. Le mot fidélité lui rappelait son père, provincial puritain qui peignait le dimanche pour son plaisir le soleil couchant au-dessus de la forêt et des bouquets de roses dans un vase. Grâce à lui, elle commença à dessiner très jeune. A quatorze ans, elle tomba amoureuse d'un garçon de son âge. Son père fut épouvanté et lui interdit de sortir seule pendant une année. Un jour, il lui montra des reproductions de Picasso et il en rit très fort. Puisqu'elle n'avait pas le droit d'aimer un garçon de son âge, au moins aima-t-elle le cubisme. Après le baccalauréat, elle partit pour Prague avec l'impression réconfortante de pouvoir enfin trahir son chez-soi.

La trahison. Depuis notre enfance, papa et le

maître d'école nous répètent que c'est la chose la plus abominable qui se puisse concevoir. Mais qu'est-ce que trahir ? Trahir, c'est sortir du rang. Trahir, c'est sortir du rang et partir dans l'inconnu. Sabina ne connaît rien de plus beau que de partir dans l'inconnu.

Elle s'inscrivit à l'école des Beaux-Arts, mais il ne lui était pas permis de peindre comme Picasso. Il fallait alors obligatoirement pratiquer ce qui s'appelait le réalisme socialiste, et aux Beaux-Arts on fabriquait des portraits de chefs d'Etat communistes. Son désir de trahir le père restait inassouvi car le communisme n'était qu'un autre père, pareillement sévère et borné, qui interdisait et l'amour (l'époque était au puritanisme) et Picasso. Elle épousa un médiocre comédien pragois, uniquement parce qu'il avait une réputation d'excentrique et que les deux pères le jugeaient inacceptable.

Puis sa mère mourut. Le lendemain, en revenant à Prague après l'enterrement, elle reçut un télégramme : son père s'était suicidé de chagrin.

Le remords s'emparait d'elle : était-ce si mal, de la part de son père, de peindre des roses dans un vase et de ne pas aimer Picasso ? Etait-ce si répréhensible d'avoir peur que sa fille lui revienne enceinte à quatorze ans ? Etait-ce ridicule de n'avoir pas pu vivre sans sa femme ?

De nouveau, elle était en proie au désir de trahir : trahir sa propre trahison. Elle annonça à son mari (elle ne voyait plus en lui l'excentrique, mais plutôt l'ivrogne encombrant) qu'elle le quittait.

Mais si l'on trahit B. pour qui l'on a trahi A., ça ne

136

veut pas dire qu'on va se réconcilier avec A. La vie de l'artiste divorcée ne ressemblait pas à la vie de ses parents trahis. La première trahison est irréparable. Elle provoque, par réaction en chaîne, d'autres trahisons dont chacune nous éloigne de plus en plus du point de la trahison initiale.

LA MUSIQUE

Pour Franz, c'est l'art qui se rapproche le plus de la beauté dionysiaque conçue comme ivresse. On peut difficilement s'étourdir avec un roman ou un tableau, mais on peut s'enivrer avec la *Neuvième* de Beethoven, avec la *Sonate pour deux pianos et percussion* de Bartok, et avec une chanson des Beatles. Franz ne fait pas de distinction entre la grande musique et la musique légère. Cette distinction lui paraît hypocrite et vieux jeu. Il aime pareillement le rock et Mozart.

Pour lui, la musique est libératrice : elle le libère de la solitude et de l'enfermement, de la poussière des bibliothèques, elle ouvre dans son corps des portes par où l'âme peut sortir pour fraterniser. Il aime danser et regrette que Sabina ne partage pas avec lui cette passion.

Ils dînent ensemble au restaurant et les haut-parleurs accompagnent leur repas d'une bruyante musique rythmée.

Sabina dit : « C'est un cercle vicieux. Les gens deviennent sourds parce qu'ils mettent la musique de plus en plus fort. Mais comme ils deviennent sourds, il ne leur reste plus qu'à augmenter le volume.

— Tu n'aimes pas la musique ? demande Franz.

— Non », dit Sabina. Puis elle ajoute : « Peut-être que si je vivais à une autre époque... » et elle pense à l'époque de Jean-Sébastien Bach où la musique ressemblait à une rose épanouie sur l'immense plaine neigeuse du silence.

Le bruit sous le masque de la musique la poursuit depuis qu'elle est toute jeune. Quand elle était étudiante aux Beaux-Arts, elle devait passer des vacances entières au Chantier de la jeunesse, comme on disait alors. Les jeunes étaient logés dans des baraquements collectifs et travaillaient à la construction de hauts fourneaux. De cinq heures du matin à neuf heures du soir les haut-parleurs crachaient une musique hurlante. Elle avait envie de pleurer, mais la musique était gaie et on ne pouvait y échapper nulle part, ni aux waters ni au lit sous la couverture, il y avait des haut-parleurs partout. La musique était comme une meute de chiens lâchés sur elle.

Elle pensait alors que l'univers communiste était le seul où régnait cette barbarie de la musique. A l'étranger, elle constate que la transformation de la musique en bruit est un processus planétaire qui fait entrer l'humanité dans la phase historique de la laideur totale. Le caractère total de la laideur s'est d'abord manifesté par l'omniprésente laideur acoustique : les voitures, les motos, les guitares électriques, les marteaux piqueurs, les haut-parleurs, les sirènes. L'omniprésence de la laideur visuelle ne tardera pas à suivre.

Ils dînèrent, ils montèrent dans leur chambre, firent l'amour. Puis les idées commencèrent à se brouiller dans la tête de Franz sur le seuil du sommeil. Il se rappelait la musique bruyante du restaurant et se disait : « Le bruit a un avantage. On ne peut pas y entendre les mots. » Depuis sa jeunesse, il ne faisait que parler, écrire, donner des cours, inventer des phrases, chercher des formules, les corriger, de sorte qu'à la fin aucun des mots n'était plus exact, que leur sens s'estompait, qu'ils perdaient leur contenu et qu'il n'en restait que des miettes, des vannures, de la poussière, du sable qui flottait dans son cerveau, qui lui donnait la migraine, qui était son insomnie, sa maladie. Et il eut alors envie, confusément et irrésistiblement, d'une musique immense, d'un bruit absolu, d'un bel et joyeux vacarme qui embrasserait, inonderait, étoufferait toute chose, où sombreraient à jamais la douleur, la vanité, l'insignifiance des mots. La musique c'est la négation des phrases, la musique c'est l'anti-mot ! Il avait envie de rester avec Sabina dans une longue étreinte, de se taire, de ne plus prononcer une seule phrase et de laisser la jouissance confluer avec la clameur orgiaque de la musique. Dans ce bienheureux vacarme imaginaire, il s'endormit.

LA LUMIÈRE ET L'OBSCURITÉ

Pour Sabina, vivre signifie voir. La vision est limitée par une double frontière : la lumière intense qui aveugle et l'obscurité totale. C'est peut-être de là que vient sa répugnance pour tout extrémisme. Les extrêmes marquent la frontière au-delà de laquelle la vie prend fin, et la passion de l'extrémisme, en art comme en politique, est désir déguisé de mort.

Pour Franz, le mot lumière n'évoque pas l'image d'un paysage tendrement éclairé par le jour, mais la source de la lumière en tant que telle : le soleil, une ampoule, un projecteur. Il se souvient des métaphores familières : le soleil de la vérité ; l'éclat aveuglant de la raison, etc.

Comme par la lumière, il est attiré par l'obscurité. De nos jours, éteindre pour faire l'amour passe pour ridicule ; il le sait et laisse une petite lumière allumée au-dessus du lit. A l'instant de pénétrer Sabina, il ferme pourtant les yeux. La volupté qui s'empare de lui exige l'obscurité. Cette obscurité est pure, entière, sans images ni visions, cette obscurité n'a pas de fin, pas de frontières, cette obscurité est l'infini que chacun de nous porte en soi (oui, qui cherche l'infini n'a qu'à fermer les yeux !).

Au moment où il sent la volupté se répandre dans son corps, Franz se déploie et se dissout dans l'infini de son obscurité, il devient lui-même l'infini. Mais plus l'homme grandit dans son obscurité intérieure, plus il se ratatine dans son apparence extérieure. Un homme aux yeux fermés n'est qu'un rebut de lui-même. C'est désagréable à voir, Sabina ne veut donc pas le regarder et ferme à son tour les yeux. Mais cette obscurité-ci ne signifie pas pour elle l'infini, seulement le désaccord avec ce qu'elle voit, la négation de ce qui est vu, le refus de voir.

4

Sabina s'était laissé convaincre d'aller à une réunion de ses compatriotes. Une fois de plus, la discussion portaiᵗ sur le point de savoir s'il aurait ou non fallu se battre contre les Russes les armes à la main. Evidemment, ici, à l'abri dans l'émigration, tout le monde proclamait qu'il aurait fallu se battre. Sabina dit : « Eh bien ! Rentrez et battez-vous ! »

Ce n'était pas une chose à dire. Un monsieur à la chevelure grisonnante frisée au fer par le coiffeur pointa sur elle un long index : « Ne parlez pas comme ça. Vous avez tous une part de responsabilité dans ce qui s'est passé. Vous aussi. Qu'est-ce que vous faisiez au pays, contre le régime communiste ? De la peinture, c'est tout... »

Dans les pays communistes, l'inspection et le contrôle des citoyens sont des activités sociales fondamentales et permanentes. Pour qu'un peintre obtienne l'autorisation d'exposer, pour qu'un citoyen ait un visa et passe ses vacances au bord de la mer, pour qu'un footballeur soit admis dans l'équipe nationale il faut d'abord que soient réunis toutes sortes de rapports et de certificats les concernant (de la concierge, des collègues de travail, de la police, de la cellule du parti, du comité d'entreprise), et ces attestations sont ensuite additionnées, soupesées, récapitulées par des fonctionnaires spécialement affectés à cette tâche. Ce

141

qui est dit dans ces attestations n'a rien à voir avec l'aptitude du citoyen à peindre ou à shooter, ou avec son état de santé qui peut exiger un séjour au bord de la mer. Il y est question d'une seule chose, de ce qu'on appelle « le profil politique du citoyen » (ce que dit le citoyen, ce qu'il pense, comment il se comporte, s'il participe aux réunions ou aux cortèges du 1er mai). Etant donné que tout (la vie quotidienne, l'avancement et les vacances) dépend de la façon dont le citoyen est noté, tout le monde est obligé (pour jouer dans l'équipe nationale, avoir une exposition ou passer des vacances au bord de la mer) de se comporter de manière à être bien noté.

C'est à cela que songeait Sabina en entendant parler le monsieur aux cheveux gris. Il s'en fichait pas mal que ses compatriotes jouent bien au football ou peignent avec talent (aucun Tchèque ne s'était jamais soucié de ce qu'elle peignait); une seule chose l'intéressait : savoir s'ils avaient été opposants actifs ou passifs au régime communiste, de la première ou de la dernière heure, pour de bon ou pour la frime.

Etant peintre, elle savait observer les visages et connaissait depuis Prague la physionomie des gens qui ont la passion d'inspecter et de noter autrui. Tous ces gens-là avaient l'index un peu plus long que le médius et le pointaient sur leurs interlocuteurs. D'ailleurs, le président Novotný, qui a régné en Bohême quatorze ans durant jusqu'en 1968, avait exactement les mêmes cheveux gris frisés au fer par le coiffeur et pouvait s'enorgueillir du plus long index de tous les habitants d'Europe centrale.

Quand l'émigré émérite entendit de la bouche de cette artiste peintre, dont il n'avait jamais vu les tableaux, qu'il ressemblait au président communiste Novotný, il s'empourpra, pâlit, s'empourpra de nouveau, pâlit encore, voulut dire quelque chose, ne dit rien et se plongea dans le silence. Tout le monde se taisait avec lui, et Sabina finit par se lever et sortit.

Elle en était peinée, mais une fois sur le trottoir elle se dit : au fond, pourquoi devrait-elle fréquenter des Tchèques ? Qu'avait-elle en commun avec eux ? un paysage ? Si on leur avait demandé ce qu'évoquait pour eux la Bohême, ce mot aurait fait surgir devant leurs yeux des images disparates dépourvues de toute unité.

Ou bien la culture ? Mais qu'est-ce que c'est ? La musique ? Dvorak et Janacek ? Oui. Mais si un Tchèque n'aime pas la musique ? D'un seul coup, l'identité tchèque n'est que du vent.

Ou bien les grands hommes ? Jean Hus ? Ces gens-là n'avaient jamais lu une ligne de ses livres. La seule chose qu'ils pouvaient unanimement comprendre, c'étaient les flammes, la gloire des flammes où il avait été brûlé comme hérétique, la gloire de la cendre qu'il était devenu, de sorte que l'essence de l'âme tchèque, songeait Sabina, ce n'était pour eux que de la cendre, rien de plus. Ces gens n'avaient en commun que leur défaite et les reproches qu'ils s'adressaient l'un l'autre.

Elle marchait vite. Ce qui la troublait, plus que sa brouille avec les émigrés, c'étaient ses propres pensées. Elle savait qu'elles étaient injustes. Il y avait quand même parmi les Tchèques d'autres gens que ce type à l'index démesuré. Le silence gêné qui avait suivi ses paroles ne signifiait nullement que tous la désapprouvaient. Ils avaient été plutôt déconcertés par cette irruption de la haine, par cette incompréhension dont tout le monde devient victime dans l'émigration. Alors, pourquoi n'en avait-elle pas plutôt pitié ? Pourquoi ne les voyait-elle pas touchants et abandonnés ?

Nous connaissons déjà la réponse : quand elle a trahi son père, la vie s'est ouverte devant elle comme une longue route de trahisons et chaque trahison nouvelle l'attire comme un vice et comme une victoire. Elle ne veut pas rester dans le rang et n'y restera pas ! Elle ne restera pas toujours dans le rang avec les mêmes gens et avec les mêmes mots ! C'est pourquoi elle est surexcitée par sa propre injustice. Cette surexcitation n'est pas déplaisante, Sabina a au contraire l'impression qu'elle vient de remporter une victoire et que quelqu'un, invisible, l'applaudit.

Mais l'ivresse céda bientôt la place à l'angoisse : il fallait arriver un jour au bout de cette route ! il fallait en finir un jour avec les trahisons ! il fallait s'arrêter une fois pour toutes !

C'était le soir et elle marchait d'un pas pressé sur le quai de la gare. Le train d'Amsterdam était déjà formé. Elle cherchait son wagon. Elle ouvrit la porte du compartiment où l'avait conduite un contrôleur affable et vit Franz assis sur un lit à la couverture rabattue. Il se leva pour l'accueillir, elle le prit dans ses bras et le couvrit de baisers.

Elle avait une terrible envie de lui dire comme la

plus banale des femmes : ne me lâche pas, garde-moi
auprès de toi, asservis-moi, sois fort ! Mais c'étaient
des mots qu'elle ne pouvait et ne savait pas prononcer.

Quand il desserra son étreinte, elle dit seulement :
« Qu'est-ce que je suis contente d'être avec toi ! »
Avec sa discrétion naturelle, elle ne pouvait en dire
davantage.

5

Petit lexique de mots incompris (suite)

LES CORTÈGES

En Italie ou en France, on trouve facilement la solution. Quand les parents vous obligent à aller à l'église, on se venge en s'inscrivant à un parti (communiste, trotskiste, maoïste, etc.). Seulement, le père de Sabina l'envoya d'abord à l'église, et ensuite, par peur, il la força à adhérer aux jeunesses communistes.

Quand elle défilait dans le cortège du 1er mai, elle n'arrivait pas à tenir la cadence, si bien que la fille qui était derrière elle l'apostrophait et lui marchait exprès sur les talons. Et s'il fallait chanter, elle ne connaissait jamais les paroles et ouvrait une bouche muette. Ses collègues s'en aperçurent et la dénoncèrent. Depuis sa jeunesse, elle avait horreur de tous les cortèges.

Franz avait fait ses études à Paris et comme il était exceptionnellement doué, il avait devant lui une carrière scientifique assurée depuis l'âge de vingt ans. Dès ce moment-là, il savait qu'il passerait toute sa vie entre les murs d'un bureau à l'université, des bibliothèques publiques et de deux ou trois amphithéâtres ; à cette idée, il avait l'impression d'étouffer. Il voulait sortir de sa vie comme on sort de chez soi pour aller dans la rue.

Il habitait encore Paris et il allait volontiers aux

manifestations. Cela lui faisait du bien d'aller célébrer quelque chose, de revendiquer quelque chose, de protester contre quelque chose, de ne pas être seul, d'être dehors et d'être avec les autres. Les cortèges déferlant sur le boulevard Saint-Germain ou de la République à la Bastille le fascinaient. La foule en marche scandant des slogans était pour lui l'image de l'Europe et de son histoire. L'Europe, c'est une Grande Marche. Une Marche de révolution en révolution, de combat en combat, toujours en avant.

Je pourrais dire ça autrement : Franz trouvait irréelle sa vie entre les livres. Il aspirait à la vie réelle, au contact d'autres hommes ou d'autres femmes marchant avec lui côte à côte, il aspirait à leur clameur. Il ne se rendait pas compte que ce qu'il jugeait irréel (son travail dans l'isolement des bibliothèques) était sa vie réelle, alors que les cortèges qu'il prenait pour la réalité n'étaient qu'un spectacle, qu'une danse, qu'une fête, autrement dit : un rêve.

Sabina, au temps où elle était étudiante, habitait dans une cité universitaire. Le 1er mai, tout le monde était obligé de se rendre de bonne heure aux points de rassemblement du cortège. Pour qu'il ne manquât personne, des étudiants, militants rétribués, vérifiaient que le bâtiment était vide. Elle allait se cacher dans les toilettes et ne retournait dans sa chambre que lorsque tout le monde était depuis longtemps parti. Il régnait un silence comme elle n'en avait jamais connu. De très loin lui parvenait la musique d'une marche. C'était comme d'être cachée à l'intérieur d'une conque et d'entendre au loin le ressac de l'univers hostile.

Un ou deux ans après avoir quitté la Bohême, elle se trouva tout à fait par hasard à Paris le jour anniversaire de l'invasion russe. Une manifestation de protestation avait lieu ce jour-là et elle ne put s'empêcher d'y participer. De jeunes Français levaient le poing et hurlaient des mots d'ordre contre l'impérialisme soviétique. Ces mots d'ordre lui plaisaient, mais elle constata avec surprise qu'elle était incapable de crier de concert avec les autres. Elle ne put rester que quelques minutes dans le cortège.

Elle fit part de cette expérience à des amis français. Ils s'étonnaient : « Tu ne veux donc pas lutter contre l'occupation de ton pays ? » Elle voulait leur dire que le communisme, le fascisme, toutes les occupations et toutes les invasions dissimulent un mal plus fondamental et plus universel ; l'image de ce mal, c'était le cortège de gens qui défilent en levant le bras et en criant les mêmes syllabes à l'unisson. Mais elle savait qu'elle ne pourrait pas le leur expliquer. Elle se sentit gênée et préféra changer de sujet.

LA BEAUTÉ DE NEW YORK

Ils marchaient des heures entières dans New York ; le spectacle changeait à chaque pas comme s'ils avaient suivi un sentier sinueux dans un fascinant paysage de montagnes : un jeune homme priait à genoux au milieu du trottoir ; à quelques pas de lui, appuyée contre un arbre, une belle Négresse somnolait ; un homme en costume noir traversait la rue en gesticulant pour diriger un orchestre invisible ; l'eau ruisselait dans les vasques d'une fontaine autour de laquelle des maçons étaient assis et déjeunaient. Des échelles métalliques escaladaient les façades de vilaines maisons en briques rouges et ces maisons étaient si laides qu'elles en devenaient belles ; tout près se dressait un gigantesque gratte-ciel de verre et derrière un autre gratte-ciel au toit surmonté d'un petit palais arabe avec des tours, des galeries et des colonnes dorées.

Elle pensait à ses toiles : on y voyait aussi se côtoyer des choses qui n'avaient aucun rapport entre elles : des hauts fourneaux en construction et, dans le fond, une lampe à pétrole ; ou encore, une autre lampe dont l'abat-jour désuet en verre peint explosait en menus fragments qui s'élevaient au-dessus d'un paysage désolé de marécages.

Franz dit : « En Europe, la beauté a toujours eu un caractère intentionnel. Il y a toujours eu un dessein esthétique et un plan de longue haleine ; il a fallu des siècles pour édifier d'après ce plan une cathédrale gothique ou une ville Renaissance. La beauté de New York a une tout autre origine. C'est une beauté non-intentionnelle. Elle est née sans préméditation de la part de l'homme, comme une grotte de stalactites. Des formes, hideuses en elles-mêmes, se retrouvent par hasard, sans plan aucun, dans d'improbables voisinages où elles brillent tout à coup d'une poésie magique. »

Sabina dit : « La beauté non-intentionnelle. Bien sûr. On pourrait dire aussi : la beauté par erreur. Avant de disparaître totalement du monde, la beauté existera encore quelques instants, mais par erreur. La beauté par erreur, c'est le dernier stade de l'histoire de la beauté. »

Elle pensait à son premier tableau vraiment réussi ; de la peinture rouge avait coulé dessus par erreur. Oui, ses tableaux étaient construits sur la beauté de l'erreur et New York était la patrie secrète et vraie de sa peinture.

Franz dit : « Peut-être que la beauté non-intentionnelle de New York est beaucoup plus riche et beaucoup plus variée que la beauté trop austère et trop élaborée née d'un projet humain. Mais ce n'est plus la beauté européenne. C'est un monde étranger. »

Comment ? Il reste quand même quelque chose sur quoi ils sont d'accord tous les deux ?

Non. Ici aussi, il y a une différence. L'étrangeté de la beauté new-yorkaise attire follement Sabina. Elle fascine Franz, mais elle l'effraie en même temps ; elle lui donne le mal de l'Europe.

LA PATRIE DE SABINA

Sabina comprend sa réticence à l'égard de l'Amérique. Franz est l'incarnation de l'Europe : sa mère était originaire de Vienne, son père était français. Quant à lui, il est suisse.

Franz admire la patrie de Sabina. Quand elle lui parle d'elle et de ses amis de Bohême, et qu'il entend les mots prisons, persécutions, tanks dans les rues, émigration, tracts, littérature interdite, expositions interdites, il éprouve une étrange envie empreinte de nostalgie.

Il avoue à Sabina : « Un jour, un philosophe a écrit

150

que tout ce que je dis, ce ne sont que des spéculations qui échappent à toute démonstration et il m'a qualifié de " presque invraisemblable Socrate ". Je me suis senti affreusement humilié et je lui ai répondu avec colère. Imagine-toi que cet épisode dérisoire est le plus grave conflit que j'aie jamais vécu ! Là, ma vie a atteint le maximum de ses possibilités dramatiques ! Nous vivons tous les deux à des échelles différentes. Tu es entrée dans ma vie comme Gulliver au royaume des nains. »

Sabina proteste. Elle dit que les conflits, les drames, les tragédies ne signifient rien du tout, n'ont aucune valeur, ne méritent ni le respect ni l'admiration. Ce que tout le monde peut envier à Franz, c'est le travail qu'il peut accomplir en paix.

Franz hoche la tête : « Dans une société riche, les gens n'ont pas besoin de travailler de leurs mains et se consacrent à une activité intellectuelle. Il y a de plus en plus d'universités et de plus en plus d'étudiants. Pour décrocher leurs parchemins, il faut qu'ils se trouvent des sujets de diplômes. Il y a un nombre infini de sujets, car on peut disserter sur tout. Les liasses de papier noirci s'accumulent dans les archives qui sont plus tristes que des cimetières parce qu'on n'y vient même pas à la Toussaint. La culture disparaît dans une multitude de productions, dans une avalanche de phrases, dans la démence de la quantité. Crois-moi, un seul livre interdit dans ton ancien pays signifie infiniment plus que les milliards de mots que crachent nos universités. »

C'est dans ce sens-là que l'on pourrait comprendre

la faiblesse de Franz pour toutes les révolutions. Autrefois, il a sympathisé avec Cuba, puis avec la Chine, et ensuite, écœuré par la cruauté de leurs régimes, il a fini par admettre mélancoliquement qu'il ne lui restait que cet océan de lettres qui ne pèsent rien et ne sont pas la vie. Il est devenu professeur à Genève (où il n'y a pas de manifestations) et, avec une sorte d'abnégation (dans une solitude sans femmes et sans cortèges), il a publié plusieurs ouvrages scientifiques qui ont eu un certain retentissement. Puis, un jour, Sabina a surgi comme une apparition ; elle venait d'un pays où les illusions révolutionnaires étaient depuis longtemps flétries mais où subsistait ce qu'il admirait le plus dans les révolutions : la vie qui se joue à l'échelle grandiose du risque, du courage et de la menace de mort. Sabina lui rendait confiance dans la grandeur du destin humain. Elle était d'autant plus belle que derrière sa silhouette transparaissait le drame douloureux de son pays.

Hélas ! Sabina n'aime pas ce drame. Les mots prisons, persécutions, livres interdits, occupation, blindés, sont pour elle de vilains mots dépourvus de tout parfum romantique. Le seul mot qui tinte doucement à son oreille comme le souvenir nostalgique du pays natal, c'est le mot cimetière.

LE CIMETIÈRE

Les cimetières de Bohême ressemblent à des jardins. Les tombes sont recouvertes de gazons et de fleurs de couleurs vives. D'humbles monuments se cachent dans la verdure du feuillage. Le soir, le cimetière est plein de petits cierges allumés, on croirait que les morts donnent un bal enfantin. Oui, un bal enfantin, car les morts sont innocents comme les enfants. Aussi cruelle que fût la vie, au cimetière régnait toujours la paix. Même pendant la guerre, sous Hitler, sous Staline, sous toutes les occupations. Quand elle se sentait triste, elle prenait sa voiture pour aller loin de Prague se promener dans un de ses cimetières préférés. Ces cimetières de campagne sur fond bleuté de collines étaient beaux comme une berceuse.

Pour Franz, un cimetière n'est qu'une immonde décharge d'ossements et de pierraille.

6

« On ne me fera jamais monter dans une voiture !
J'aurais bien trop peur d'avoir un accident ! Même si
on ne se tue pas, on est traumatisé pour le restant de
ses jours ! » disait le sculpteur en se saisissant machinalement de son index qu'il avait failli sectionner en
travaillant le bois. Par miracle, les médecins avaient
réussi à le lui sauver.

« Mais pas du tout ! claironnait Marie-Claude en
grande forme. J'ai eu un accident et c'était superbe !
Je ne me suis jamais sentie aussi bien qu'à l'hôpital ! Je
ne pouvais pas fermer l'œil et je lisais à jet continu,
jour et nuit. »

Tout le monde la regardait avec un étonnement
qui lui faisait visiblement plaisir. A l'écœurement de
Franz (il se souvenait qu'après cet accident sa femme
était extrêmement déprimée et ne cessait pas de se
plaindre) se mêlait une sorte d'admiration (ce don de
Marie-Claude de métamorphoser tout ce qu'elle avait
vécu témoignait d'une vitalité digne de respect).

Elle poursuivait : « C'est à l'hôpital que j'ai
commencé à classer les livres en deux catégories : les
diurnes et les nocturnes. C'est vrai, il y a des livres
pour le jour et des livres qu'on ne peut lire que la
nuit. »

Tout le monde exprimait un étonnement admiratif, seul le sculpteur, qui se tenait le doigt, avait le visage crispé par un pénible souvenir.

Marie-Claude se tourna vers lui : « Dans quelle catégorie rangerais-tu Stendhal ? »

Le sculpteur n'écoutait pas et haussa les épaules d'un air gêné. Un critique d'art, à côté de lui, déclara que Stendhal, à son avis, était une lecture pour le jour.

Marie-Claude hocha la tête et annonça de sa voix claironnante : « Mais pas du tout ! Non, non et non, tu n'y es pas du tout ! Stendhal est un auteur nocturne ! »

Franz suivait de très loin le débat sur l'art nocturne et diurne, ne songeant qu'au moment où Sabina ferait son entrée. Ils avaient tous les deux réfléchi pendant plusieurs jours pour savoir si elle devait ou non accepter l'invitation à ce cocktail que Marie-Claude donnait en l'honneur de tous les peintres et sculpteurs qui avaient exposé dans sa galerie privée. Depuis qu'elle avait fait la connaissance de Franz, Sabina évitait sa femme. Mais, redoutant de se trahir, elle décida finalement qu'il serait plus naturel et moins suspect de venir.

Comme il jetait des regards furtifs en direction de l'entrée, il s'aperçut qu'à l'autre bout du salon pérorait, infatigablement, la voix de Marie-Anne, sa fille de dix-huit ans. Il quitta le groupe où officiait sa femme pour le cercle où régnait sa fille. Une personne était dans un fauteuil, les autres debout, Marie-Anne était assise par terre. Franz était certain que Marie-Claude, à l'extrémité opposée du salon, allait bientôt s'asseoir à son tour sur le tapis. A cette époque, s'asseoir par terre devant ses invités était un geste qui signifiait qu'on était naturel, détendu, progressiste, sociable et parisien. Marie-Claude mettait tant de passion à s'asseoir par terre en tous lieux que Franz redoutait souvent de la trouver assise par terre dans la boutique où elle allait s'acheter des cigarettes.

« A quoi travaillez-vous, Alan, en ce moment ? » demanda Marie-Anne à l'homme au pied duquel elle était assise.

Alan, naïf et honnête, voulut répondre sincèrement à la fille de la propriétaire de la galerie. Il commença par lui expliquer sa nouvelle manière de peindre qui combinait la photo et la peinture à l'huile. Il avait à peine prononcé trois phrases quand Marie-Anne émit un sifflement. Le peintre, concentré, parlait avec lenteur et ne l'entendit pas siffler.

Franz chuchote : « Tu peux me dire pourquoi tu siffles ?

— Parce que je déteste qu'on parle politique », réplique tout haut sa fille.

Effectivement, deux hommes debout dans le même groupe parlaient des prochaines élections françaises. Marie-Anne, qui se sentait tenue de diriger la conversation, demanda aux deux hommes s'ils iraient la semaine prochaine au Grand-Théâtre où une troupe lyrique italienne devait interpréter un opéra de Rossini. Alan, le peintre, s'obstinait à chercher des formules de plus en plus précises pour expliquer sa nouvelle manière de peindre, et Franz avait honte de sa fille. Pour la faire taire, il dit qu'il s'ennuyait à mourir, à l'opéra.

« Tu ne comprends rien, dit Marie-Anne, en essayant, sans se lever, de taper sur le ventre de son père, l'interprète principal est tellement beau ! C'est fou ce qu'il est beau ! Je l'ai vu deux fois et, depuis, je suis folle de lui ! »

Franz constatait que sa fille ressemblait atrocement à sa mère. Pourquoi n'était-ce pas à lui qu'elle ressemblait ? C'était sans espoir, elle ne lui ressemblait pas. Il avait déjà entendu Marie-Claude proclamer des milliers de fois qu'elle était amoureuse de ce peintre-ci ou de ce peintre-là, d'un chanteur, d'un écrivain, d'un homme politique, et même une fois d'un coureur cycliste. Ce n'était évidemment que rhétorique de dîners en ville et de cocktails, mais il se souvenait parfois qu'une vingtaine d'années plus tôt elle avait dit exactement la même chose à propos de lui en le menaçant en prime de se suicider.

Juste à ce moment-là, Sabina entra. Marie-Claude l'aperçut et s'avança à sa rencontre. Sa fille continuait la conversation sur Rossini, mais Franz n'avait d'oreille que pour ce que se disaient les deux femmes. Après quelques phrases polies de bienvenue, Marie-Claude prit entre ses doigts le pendentif en céramique que Sabina portait autour du cou et dit d'une voix très forte : « Qu'est-ce que c'est que ce truc-là ? C'est affreux ! »

Franz était captivé par cette phrase. Elle n'avait pas été prononcée d'un ton agressif, au contraire, le rire claironnant devait indiquer aussitôt que le rejet du pendentif ne changeait rien à l'amitié de Marie-Claude pour le peintre, mais, quand même, cette phrase n'était pas dans le ton habituel de Marie-Claude avec les autres.

« Je l'ai fait moi-même, dit Sabina.

— Je trouve ça affreux, sincèrement, répéta très haut Marie-Claude. Tu ne devrais pas le porter ! »

Franz savait que ça n'intéressait aucunement sa femme qu'un bijou fût laid ou joli. Etait laid ce qu'elle voulait voir laid, joli ce qu'elle voulait voir joli. Les bijoux de ses amies étaient beaux à priori. Elle pouvait les trouver laids, elle le cachait soigneusement, la flatterie étant depuis longtemps devenue sa seconde nature.

Alors, pourquoi avait-elle décidé de trouver laid le bijou que Sabina avait fait elle-même ?

Pour Franz, tout à coup, c'était parfaitement évident : Marie-Claude avait déclaré que le bijou de Sabina était laid parce qu'elle pouvait se le permettre.

Encore plus précisément, Marie-Claude avait proclamé que le bijou de Sabina était laid pour montrer qu'elle pouvait se permettre de dire à Sabina que son bijou était laid.

L'année dernière, l'exposition de Sabina n'avait pas été un gros succès et Marie-Claude ne se souciait guère de la sympathie de Sabina. Au contraire, Sabina avait toutes les raisons du monde de rechercher la sympathie de Marie-Claude. Sa conduite n'en laissait pourtant rien paraître.

Oui, Franz le comprenait très clairement : Marie-Claude profita de l'occasion pour montrer à Sabina (et aux autres) quel était le vrai rapport de force entre elles deux.

7

Petit lexique de mots incompris (fin)

LA VIEILLE ÉGLISE D'AMSTERDAM

D'un côté, il y a les maisons et, derrière les grandes fenêtres du rez-de-chaussée qui ressemblent à des vitrines de magasin, on aperçoit les minuscules chambrettes des putains. Elles sont en sous-vêtements, assises contre la vitre, dans de petits fauteuils agrémentés d'oreillers. Elles ont l'air de gros matous qui s'ennuient.

L'autre côté de la rue est occupé par une gigantesque église gothique du xive siècle.

Entre le monde des putes et le monde de Dieu, comme un fleuve séparant deux royaumes s'étend une âcre odeur d'urine.

A l'intérieur, il ne reste de l'ancien style gothique que les hauts murs nus, les colonnes, la voûte et les fenêtres. Il n'y a aucun tableau, il n'y a de statues nulle part. L'église est vide comme une salle de gymnastique. Tout ce qu'on y voit, ce sont des rangées de chaises qui forment au centre un grand carré autour d'une estrade miniature sur laquelle se dresse la petite table du prédicateur. Derrière les chaises, il y a des boxes en bois ; ce sont les loges destinées aux familles des riches citadins.

Les chaises et les loges sont placées là sans le moindre égard pour la configuration des murs et la disposition des colonnes, comme pour signifier à l'architecture gothique leur indifférence et leur dédain. Il y a maintenant des siècles que la foi calviniste a fait de l'église un simple hangar qui n'a d'autre fonction que de protéger la prière des fidèles de la neige et de la pluie.

Franz était fasciné : cette salle gigantesque avait été traversée par la Grande Marche de l'histoire.

Sabina se souvenait qu'après le putsch communiste tous les châteaux de Bohême avaient été nationalisés et transformés en centres d'apprentissage, en maisons de retraite, en étables aussi. Elle avait visité une de ces étables-là : des crochets supportant des anneaux de fer étaient fixés aux murs de stuc, et les vaches qui y étaient attachées regardaient rêveusement par les fenêtres dans le parc du château où couraient des poules.

Franz dit : « Ce vide me fascine. On accumule les autels, les statues, les peintures, les chaises, les fauteuils, les tapis, les livres, puis vient l'instant de liesse libératrice où l'on balaie tout ça comme on balaie les miettes d'une table. Peux-tu te représenter le balai d'Hercule qui a balayé cette église ? »

Sabina montra une loge en bois : « Les pauvres restaient debout et les riches avaient des loges. Mais il y avait quelque chose d'autre qui unissait le banquier et le pauvre : la haine de la beauté. »

« Qu'est-ce que la beauté ? » dit Franz et il pensa tout à coup à un vernissage auquel il avait dû récemment assister aux côtés de sa femme. La vanité infinie des discours et des mots, la vanité de la culture, la vanité de l'art.

Quand, étudiante, elle travaillait au Chantier de la jeunesse et avait dans l'âme le venin des joyeuses fanfares qui jaillissaient sans interruption des haut-parleurs, elle était partie un dimanche à moto. Elle parcourut des kilomètres en forêt et s'arrêta dans un petit village inconnu perdu au milieu des collines. Elle appuya la moto contre le mur de l'église et elle entra. On célébrait justement la messe. La religion était alors persécutée par le régime communiste et la plupart des gens évitaient les églises. Sur les bancs il n'y avait que des vieillards, car eux n'avaient pas peur du régime. Ils n'avaient peur que de la mort.

Le prêtre prononçait une phrase d'une voix mélodieuse et les gens la reprenaient en chœur après lui. C'était des litanies. Les mêmes mots revenaient comme un pèlerin qui ne peut détacher les yeux d'un paysage, comme un homme qui ne peut prendre congé de la vie. Elle s'assit au fond, sur un banc ; elle fermait parfois les yeux, rien que pour entendre cette musique des mots, puis elle les rouvrait : elle voyait au-dessus d'elle la voûte peinte en bleu et sur cette voûte de grands astres dorés. Elle cédait à l'enchantement.

Ce qu'elle avait rencontré inopinément dans cette église, ce n'était pas Dieu mais la beauté. En même temps, elle savait bien que cette église et ces litanies n'étaient pas belles en elles-mêmes, mais belles grâce à leur immatériel voisinage avec le Chantier de la jeunesse où elle passait ses jours dans le vacarme des chansons. La messe était belle de lui être apparue

161

soudainement et clandestinement comme un monde trahi.

Depuis, elle sait que la beauté est un monde trahi. On ne peut la rencontrer que lorsque ses persécuteurs l'ont oubliée par erreur quelque part. La beauté se cache derrière les décors d'un cortège du 1er mai. Pour la trouver, il faut crever la toile du décor.

« C'est la première fois que je suis fasciné par une église », dit Franz. Ce n'était ni le protestantisme ni l'ascèse qui l'enthousiasmaient. C'était autre chose, quelque chose de très personnel dont il n'osait parler devant Sabina. Il croyait entendre une voix qui lui enjoignait de se saisir du balai d'Hercule pour balayer de sa vie les vernissages de Marie-Claude, les chanteurs de Marie-Anne, les congrès et les colloques, les discours vains, les vaines paroles. Le grand espace vide de l'église d'Amsterdam lui apparut comme l'image de sa propre libération.

LA FORCE

Dans le lit d'un des nombreux hôtels où ils faisaient l'amour, Sabina jouait avec les bras de Franz : « C'est incroyable, ce que tu es musclé ! »

Ces louanges faisaient plaisir à Franz. Il se leva du lit, saisit une lourde chaise de chêne par le pied, au ras du sol, et entreprit de la soulever lentement. En même temps, il disait à Sabina :

« Tu n'as rien à craindre, je pourrais te défendre en toutes circonstances, j'ai été champion de judo dans le temps. »

Il réussit à dresser le bras à la verticale sans lâcher

la chaise et Sabina lui dit : « Ça fait du bien de te savoir si fort ! »

Mais, tout au fond d'elle-même, elle ajouta encore ceci : Franz est fort, mais sa force est uniquement tournée vers l'extérieur. Avec les gens avec qui il vit, avec ceux qu'il aime, il est faible. La faiblesse de Franz s'appelle la bonté. Franz ne donnerait jamais d'ordres à Sabina. Il ne lui commanderait jamais, comme Tomas autrefois, de poser le miroir par terre et d'aller et venir dessus toute nue. Non qu'il manque de sensualité, mais il n'a pas la force de commander. Il est des choses qu'on ne peut accomplir que par la violence. L'amour physique est impensable sans violence.

Sabina regardait Franz se promener à travers la chambre en brandissant très haut la chaise, ce qui lui paraissait grotesque et l'emplissait d'une étrange tristesse.

Franz posa la chaise et s'assit, le visage tourné vers Sabina.

« Ce n'est pas que ça me déplaise d'être fort, dit-il, mais à quoi ça peut me servir à Genève, des muscles comme ça ? Je les porte comme une parure. Ce sont les plumes du paon. Je n'ai jamais cassé la gueule à personne. »

Sabina poursuivait ses réflexions mélancoliques. Et si elle avait eu un homme qui lui aurait donné des ordres ? Qui aurait voulu la dominer ? Combien de temps l'eût-elle supporté ? Pas cinq minutes ! D'où il découlait qu'aucun homme ne lui convenait. Ni fort ni faible.

Elle dit : « Et pourquoi ne te sers-tu pas de ta force contre moi, de temps en temps ?

— Parce qu'aimer c'est renoncer à la force », dit Franz doucement.

Sabina comprit deux choses : premièrement, que cette phrase était belle et vraie. Deuxièmement, qu'avec cette phrase Franz venait de se disqualifier dans sa vie érotique.

VIVRE DANS LA VÉRITÉ

C'est une formule que Kafka a employée dans son journal ou dans une lettre. Franz ne se souvient plus où exactement. Il est séduit par cette formule. Qu'est-ce que c'est, vivre dans la vérité ? Une définition négative est facile : c'est ne pas mentir, ne pas se cacher, ne rien dissimuler. Depuis qu'il a fait la connaissance de Sabina, il vit dans le mensonge. Il parle à sa femme du congrès d'Amsterdam et des conférences de Madrid qui n'ont jamais eu lieu, il a peur de se promener avec Sabina dans les rues de Genève. Ça l'amuse de mentir et de se cacher, justement parce qu'il ne l'a jamais fait. Il en éprouve un agréable chatouillement comme le premier de la classe quand il se décide enfin à faire l'école buissonnière.

Pour Sabina, vivre dans la vérité, ne mentir ni à soi-même ni aux autres, ce n'est possible qu'à la condition de vivre sans public. Dès lors qu'il y a un témoin à nos actes, nous nous adaptons bon gré mal gré aux yeux qui nous observent, et plus rien de ce que nous faisons n'est vrai. Avoir un public, penser à un public, c'est vivre dans le mensonge. Sabina méprise la littérature où l'auteur révèle toute son intimité, et aussi celle de ses amis. Qui perd son intimité a tout perdu, pense Sabina. Et celui qui y renonce de plein gré est un monstre. Aussi Sabina ne souffre-t-elle pas d'avoir à cacher son amour. Au contraire, c'est le seul moyen pour elle de vivre « dans la vérité ».

Franz, quant à lui, est certain que dans la séparation de la vie en domaine privé et domaine public se trouve la source de tout mensonge : on est un autre en privé et un autre en public. Pour Franz, « vivre dans la vérité », c'est abolir la barrière entre le privé et le public. Il cite volontiers la phrase d'André Breton qui disait qu'il aurait voulu vivre « dans une maison de verre » où rien n'est un secret et qui est ouverte à tous les regards.

En entendant sa femme dire à Sabina : « Quel affreux bijou ! », il avait compris qu'il lui était impossible de continuer à vivre dans le mensonge. A ce moment-là, il devait prendre la défense de Sabina. S'il ne l'avait pas fait, c'était uniquement par peur de trahir leur amour clandestin.

Le lendemain du cocktail, il devait aller passer deux jours à Rome avec Sabina. Les mots : « Quel affreux bijou ! », lui revenaient sans cesse à la mémoire et sa femme lui apparaissait sous un jour différent. Elle n'était plus telle qu'elle lui avait toujours apparu. Son agressivité, invulnérable, bruyante, dynamique, le soulageait du poids de la bonté qu'il avait porté patiemment pendant vingt-trois ans de mariage. Il se souvint de l'immense espace intérieur de l'église d'Amsterdam et sentit affluer l'enthousiasme étrange et incompréhensible que ce vide suscitait en lui.

Il faisait sa valise quand Marie-Claude entra dans la chambre ; elle parlait des invités de la veille, approuvant énergiquement certaines opinions qu'elle avait entendues, en condamnant d'autres d'un ton acerbe.

Franz la regarda longuement, puis il dit : « Il n'y a pas de conférence à Rome. »

Elle ne comprenait pas : « Alors, pourquoi y vas-tu ? »

Il répliqua : « J'ai une maîtresse depuis neuf mois. Je ne veux pas la voir à Genève. C'est pour ça que je voyage tellement. J'ai pensé qu'il valait mieux te prévenir. »

Après ses premiers mots, il eut peur ; son courage initial l'abandonnait. Il détourna les yeux pour ne pas lire sur le visage de Marie-Claude le désespoir qu'il croyait lui infliger avec ses paroles.

Après une courte pause, il entendit : « Oui, moi aussi je pense qu'il vaut mieux que je sois prévenue. »

Le ton était ferme et Franz leva les yeux : Marie-Claude n'était aucunement effondrée. Elle ressemblait toujours à la femme qui disait d'une voix claironnante : « Quel affreux bijou ! »

Elle poursuivit : « Puisque tu as le courage de m'annoncer que tu me trompes depuis neuf mois, peux-tu me dire aussi avec qui ? »

Il s'était toujours dit qu'il ne devait pas offenser Marie-Claude, qu'il devait respecter la femme en elle.

Mais qu'était devenue la femme en Marie-Claude ? Autrement dit, qu'était devenue l'image de la mère qu'il associait à son épouse ? Sa mère, sa maman triste et blessée, chaussée de chaussures dépareillées, s'en était allée de Marie-Claude ; et peut-être même pas, puisqu'elle n'y avait jamais été. Il le comprit dans une brusque poussée de haine.

« Je n'ai aucune raison de te le cacher », dit-il.

Puisque ça ne la blessait pas qu'il la trompe, ça allait certainement la blesser d'apprendre qui était sa rivale. Il prononça le nom de Sabina en la regardant droit dans les yeux.

Un peu plus tard il rejoignit Sabina à l'aéroport. L'avion prenait de la hauteur et il se sentait de plus en plus léger. Il se disait qu'au bout de neuf mois il recommençait enfin à vivre dans la vérité.

8

Pour Sabina, ce fut comme si Franz avait forcé la porte de son intimité. C'était comme de voir dans l'embrasure la tête de Marie-Claude, la tête de Marie-Anne, la tête d'Alan le peintre et la tête du sculpteur qui se tenait toujours le doigt, la tête de tous les gens qu'elle connaissait à Genève. Elle allait devenir malgré elle la rivale d'une femme qui lui était tout à fait indifférente. Franz allait divorcer et elle prendrait place à son côté sur un grand lit conjugal. De près ou de loin, tout le monde regarderait ; il lui faudrait jouer la comédie devant tout le monde ; au lieu d'être Sabina, elle serait forcée d'interpréter le rôle de Sabina et de trouver la façon de le jouer. L'amour rendu public prendrait du poids et deviendrait un fardeau. Rien que d'y penser, elle ployait d'avance.

Ils dînaient dans un restaurant de Rome et buvaient du vin. Elle était taciturne.

« C'est vrai, tu n'es pas fâchée ? » demanda Franz.

Elle l'assura qu'elle n'était pas fâchée. Elle était encore en pleine confusion et ne savait s'il fallait ou non se réjouir. Elle songeait à leur rencontre dans le wagon-lit du train d'Amsterdam. Elle avait eu envie, ce soir-là, de se jeter à ses pieds, de le supplier de la garder auprès de lui, au besoin de force, et de ne plus jamais la laisser partir. Elle avait eu envie, ce soir-là, d'en finir une fois pour toutes avec ce dangereux voyage de trahison en trahison. Elle avait eu envie de s'arrêter.

A présent, elle tentait de se représenter le plus intensément possible son désir d'alors, de l'invoquer, de s'y appuyer. En vain. Le malaise était plus fort.

Ils regagnaient l'hôtel dans l'animation du soir. Autour d'eux, les Italiens pétaradaient, braillaient, gesticulaient, de sorte qu'ils pouvaient aller côte à côte et se taire sans entendre leur propre silence.

Ensuite, Sabina fit longuement sa toilette dans la salle de bains pendant que Franz l'attendait sous la couverture du large lit matrimonial. Comme toujours, une petite lampe était allumée.

En revenant de la salle de bains, elle tourna l'interrupteur. C'était la première fois qu'elle agissait ainsi. Franz aurait dû se méfier de ce geste. Il n'y fit pas attention, car pour lui la lumière n'avait aucune importance. Pendant l'amour, nous le savons, il gardait les yeux fermés.

C'est justement à cause de ces yeux fermés que Sabina éteignit la lampe. Elle ne voulait pas voir, même l'espace d'une seconde, ces paupières baissées. Les yeux, comme dit le proverbe, sont la fenêtre de l'âme. Le corps de Franz se débattant sur elle avec les yeux fermés, c'était pour elle un corps sans âme. Il ressemblait à un petit animal qui est encore aveugle et fait entendre des sons pitoyables parce qu'il a soif. Avec ses muscles magnifiques, Franz était dans le coït comme un chiot géant s'allaitant à ses seins. Et c'est vrai, il a un de ses mamelons dans la bouche, comme pour téter ! L'idée qu'en bas Franz est un homme adulte mais qu'en haut c'est un nouveau-né qui tète, donc qu'elle couche avec un nouveau-né, cette idée est pour elle à la limite de l'abject. Non, elle ne veut plus jamais le voir se débattre désespérément sur elle, jamais plus elle ne lui tendra son sein comme une chienne à son petit, c'est aujourd'hui la dernière fois, irrévocablement la dernière fois !

Evidemment, elle savait que sa résolution était le comble de l'injustice, que Franz était le meilleur de tous les hommes qu'elle avait jamais connus, qu'il était intelligent, qu'il comprenait ses tableaux, qu'il était bon, honnête, beau, mais plus elle s'en rendait compte, plus elle avait envie de violer cette intelligence, cette bonté d'âme, de violer cette force débile.

Elle l'aima, cette nuit-là, avec plus de fougue que jamais auparavant, excitée à l'idée que c'était la dernière fois. Elle l'aimait et elle était déjà ailleurs, loin d'ici. De nouveau, elle entendait sonner dans le lointain la trompette d'or de la trahison et se savait incapable de résister à cette voix. Il lui semblait que s'ouvrait devant elle un espace encore immense de liberté, et l'étendue de cet espace l'excitait. Elle aimait Franz follement, farouchement, comme elle ne l'avait jamais aimé.

Franz sanglotait sur son corps et il était sûr de tout comprendre : pendant le dîner, Sabina avait été silencieuse et ne lui avait rien dit de ce qu'elle pensait de sa décision, mais maintenant, elle lui répondait. Elle lui manifestait sa joie, sa passion, son consentement, son désir de vivre pour toujours avec lui.

Il lui semblait être un cavalier qui chevauche dans

un vide superbe, un vide sans épouse, sans enfant, sans ménage, un vide superbe balayé par le balai d'Hercule, un vide superbe qu'il emplirait de son amour.

L'un sur l'autre, ils chevauchaient tous deux. Ils allaient tous deux vers des lointains qu'ils désiraient. Ils s'étourdissaient tous deux d'une trahison qui les délivrait. Franz chevauchait Sabina et trahissait sa femme, Sabina chevauchait Franz et trahissait Franz.

9

Pendant une vingtaine d'années, dans sa femme il avait vu sa mère, un être faible qu'il fallait protéger ; cette idée était trop profondément enracinée en lui pour qu'il pût s'en débarrasser en deux jours. Quand il rentra chez lui, il avait des remords : elle avait peut-être eu une crise après son départ, il allait peut-être la trouver accablée de tristesse. Il tourna timidement la clé dans la serrure et gagna sa chambre. Il prit soin de ne pas faire de bruit et tendit l'oreille : oui, elle était à la maison. Après quelques hésitations, il alla lui dire bonjour, comme il en avait l'habitude.

Elle leva les sourcils, feignant la surprise : « Tu es revenu ici ? »

Il eut envie de répondre (avec un étonnement sincère) : « Où voulais-tu que j'aille ? », mais il se tut.

Elle reprit : « Pour que tout soit clair entre nous, je ne vois pas d'inconvénients à ce que tu emménages chez elle immédiatement. »

Quand il lui avait tout avoué le jour de son départ, il n'avait pas de plan précis. Il était prêt à son retour à discuter tout amicalement avec elle afin de lui faire le moins de mal possible. Il n'avait pas prévu qu'elle insisterait avec une froide persévérance pour qu'il s'en allât.

Bien que cette attitude lui facilitât les choses, il était déçu. Toute sa vie, il avait eu peur de la blesser et c'était uniquement pour cela qu'il s'était imposé la discipline volontaire d'une abêtissante monogamie. Voilà qu'il constatait au bout de vingt ans que ses égards avaient été tout à fait inutiles et qu'il s'était privé de femmes à cause d'un malentendu !

Après son cours de l'après-midi, il alla directement chez Sabina depuis l'université. Il comptait lui demander de le laisser passer la nuit chez elle. Il sonna, mais personne n'ouvrit. Il alla attendre au café d'en face, les yeux braqués sur l'entrée de l'immeuble.

Les heures passaient et il ne savait que faire. Toute sa vie, il avait dormi dans le même lit que Marie-Claude. S'il retournait chez lui maintenant, fallait-il s'étendre à côté d'elle comme avant ? Certes, il pourrait faire son lit sur le divan de la pièce voisine. Mais ne serait-ce pas un geste un peu trop ostentatoire ? Ne pourrait-elle y voir une manifestation d'hostilité ? Il voulait rester ami avec sa femme ! Mais aller dormir auprès d'elle, ce n'était pas possible non plus. Il entendait déjà ses questions ironiques : Comment ? Il ne préférait pas le lit de Sabina ? Il opta pour une chambre d'hôtel.

Le lendemain, il retourna sonner toute la journée à la porte de Sabina. Toujours en vain.

Le troisième jour, il alla trouver la concierge. Elle ne savait rien et le renvoya à la propriétaire qui louait l'atelier. Il lui téléphona et apprit que Sabina avait donné congé l'avant-veille en réglant le loyer des trois mois suivants, comme il était prévu dans le bail.

Pendant plusieurs jours, il essaya encore de surprendre Sabina chez elle, jusqu'à ce qu'il trouve l'appartement ouvert et à l'intérieur trois hommes en bleus qui enlevaient les meubles et les toiles pour les charger dans un grand camion de déménagement garé devant la maison.

Il leur demanda où ils allaient transporter les meubles.

Ils répondirent qu'il leur était formellement interdit de communiquer l'adresse.

Il s'apprêtait à leur glisser quelques billets pour qu'ils lui révèlent leur secret, mais soudain il n'en eut pas la force. Il était totalement paralysé de tristesse. Il ne comprenait rien, ne pouvait rien s'expliquer et savait seulement qu'il s'attendait à cet instant depuis qu'il avait fait la connaissance de Sabina. Il était arrivé ce qui devait arriver. Franz ne se défendait pas.

Il se trouva un petit appartement dans la vieille ville. Il passa à son ancien chez-lui, à un moment où il était certain de n'y trouver ni sa fille ni sa femme, pour prendre quelques vêtements et des livres indispensables. Il eut garde de ne rien emporter qui pût manquer à Marie-Claude.

Un jour il l'aperçut derrière la vitre d'un salon de thé. Elle était avec deux dames et une vive animation se lisait sur son visage où une mimique démesurée avait depuis longtemps gravé d'innombrables rides. Les dames l'écoutaient et n'arrêtaient pas de rire. Franz ne pouvait s'empêcher de penser qu'elle leur parlait de lui. Elle savait certainement que Sabina avait disparu de Genève au moment précis où il avait décidé d'aller vivre avec elle. C'était une histoire vraiment comique ! Il ne pouvait s'étonner d'être la risée des amies de sa femme.

Il regagna son nouveau logis d'où il entendait le carillon de la cathédrale Saint-Pierre. Ce jour-là, on lui avait livré une table d'un magasin. Il oublia Marie-Claude et ses amies. Et pour un instant il oublia aussi Sabina. Il s'assit à la table. Il se réjouissait de l'avoir choisie lui-même. Vingt années durant il avait vécu dans des meubles qu'il n'avait pas choisis. Marie-Claude organisait tout. Pour la première fois de sa vie il en avait fini d'être un petit garçon, et il était indépendant. Le lendemain, devait venir un menuisier auquel il allait commander une bibliothèque. Il avait passé plusieurs semaines à en dessiner la forme, les dimensions et l'emplacement.

Alors, d'un seul coup, étonné, il comprit qu'il n'était pas malheureux. La présence physique de Sabina comptait beaucoup moins qu'il ne le croyait. Ce qui comptait, c'était la trace dorée, la trace magique qu'elle avait imprimée dans sa vie et dont personne ne pourrait le priver. Encore avant de disparaître de son horizon, elle avait eu le temps de lui glisser dans la main le balai d'Hercule et il en avait balayé de son existence tout ce qu'il n'aimait pas. Ce bonheur inopiné, ce bien-être, cette joie que lui procuraient sa liberté et sa vie nouvelle, c'était un présent qu'elle lui avait laissé.

D'ailleurs, il avait toujours préféré l'irréel au réel. De même qu'il se sentait mieux dans les cortèges (qui, comme je l'ai dit, ne sont qu'un spectacle et qu'un rêve) que derrière la chaire où il faisait son cours à des étudiants, de même il était plus heureux avec Sabina métamorphosée en déesse invisible qu'il ne l'était avec Sabina quand il parcourait le monde avec elle et qu'il tremblait à chaque pas pour son amour. Elle lui avait fait présent de la soudaine liberté de l'homme qui vit seul, elle l'avait paré de l'aura de la séduction. Il devenait attirant pour les femmes ; une de ses étudiantes tomba amoureuse de lui.

Ainsi, brusquement, en un laps de temps incroyablement bref, tout le décor de sa vie changea. Tout récemment encore, il habitait un grand appartement bourgeois, avec une bonne, une fille et une épouse, et voilà qu'il se retrouve dans un studio de la vieille ville et que sa jeune amie passe presque toutes les nuits chez lui ! Ils n'ont pas besoin d'aller dans les hôtels du monde entier ; il peut faire l'amour avec elle dans son appartement à lui, sur son lit à lui, en présence de ses livres et de son cendrier posé sur la table de chevet.

Elle n'était ni laide ni belle, mais tellement plus jeune que lui ! Et elle admirait Franz, comme Franz, quelque temps plus tôt, admirait Sabina. Ce n'était pas désagréable. Et s'il pouvait peut-être considérer comme une petite déchéance le remplacement de Sabina par une étudiante à lunettes, sa bonté veillait à ce qu'il l'accueillît avec joie et éprouvât pour elle un amour paternel qu'il n'avait jamais pu satisfaire, Marie-Anne ne se comportant pas comme une fille mais comme une autre Marie-Claude.

Un jour, il alla voir sa femme et lui dit qu'il aurait voulu se remarier.

Marie-Claude fit non de la tête.

« Si on divorce, il n'y aura rien de changé. Tu ne perdras rien. Je te laisse tout !

— Pour moi, l'argent ne compte pas, dit-elle.

— Alors, qu'est-ce qui compte ?

— L'amour.

— L'amour ? » s'étonna Franz.

Marie-Claude souriait. « L'amour est un combat. Je me battrai longtemps. Jusqu'au bout.

— L'amour est un combat ? Je n'ai pas la moindre envie de me battre », dit Franz, et il sortit.

10

Après quatre ans passés à Genève, Sabina habitait Paris et ne parvenait pas à se remettre de sa mélancolie. Si on lui avait demandé ce qui lui était arrivé, elle n'aurait pas trouvé de mots pour le dire.

Le drame d'une vie peut toujours être exprimé par la métaphore de la pesanteur. On dit qu'un fardeau nous est tombé sur les épaules. On porte ce fardeau, on le supporte ou on ne le supporte pas, on lutte avec lui, on perd ou on gagne. Mais au juste, qu'était-il arrivé à Sabina ? Rien. Elle avait quitté un homme parce qu'elle voulait le quitter. L'avait-il poursuivie après cela ? Avait-il cherché à se venger ? Non. Son drame n'était pas le drame de la pesanteur, mais de la légèreté. Ce qui s'était abattu sur elle, ce n'était pas un fardeau, mais l'insoutenable légèreté de l'être.

Jusqu'ici, les instants de trahison l'exaltaient et l'emplissaient de joie à l'idée qu'une nouvelle route s'ouvrait devant elle et, au bout, encore une autre aventure de trahison. Mais qu'allait-il se passer, si le voyage se terminait ? On peut trahir des parents, un époux, un amour, une patrie, mais que restera-t-il à trahir quand il n'y aura plus ni parents, ni mari, ni amour, ni patrie ?

Sabina sentait le vide autour d'elle. Et si ce vide était précisément le but de toutes ses trahisons ?

Jusqu'ici, elle n'en avait évidemment pas

conscience, et c'est compréhensible : le but que l'on poursuit est toujours voilé. Une jeune fille qui a envie de se marier a envie d'une chose qui lui est tout à fait inconnue. Le jeune homme qui court après la gloire n'a aucune idée de ce qu'est la gloire. Ce qui donne un sens à notre conduite nous est toujours totalement inconnu. Sabina aussi ignore quel but se cache derrière son désir de trahir. L'insoutenable légèreté de l'être, est-ce cela le but ? Depuis son départ de Genève, elle s'en est beaucoup rapprochée.

Elle était à Paris depuis trois ans quand elle reçut une lettre de Bohême. Une lettre du fils de Tomas. Il avait entendu parler d'elle, s'était procuré son adresse et décida de lui écrire parce qu'elle était « l'amie la plus proche » de son père. Il lui annonçait la mort de Tomas et de Tereza. D'après ce qu'il disait dans sa lettre, ils avaient vécu ces dernières années dans un village où Tomas travaillait comme chauffeur de camion. Ils allaient souvent ensemble à la ville voisine où ils passaient toujours la nuit dans un petit hôtel. La route traversait des collines, tournait beaucoup, et le camion était tombé dans un ravin. On avait retrouvé les corps tout écrasés. La police avait constaté que les freins étaient en très mauvais état.

Elle n'arrivait pas à se remettre de cette nouvelle. Le dernier lien qui la rattachait au passé était rompu.

Selon son ancienne habitude, elle tenta de se calmer en faisant un tour dans un cimetière. Le plus proche était le cimetière Montparnasse. Il se composait de frêles logis de pierre, de chapelles miniatures érigées près des tombes. Sabina ne comprenait pas pourquoi des morts souhaitent avoir au-dessus d'eux ces imitations de palais. Ce cimetière, c'était la vanité faite pierre. Loin d'être plus raisonnables après la mort, les habitants du cimetière étaient encore plus hurluberlus que de leur vivant. Ils étalaient leur importance sur les monuments. Ce n'étaient pas des pères, des frères, des fils ou des grand-mères qui reposaient ici, mais des notables et des fonctionnaires de l'administration, des gens chargés de titres et d'honneurs ; même un employé des postes offrait ici à l'admiration publique son rang, son grade, sa position sociale — sa dignité.

En marchant dans une allée du cimetière, elle s'aperçut qu'il y avait un enterrement un peu plus loin. Le maître des cérémonies avait des fleurs plein les bras et les distribuait aux proches et aux amis : une à chacun. Il en tendit une à Sabina. Elle se joignit au cortège. Il fallait contourner plusieurs monuments pour parvenir à la fosse libérée de la pierre tombale. Elle se pencha. La fosse était très profonde. Elle lâcha la fleur. La fleur décrivit de courtes spirales et heurta le cercueil. Il n'y a pas de tombes aussi profondes en Bohême. A Paris les tombes sont aussi profondes que sont hautes les maisons. Ses yeux se posèrent sur la pierre qui attendait à l'écart à côté de la fosse. Cette pierre l'emplit d'effroi et elle rentra bien vite chez elle.

Toute la journée, elle pensa à cette pierre. Pourquoi l'avait-elle effrayée à ce point ?

Elle se fit cette réponse : si une tombe est fermée avec une pierre, le mort ne peut plus jamais en sortir.

Mais, de toute façon, le mort ne sortira pas de sa

tombe ! Alors, est-ce que ça ne revient pas au même, qu'il gise sous la terre glaise ou sous une pierre !

Non, ça ne revient pas au même : si la tombe est fermée avec une pierre, c'est qu'on ne veut pas que le mort revienne. La lourde pierre lui dit : « Reste où tu es ! »

Sabina se souvient de la tombe de son père. Au-dessus du cercueil il y a de l'argile, sur l'argile poussent des fleurs, un érable étend ses racines vers le cercueil, et l'on peut se dire que le mort sort de sa tombe par ces racines et ces fleurs. Si son père avait été recouvert d'une pierre, jamais elle n'aurait pu lui parler après sa mort, jamais elle n'aurait pu entendre dans le feuillage de l'arbre sa voix qui lui pardonnait.

A quoi peut ressembler le cimetière où reposent Tereza et Tomas ?

Une fois de plus, elle pensait à eux. Ils allaient parfois à la ville voisine et restaient à l'hôtel pour la nuit. Ce passage de la lettre l'avait frappée. Il attestait qu'ils étaient heureux. Elle revoyait Tomas comme si c'était une de ses toiles : au premier plan, Don Juan comme un faux décor peint de la main d'un peintre naïf ; par une fente du décor on apercevait Tristan. Il était mort en Tristan, pas en Don Juan. Les parents de Sabina étaient morts dans la même semaine. Tomas et Tereza dans la même seconde. Tout à coup, elle eut envie d'être avec Franz.

Quand elle lui avait parlé de ses promenades dans les cimetières, il avait eu un haut-le-cœur et il avait comparé les cimetières à une décharge d'os et de pierraille. Ce jour-là, un abîme d'incompréhension

181

s'était ouvert entre eux. Aujourd'hui seulement, au cimetière Montparnasse, elle vient de comprendre ce qu'il voulait dire. Elle regrette d'avoir été impatiente. S'ils étaient restés ensemble plus longtemps, peut-être auraient-ils commencé à comprendre peu à peu les mots qu'ils prononçaient. Leurs vocabulaires se seraient pudiquement et lentement rapprochés comme des amants très timides, et leur musique à tous deux aurait commencé à se fondre dans la musique de l'autre. Mais il est trop tard.

Oui, il est trop tard et Sabina sait qu'elle ne restera pas à Paris, qu'elle ira plus loin, encore plus loin parce que, si elle mourait ici, elle serait enfermée sous une pierre, et pour une femme qui ne connaît pas de répit c'est une idée insupportable d'être à jamais arrêtée dans sa course.

11

Tous les amis de Franz savaient ce qui se passait avec Marie-Claude, et tous savaient ce qui se passait avec son étudiante aux grandes lunettes. Seule l'histoire de Sabina n'était connue de personne. Franz avait tort de croire que Marie-Claude parlait d'elle à ses amies. Sabina était belle et Marie-Claude n'aurait pas voulu qu'on comparât leurs deux visages.

Par peur d'être découvert, il ne lui avait jamais demandé ni tableau ni dessin, pas même sa photo d'identité. Elle avait donc disparu de son existence sans laisser de traces. Il avait passé avec elle la plus belle année de sa vie, mais il n'en subsistait aucune preuve tangible.

Il n'en avait que plus de plaisir à lui rester fidèle.

Quand ils se retrouvent seuls dans leur chambre, sa jeune amie lève quelquefois la tête de son livre et pose sur lui un regard interrogateur : « A quoi penses-tu ? »

Franz est assis dans un fauteuil, les yeux rivés au plafond. Quoi qu'il réponde, il pense certainement à Sabina.

Quand il publie une étude dans une revue scientifique, son étudiante est sa première lectrice et veut en discuter avec lui. Mais lui, il pense à ce que dirait Sabina de ce texte. Tout ce qu'il fait, il le fait pour Sabina et d'une façon qui plairait à Sabina.

C'est une infidélité très innocente, taillée sur mesure pour Franz qui ne pourrait jamais faire de mal à son étudiante à lunettes. S'il entretient le culte de Sabina, c'est moins de l'amour qu'une religion.

D'ailleurs, il découle de la théologie de cette religion que sa jeune amante lui a été envoyée par Sabina. Entre son amour terrestre et son amour supraterrestre il règne donc une parfaite concorde, et si l'amour supraterrestre contient nécessairement (du seul fait qu'il est supraterrestre) une forte part d'inexplicable et d'inintelligible (souvenons-nous du lexique de mots incompris, de cette longue liste de malentendus!), son amour terrestre repose sur une véritable compréhension.

L'étudiante est beaucoup plus jeune que Sabina, la partition musicale de sa vie est à peine ébauchée et elle y insère avec gratitude les motifs qu'elle a empruntés à Franz. La Grande Marche de Franz est aussi un article de sa foi. Pour elle, comme pour lui, la musique est ivresse dionysiaque. Ils vont souvent danser. Ils vivent dans la vérité, rien de ce qu'ils font n'est secret pour personne Ils recherchent la compagnie des amis, des collègues, des étudiants et des inconnus, ils s'attablent, boivent et bavardent volontiers avec eux. Ils partent souvent ensemble en excursion dans les Alpes. Franz se penche en avant, la jeune fille lui saute sur le dos et il l'emporte au galop à travers les prairies, déclamant d'une voix forte un long poème allemand que sa mère lui a appris quand il était enfant. La petite rit aux éclats, le tient par le cou et admire ses jarrets, ses épaules et ses poumons.

La seule chose dont le sens lui échappe, c'est cette singulière sympathie que Franz nourrit pour tous les pays qui subissent le joug de la Russie. Le jour anniversaire de l'invasion, une association tchèque de Genève organise une cérémonie commémorative. Il y a très peu de monde dans la salle. L'orateur a des cheveux gris frisés au fer par le coiffeur. Il lit un long discours et réussit à ennuyer cette poignée d'enthousiastes qui sont venus ici pour l'écouter. Il parle français sans faute mais avec un terrible accent. De temps à autre, pour souligner sa pensée, il pointe son index, comme pour menacer les gens assis dans la salle.

L'étudiante aux lunettes est assise à côté de Franz et réprime un bâillement. Mais Franz sourit d'un air béat. Il a les yeux fixés sur le type aux cheveux gris qu'il trouve sympathique avec ce surprenant index. Il se dit que cet homme est un messager secret, un ange qui maintient la communication entre lui et sa déesse. Il ferme les yeux et il rêve. Il ferme les yeux comme il les a fermés sur le corps de Sabina dans quinze hôtels d'Europe et dans un hôtel d'Amérique.

QUATRIÈME PARTIE

L'ÂME ET LE CORPS

1

Tereza rentra vers une heure et demie du matin, alla à la salle de bains, enfila un pyjama et s'allongea à côté de Tomas. Il dormait. Penchée sur son visage, au moment d'y poser les lèvres, elle trouva à ses cheveux une odeur bizarre. Longuement, elle y plongea les narines. Elle le reniflait comme un chien et finit par comprendre : c'était une odeur féminine, l'odeur d'un sexe.

A six heures, le réveil sonna. C'était le moment de Karénine. Il se réveillait toujours bien avant eux, mais n'osait pas les déranger. Il attendait impatiemment la sonnerie du réveil qui lui donnait le droit de bondir sur le lit, de piétiner leurs corps et de leur donner des coups de museau. Au début, ils avaient essayé de l'en empêcher et de le chasser du lit, mais le chien était plus têtu que ses maîtres et avait fini par imposer ses droits. D'ailleurs, Tereza constatait depuis quelque temps qu'il n'était pas désagréable d'entrer dans la journée à l'invitation de Karénine. Pour lui, l'instant du réveil était pur bonheur : il s'étonnait naïvement et bêtement d'être encore de ce monde et s'en réjouissait sincèrement. En revanche, Tereza s'éveillait à contre-cœur, avec le désir de prolonger la nuit et de ne pas rouvrir les yeux.

Maintenant, Karénine attendait dans l'entrée, les yeux levés vers le portemanteau où étaient accrochés son collier et sa laisse. Tereza lui passa son collier et ils allèrent faire les courses. Elle acheta du lait, du pain, du beurre et, comme toujours, un croissant pour lui. Sur le chemin du retour, Karénine trottait à côté d'elle, le croissant dans sa gueule. Il regardait fièrement autour de lui, ravi sans doute de se faire remarquer et d'être montré du doigt.

A la maison, il resta à l'affût sur le seuil de la chambre avec le croissant dans la gueule, attendant que Tomas s'aperçoive de sa présence, s'accroupisse, commence à gronder et feigne de le lui arracher. Cette scène se répétait jour après jour : ils passaient cinq bonnes minutes à se poursuivre à travers l'appartement jusqu'à ce que Karénine se réfugie sous la table et dévore bien vite son croissant.

Mais cette fois-là il attendit en vain la cérémonie matinale. Un transistor était posé sur la table et Tomas écoutait.

2

La radio diffusait un programme sur l'émigration
tchèque. C'était un montage de conversations privées
écoutées clandestinement et enregistrées par un espion
qui s'était infiltré parmi les émigrants pour rentrer
ensuite en fanfare au pays. Il s'agissait de bavardages
insignifiants entrecoupés de temps à autre de mots
crus sur le régime d'occupation, mais aussi de phrases
où des émigrants se traitaient mutuellement de crétins
et d'imposteurs. L'émission insistait surtout sur ces
passages-là : il fallait en effet prouver non seulement
que ces gens-là parlent mal de l'Union soviétique (ce
qui n'indignait personne en Bohême), mais qu'ils se
calomnient mutuellement sans hésiter à se traiter de
noms d'oiseaux. Chose curieuse, on dit des grossière-
tés du matin au soir, mais pour peu qu'on entende à la
radio un type connu et respecté ponctuer ses phrases
d' « *y me font chier* », on est un peu déçu malgré soi.

« Ça, ça a commencé avec Prochazka ! » dit Tomas
sans cesser d'écouter.

Jan Prochazka était un romancier tchèque quadragénaire, d'une vitalité de taureau, qui, bien avant
1968, s'était mis à critiquer tout haut la situation dans
le pays. C'était l'un des hommes les plus populaires du
Printemps de Prague, cette vertigineuse libéralisation
du communisme qui s'est terminée par l'invasion
russe. Peu après l'invasion, toute la presse sonnait

191

l'hallali, mais plus il était traqué, plus les gens l'aimaient. La radio (on était en 1970) avait donc commencé à diffuser en feuilleton des conversations privées que Prochazka avait eues deux ans plus tôt (donc au printemps 1968) avec un professeur d'université. Aucun des deux hommes ne soupçonnait qu'un système d'écoute était dissimulé dans l'appartement du professeur et que le moindre de leurs gestes était épié depuis longtemps ! Prochazka amusait toujours ses amis avec ses hyperboles et ses outrances. Et voici qu'on pouvait entendre ces incongruités dans une série d'émissions radiodiffusées. La police secrète, qui avait découpé le programme, avait pris soin de souligner un passage où le romancier se moquait de ses amis, par exemple de Dubcek. Bien que les gens ne ratent pas une occasion de calomnier leurs amis, curieusement, leur Prochazka adoré les indignait plus que la police secrète haïe !

Tomas éteignit la radio et dit : « Il y a une police secrète dans tous les pays du monde. Mais il n'y a que chez nous qu'elle diffuse ses enregistrements à la radio ! C'est inouï !

— Pas tant que ça ! dit Tereza. Quand j'avais quatorze ans, je tenais un journal intime. J'avais peur que quelqu'un ne le lise. Je le cachais au grenier. Maman a fini par le dénicher. Un jour, au déjeuner, pendant qu'on mangeait la soupe, elle l'a sorti de sa poche et elle a dit : " Ecoutez bien, tous ! ", et elle s'est mise à le lire tout haut en se tordant de rire à chaque phrase. Toute la famille s'esclaffait et en oubliait de manger. »

3

Il voulait toujours la persuader de le laisser prendre seul son petit déjeuner et de rester couchée. Mais elle ne voulait rien entendre. Tomas travaillait de sept heures à quatre heures, et elle de quatre heures à minuit. Si elle n'avait pas pris son petit déjeuner avec lui, ils n'auraient pu se parler que le dimanche. Elle se levait donc en même temps que lui et, après son départ, elle se recouchait et faisait un somme.

Mais ce jour-là, elle avait peur de se rendormir parce qu'elle voulait aller à dix heures au sauna des bains de l'île de Sophie. Il y avait beaucoup d'amateurs, peu de places et l'on ne pouvait entrer que par piston. Heureusement, la caissière était la femme d'un professeur exclu de l'université. Le professeur était l'ami d'un ancien malade de Tomas. Tomas avait parlé au malade, le malade avait parlé au professeur, le professeur à sa femme et Tereza avait sa place réservée une fois par semaine.

Elle alla à pied. Elle exécrait les trams perpétuellement bondés où les gens se serraient dans une étreinte rancunière, se marchaient sur les pieds, s'arrachaient les boutons de leurs manteaux et s'injuriaient.

Il bruinait. Les gens se pressaient, levaient audessus des têtes leurs parapluies ouverts et, soudain, sur les trottoirs, c'était la bousculade. Les voûtes des parapluies s'entrechoquaient. Les hommes étaient

193

courtois et, en passant près de Tereza, ils levaient très haut leur parapluie pour lui faire place. Mais les femmes ne s'écartaient pas d'un pouce. Elles regardaient devant elles, le visage dur, chacune attendant que l'autre s'avoue plus faible et capitule. La rencontre des parapluies était une épreuve de force. Au début, Tereza s'écartait, mais quand elle comprit que sa courtoisie n'était jamais payée de retour, elle serra plus fermement son parapluie, comme les autres. A plusieurs reprises, son pépin heurta violemment un pépin qui venait en face, mais aucune femme ne disait jamais pardon. D'habitude, tout se passait en silence ; deux ou trois fois, elle entendit : « Salope ! » ou « Merde ! ».

Parmi les femmes armées de parapluies, il y en avait de jeunes et de plus âgées, mais les jeunes étaient parmi les combattantes les plus intrépides. Tereza se rappelait les journées de l'invasion. Des jeunes filles en minijupe passaient et repassaient, arborant le drapeau national au bout d'une perche. C'était un attentat sexuel contre les soldats russes astreints à plusieurs années de chasteté. A Prague, ils devaient se croire sur une planète inventée par un auteur de science-fiction, planète peuplée de femmes incroyablement élégantes qui exhibaient leur mépris, juchées sur de longues jambes galbées comme la Russie tout entière n'en avait pas vu depuis cinq ou six siècles.

Pendant ces journées, elle avait pris d'innombrables photos de ces jeunes femmes sur fond de chars. Comme elle les admirait alors ! Et c'était exactement les mêmes femmes qu'elle voyait aujourd'hui s'avancer à sa rencontre, hargneuses et méchantes. En guise de drapeau, elles tenaient un parapluie, mais elles le tenaient avec la même fierté. Elles étaient prêtes à affronter avec le même acharnement une armée étrangère et le parapluie qui refusait de céder le passage.

4

Elle arriva place de la Vieille Ville où se dresse l'austère cathédrale de Tyn et les maisons baroques rangées en quadrilatère irrégulier. L'ancien Hôtel de Ville du XIVe siècle, qui occupait jadis tout un côté de la place, est en ruine depuis vingt-sept ans. Varsovie, Dresde, Cologne, Budapest, Berlin ont été affreusement mutilés par la dernière guerre, mais leurs habitants les ont reconstruits, et ils ont eu généralement à cœur de restaurer les quartiers historiques avec le plus grand soin. Aux Pragois, ces villes donnaient des complexes d'infériorité. Chez eux, le seul bâtiment historique que la guerre ait détruit, c'est cet ancien Hôtel de Ville. Ils ont décidé d'en conserver à jamais les décombres de peur que le premier Polonais ou le premier Allemand venu ne leur reproche de n'avoir pas assez souffert. Devant ces illustres gravats qui doivent être pour l'éternité la mise en accusation de la guerre, une tribune faite de barres métalliques se dressait pour la manifestation à laquelle le parti communiste a mené hier ou mènera demain le peuple de Prague.

Tereza regardait l'Hôtel de Ville détruit et ce spectacle lui rappelait soudain sa mère : ce besoin pervers d'exposer ses ruines, de se vanter de sa laideur, d'arborer sa misère, de dénuder le moignon de sa main amputée et de contraindre le monde entier à le regarder. Tout, ces derniers temps, lui rappelait sa mère, comme si l'univers maternel auquel elle avait échappé une dizaine d'années plus tôt l'avait rejointe et l'encerclait de toutes parts. C'était pour cela qu'au petit déjeuner elle avait raconté que sa mère lisait son journal intime à la famille pouffant de rire. Quand une conversation d'amis devant un verre de vin est diffusée publiquement à la radio, ce ne peut vouloir dire qu'une chose : que le monde est changé en camp de concentration.

Tereza utilisait ce mot presque depuis son enfance pour exprimer l'idée qu'elle se faisait de la vie dans sa famille. Le camp de concentration, c'est un monde où l'on vit perpétuellement les uns sur les autres, jour et nuit. Les cruautés et les violences n'en sont qu'un aspect secondaire (et nullement nécessaire). Le camp de concentration, c'est l'entière liquidation de la vie privée. Prochazka, qui n'était même pas à l'abri chez lui quand il discutait devant un verre avec un ami, vivait (sans s'en douter, ce fut son erreur fatale !) dans un camp de concentration. Tereza avait vécu dans un camp de concentration quand elle habitait chez sa mère. Depuis, elle savait que le camp de concentration n'est rien d'exceptionnel, rien qui doive nous surprendre, mais quelque chose de donné, de fondamental, quelque chose où l'on vient au monde et d'où l'on ne peut s'évader qu'avec une extrême tension de toutes ses forces.

5

Sur trois bancs disposés en gradins, les femmes étaient assises, serrées l'une contre l'autre à se toucher. Une femme dans la trentaine, au très joli visage, transpirait à côté de Tereza. Sous ses épaules pendaient deux seins incroyablement volumineux qui se balançaient au moindre de ses mouvements. Quand elle se leva, Tereza s'aperçut que son postérieur aussi ressemblait à deux énormes musettes et qu'il n'avait rien de commun avec le visage.

Peut-être cette femme, elle aussi, passe-t-elle de longs moments devant la glace pour regarder son corps et tenter d'y apercevoir son âme en transparence comme Tereza s'y essaie depuis l'enfance. Certainement, autrefois, elle aussi a cru bêtement que son corps pouvait servir de blason à son âme. Mais combien monstrueuse doit être cette âme si elle ressemble à ce portemanteau avec quatre sacoches ?

Tereza se leva pour passer sous la douche. Puis elle alla prendre l'air. Il bruinait toujours. Elle était sur un ponton jeté sur quelques mètres carrés de la Vltava entre de hauts panneaux en planches qui protégeaient les dames des regards de la ville. En baissant la tête, elle aperçut au-dessus de la surface de l'eau le visage de la femme à laquelle elle venait de penser.

La femme lui souriait. Elle avait le nez fin, de grands yeux marron et le regard enfantin.

Elle remontait l'échelle et, sous le tendre visage, reparurent deux musettes qui ballottaient et projetaient alentour des gouttelettes d'eau froide.

6

Elle alla s'habiller. Elle était devant un grand miroir.

Non, son corps n'avait rien de monstrueux. Elle n'avait pas de sacoches sous les épaules mais des seins plutôt menus. Sa mère se moquait d'elle parce qu'ils n'étaient pas assez gros, pas comme ils doivent être, ce qui lui avait donné des complexes dont seul Tomas avait fini par la débarrasser. A présent, elle pouvait accepter leurs dimensions, mais elle leur reprochait leurs aréoles trop larges et trop foncées autour des mamelons. Si elle avait pu tracer elle-même l'épure de son corps, elle aurait des tétins discrets, délicats, saillant à peine de la voûte du sein et d'une teinte à peine discernable du reste de la peau. Cette grande cible rouge foncé lui semblait l'ouvrage d'un peintre paysan qui aurait confectionné des images obscènes pour nécessiteux.

Elle s'examinait et se demandait ce qui arriverait si son nez s'allongeait d'un millimètre par jour. Au bout de combien de temps son visage serait-il méconnaissable ?

Et si chaque partie de son corps se mettait à grandir et à rapetisser au point de lui faire perdre toute ressemblance avec Tereza, serait-elle encore elle-même, y aurait-il encore une Tereza ?

Bien sûr. Même à supposer que Tereza ne ressemble plus du tout à Tereza, au-dedans son âme serait toujours la même et ne pourrait qu'observer avec effroi ce qui arrive à son corps.

Mais alors, quel rapport y a-t-il entre Tereza et son corps ? Son corps a-t-il un droit quelconque au nom de Tereza ? Et s'il n'a pas ce droit, à quoi se rapporte ce nom ? Rien qu'à une chose incorporelle, immatérielle.

(Ce sont toujours les mêmes questions qui passent par la tête de Tereza depuis l'enfance. Car les questions vraiment graves ne sont que celles que peut formuler un enfant. Seules les questions les plus naïves sont vraiment de graves questions. Ce sont les interrogations auxquelles il n'est pas de réponse. Une question à laquelle il n'est pas de réponse est une barrière au-delà de laquelle il n'y a plus de chemins. Autrement dit : ce sont précisément les questions auxquelles il n'est pas de réponse qui marquent les limites des possibilités humaines et qui tracent les frontières de notre existence.)

Tereza est immobile, envoûtée devant le miroir, et regarde son corps comme s'il lui était étranger ; étranger, et pourtant assigné à personne d'autre qu'elle. Il lui répugne. Il n'a pas eu la force de devenir pour Tomas le corps unique de sa vie. Ce corps l'a déçue, l'a trahie. Toute une nuit, elle a été contrainte à respirer dans les cheveux de Tomas l'odeur intime d'une autre.

Elle a soudain envie de renvoyer ce corps comme une bonne. De ne plus être avec Tomas qu'une âme et de chasser le corps au loin pour qu'il se comporte comme les autres corps féminins se comportent avec les corps mâles ! Puisque son corps n'a pas su devenir le corps unique pour Tomas et qu'il a ainsi perdu la plus grande bataille de la vie de Tereza, eh bien ! qu'il s'en aille, ce corps !

7

Elle rentra à la maison, déjeuna sans appétit debout dans la cuisine. A trois heures et demie, elle mit sa laisse à Karénine et gagna avec lui (toujours à pied) l'hôtel où elle travaillait dans un quartier périphérique. Quand on l'avait congédiée du magazine, elle avait trouvé une place de barmaid. Ça s'était passé quelques mois après son retour de Zurich ; finalement on ne lui avait pas pardonné d'avoir photographié les chars russes sept jours durant. Elle avait obtenu cette place grâce à des amis : des gens qui avaient perdu leur travail à peu près au même moment qu'elle y avaient aussi trouvé refuge. A la comptabilité il y avait un ancien professeur de théologie, à la réception un ancien ambassadeur.

Elle avait de nouveau peur pour ses jambes. Autrefois, quand elle travaillait en province comme serveuse, elle observait avec effroi les mollets de ses collègues, qui étaient couverts de varices. C'était la maladie de toutes les filles de salle, qui passaient leur vie à marcher, à courir, ou debout, les bras lourdement chargés. Le travail était quand même moins pénible qu'autrefois en province. Avant de commencer son service, il lui fallait porter de lourdes caisses de bouteilles de bière et d'eau minérale, mais le reste du temps elle se tenait derrière le comptoir, versait des alcools aux clients et, dans l'intervalle, rinçait les verres dans un petit évier installé à l'extrémité du bar. Karénine restait patiemment couché à ses pieds pendant tout son service.

Il était minuit passé quand elle termina ses comptes et remit l'argent au directeur de l'hôtel. Ensuite elle alla dire au revoir à l'ambassadeur qui était de service de nuit. Derrière le long comptoir de la réception, une porte donnait sur une alcôve où il était possible de faire un somme sur une étroite couchette. Au-dessus, il y avait des photographies encadrées : on le voyait toujours avec des gens qui souriaient à l'objectif ou lui serraient la main, ou qui étaient assis à ses côtés et signaient quelque chose. Sur une photographie bien en évidence, on reconnaissait près de son visage le visage souriant de John F. Kennedy.

Ce n'était pas avec le président des Etats-Unis qu'il discutait ce soir-là, mais avec un sexagénaire inconnu qui se tut en voyant Tereza.

« C'est une amie, dit l'ambassadeur. Tu peux parler tranquillement. » Puis, se tournant vers Tereza : « Son fils vient d'être condamné à cinq ans, pas plus tard qu'aujourd'hui. »

Elle apprit que, dans les premiers jours de l'invasion, le fils du sexagénaire surveillait avec des amis l'entrée d'un immeuble où était installée une section spéciale de l'armée russe. Les Tchèques qui sortaient de là, cela ne faisait pour lui aucun doute, étaient des indicateurs au service des Russes. Il les suivait avec ses copains, repérait le numéro minéralogique de leurs voitures et les signalait aux journalistes d'un émetteur

204

tchèque clandestin qui avertissait la population. Il en avait rossé un avec l'aide de ses amis.

Le sexagénaire disait : « Cette photo est la seule preuve matérielle. Il a tout nié, jusqu'au moment où on lui a présenté ça. »

Il sortit une coupure de presse de sa poche de poitrine : « Ça a paru dans le *Times* à l'automne 1968. »

Sur la photo on voyait un jeune homme qui tenait un type à la gorge. Autour, des gens regardaient. Au-dessous de la photo on pouvait lire : Le châtiment d'un collabo.

Tereza se sentit soulagée. Non, ce n'était pas elle qui avait pris cette photo.

Elle rentra chez elle avec Karénine en traversant les rues noires de Prague. Elle pensait à ces journées où elle avait photographié des tanks. Ce qu'ils avaient été naïfs, tous ! Ils croyaient risquer leur vie pour la patrie, et au lieu de ça ils travaillaient à leur insu pour la police russe.

Elle arriva chez elle à une heure et demie. Tomas dormait déjà. Dans ses cheveux, il y avait une odeur féminine, une odeur de sexe.

8

Qu'est-ce que la coquetterie ? On pourrait dire que c'est un comportement qui doit suggérer que le rapprochement sexuel est possible, sans que cette éventualité puisse être perçue comme une certitude. Autrement dit : la coquetterie est une promesse non garantie de coït.

Tereza est debout derrière le comptoir du bar et les clients auxquels elle sert des alcools lui font des avances. Trouve-t-elle déplaisant cet assaut continuel de compliments, de sous-entendus, d'histoires grivoises, d'invites, de sourires et de regards ? Pas du tout. Elle éprouve un insurmontable désir d'offrir son corps (ce corps étranger qu'elle voudrait chasser au loin), de l'offrir à ce ressac.

Tomas essaie sans cesse de la persuader que l'amour et l'acte d'amour sont deux mondes différents. Elle refusait de l'admettre. A présent, elle est entourée d'hommes qui ne lui inspirent pas la moindre sympathie. Quel effet ça lui ferait de coucher avec eux ? Elle a envie d'essayer, du moins sous la forme de cette promesse non garantie qu'est la coquetterie.

Qu'on ne s'y trompe pas : elle ne cherche pas à se venger de Tomas. Elle cherche une issue pour sortir du labyrinthe. Elle sait qu'elle lui pèse : elle prend les choses trop au sérieux, elle tourne tout au tragique, elle ne parvient pas à comprendre la légèreté et la joyeuse futilité de l'amour physique. Elle voudrait apprendre la légèreté ! Elle voudrait qu'on lui apprenne à ne plus être anachronique !

Si pour d'autres femmes la coquetterie est une seconde nature, une routine insignifiante, c'est désormais pour elle le champ d'une importante investigation qui doit lui faire découvrir ce dont elle est capable. Mais d'être si importante, si grave, sa coquetterie a perdu toute légèreté, elle est forcée, voulue, excessive. L'équilibre entre la promesse et l'absence de garantie (en quoi réside précisément l'authentique virtuosité de la coquetterie !) en est rompu. Elle est trop prompte à promettre sans montrer assez clairement que sa promesse ne l'engage à rien. Autrement dit, tout le monde la croit extraordinairement facile. Et ensuite, quand les hommes réclament l'accomplissement de ce qui leur a paru promis, ils butent sur une résistance soudaine qu'ils ne peuvent s'expliquer que par la cruauté raffinée de Tereza.

9

Un adolescent d'à peu près seize ans vint s'asseoir au bar sur un tabouret inoccupé. Il prononça quelques phrases provocantes qui s'incrustaient dans la conversation comme s'incruste dans un dessin le faux trait qu'on ne peut ni continuer ni gommer.

« Vous avez de jolies jambes », dit-il.

Elle se rebiffa : « Comme si on les voyait à travers le bois du comptoir !

— Je vous connais. Je vous vois dans la rue », expliqua le jeune homme.

Mais Tereza s'était éloignée et s'occupait d'autres clients. Il commanda un cognac. Elle refusa.

« Je viens d'avoir dix-huit ans, protestait l'adolescent.

— Alors, montrez-moi votre carte d'identité !

— Pas question, répliqua l'adolescent.

— Très bien ! Prenez une limonade ! »

Sans mot dire, l'adolescent se leva de son tabouret et sortit. Au bout d'une demi-heure environ, il revint et retourna s'asseoir au bar. Il faisait de grands gestes et son haleine puait l'alcool à trois mètres.

« Une limonade !

— Vous êtes ivre ! » dit-elle.

L'adolescent montra un écriteau accroché au mur derrière Tereza : *Il est expressément interdit de servir des boissons alcoolisées aux mineurs de moins de dix-huit ans.*

« Il vous est interdit de me servir de l'alcool, dit-il, désignant Tereza d'un grand geste de la main, mais il n'est écrit nulle part que je n'ai pas le droit d'être soûl.

— Où vous êtes-vous arrangé comme ça ? demanda Tereza.

— Au bistrot d'en face ! » Il partit d'un gros rire et, de nouveau, il exigea une limonade.

« Alors, pourquoi n'y êtes-vous pas resté ?

— Parce que je veux vous regarder, dit l'adolescent. Je vous aime. »

En disant cela, il avait le visage étrangement crispé. Elle ne comprenait pas : se payait-il sa tête ? lui faisait-il des avances ? était-ce une blague ? ou simplement, il était ivre et ne savait pas ce qu'il disait ?

Elle posa une limonade devant lui et s'occupa d'autres clients. Les mots « Je vous aime ! » semblaient avoir épuisé les forces de l'adolescent. Il ne dit plus rien, posa sans bruit la monnaie sur le comptoir et s'esquiva sans que Tereza s'en aperçût.

Mais à peine était-il sorti qu'un petit chauve qui en était à sa troisième vodka prit la parole. « Madame, vous savez que vous n'avez pas le droit de servir de l'alcool à des mineurs.

— Mais je ne lui ai pas servi d'alcool ! Il a pris une limonade !

— J'ai très bien vu ce que vous lui versiez dans sa limonade !

— Qu'est-ce que vous inventez ! s'écria Tereza.

— Encore une vodka », commanda le chauve et il ajouta : « Ça fait un bout de temps que je vous ai à l'œil.

« — Eh bien ! estimez-vous heureux de pouvoir regarder une belle femme, et fermez-la ! » intervint un grand type qui s'était approché du comptoir et avait observé toute la scène.

« Vous, ne vous mêlez pas de ça ! Ça ne vous concerne pas ! cria le chauve.

— Et pouvez-vous m'expliquer en quoi ça vous concerne, vous ? » demanda le grand type.

Tereza servit au chauve la vodka qu'il avait commandée. Il la but d'un trait, paya et sortit.

« Je vous remercie, dit Tereza au grand type.

— Il n'y a pas de quoi », dit le grand type, et il sortit à son tour.

10

Quelques jours plus tard, il reparut au bar. En le voyant, elle lui sourit comme à un ami : « Il faut encore que je vous remercie. Ce chauve vient souvent et il est affreusement désagréable.

— N'y pensez plus !

— Pourquoi voulait-il me nuire, l'autre jour ?

— Ce n'est qu'un ivrogne ! Je vous le demande encore une fois : n'y pensez plus !

— Puisque vous me le demandez, je ne vais plus y penser. »

Le grand type la regardait dans les yeux : « Il faut me le promettre.

— Je vous le promets.

— Ça me fait plaisir de vous entendre me promettre quelque chose », dit l'homme sans cesser de la regarder dans les yeux.

On était en pleine coquetterie : ce comportement qui doit suggérer que le rapprochement sexuel est possible, même si ce n'est qu'une éventualité sans garantie et toute théorique.

« Comment se fait-il qu'on puisse tomber sur une femme comme vous dans le quartier le plus moche de Prague ? dit-il.

— Et vous ? Qu'est-ce que vous faites ici, dans le quartier le plus moche de Prague ? »

Il lui dit qu'il n'habitait pas loin, qu'il était ingénieur et que la dernière fois il s'était arrêté tout à fait par hasard en rentrant de son travail.

11

Elle regardait Tomas. Ce n'était pas sur ses yeux qu'était pointé son regard, mais une dizaine de centimètres plus haut, sur ses cheveux, qui exhalaient l'odeur du sexe d'une autre.

Elle dit : « Tomas, je n'en peux plus. Je sais que je n'ai pas le droit de me plaindre. Depuis que tu es revenu à Prague à cause de moi, je me suis interdit d'être jalouse. Je ne veux pas être jalouse, mais je ne peux pas m'en empêcher, je n'en ai pas la force. S'il te plaît, aide-moi ! »

Il la prit par le bras et la conduisit dans un square où ils allaient souvent se promener des années plus tôt. Dans ce square il y avait des bancs : des bleus, des jaunes, des rouges. Quand ils furent assis, Tomas lui dit :

« Je te comprends. Je sais ce que tu veux. J'ai tout arrangé. Maintenant, tu vas aller au Mont-de-Pierre. »

Aussitôt, elle fut saisie d'angoisse : « Au Mont-de-Pierre ? Pour quoi faire, au Mont-de-Pierre ?

— Tu monteras tout en haut et tu comprendras. »

Elle n'avait aucune envie de s'en aller ; son corps était si faible qu'elle n'arrivait pas à se détacher du banc. Mais elle ne pouvait désobéir à Tomas. Elle fit un effort pour se lever.

Elle se retourna. Il était toujours assis sur le banc et lui souriait presque gaiement. Il fit un geste de la main, sans doute pour l'encourager.

12

En arrivant au Mont-de-Pierre, cette colline ver-
doyante qui se dresse au centre de Prague, elle
s'aperçut avec stupeur qu'il n'y avait personne. C'était
curieux, car d'habitude des foules de Pragois venaient
à toute heure y prendre l'air. Elle avait l'angoisse au
cœur, mais les chemins étaient tellement silencieux et
le silence si rassurant qu'elle ne se défendait pas et
s'abandonnait avec confiance dans les bras de la
colline. Elle montait, s'arrêtant de temps à autre pour
regarder en arrière. A ses pieds, elle voyait une
multitude de tours et de ponts. Les saints menaçaient
du poing, leurs yeux pétrifiés fixés sur les nuages.
C'était la plus belle ville du monde.

Elle arriva en haut. Derrière les stands où l'on
vendait d'ordinaire des glaces, des cartes postales et
des biscuits (les vendeurs étaient absents ce jour-là)
une pelouse s'étendait à perte de vue, plantée d'arbres
clairsemés. Elle y aperçut quelques hommes. Plus elle
s'en approchait, plus elle ralentissait le pas. Il y en
avait six. Ils étaient immobiles ou bien allaient et
venaient très lentement, un peu comme des joueurs
sur un terrain de golf quand ils examinent le relief,
soupèsent leur canne dans leur main et se concentrent
pour se mettre en condition avant la compétition.

Elle arrivait enfin tout près d'eux. Parmi les six
hommes, elle fut certaine d'en reconnaître trois qui
étaient venus ici pour jouer le même rôle qu'elle : ils

étaient intimidés, ils donnaient l'impression de vouloir poser des tas de questions mais d'avoir peur de déranger, de sorte qu'ils préféraient se taire et qu'ils regardaient autour d'eux d'un air interrogatif.

Les trois autres irradiaient une indulgente bonhomie. L'un d'eux tenait un fusil à la main. En apercevant Tereza, il lui fit signe avec un sourire : « Oui, c'est ici. »

Elle le salua d'un hochement de tête et se sentit terriblement mal à l'aise.

L'homme ajouta : « Pour qu'il n'y ait pas d'erreur. C'est *votre* volonté ? »

Il était facile de dire « non, ce n'est pas ma volonté » ; mais il était impensable pour elle de tromper la confiance de Tomas. Quelle excuse invoquer, une fois de retour à la maison ? De sorte qu'elle dit : « Oui. Evidemment. C'est ma volonté. »

L'homme au fusil poursuivait : « Il faut que vous compreniez pourquoi je vous pose cette question. Nous ne faisons ça que lorsque nous sommes certains que ceux qui viennent nous trouver ont eux-mêmes expressément décidé de mourir. Ce n'est qu'un service que nous leur rendons. »

Son regard interrogateur restait posé sur Tereza et elle dut une fois encore lui assurer : « Oui, soyez sans crainte ! C'est ma volonté.

— Voulez-vous passer la première ? » demanda-t-il.

Elle voulait retarder l'exécution, ne fût-ce que de quelques instants.

« Non, s'il vous plaît, non. Si possible, je voudrais passer en dernier.

— Comme vous voulez », dit l'homme et il s'en alla vers les autres. Ses deux assistants ne portaient pas d'arme et n'étaient là que pour s'occuper des gens qui devaient mourir. Ils les prenaient par le bras et les accompagnaient sur la pelouse. C'était une immense surface gazonnée qui s'étendait à perte de vue. Les candidats à l'exécution pouvaient choisir eux-mêmes leur arbre. Ils s'arrêtaient, regardaient longuement, ne pouvaient se décider. Deux d'entre eux choisirent enfin deux platanes, mais le troisième allait de plus en plus loin, ne trouvant aucun arbre convenant à sa mort. L'assistant, qui le tenait doucement par le bras, l'accompagnait sans s'impatienter, mais à la fin, l'homme n'eut plus le courage d'avancer et s'arrêta près d'un érable touffu.

Les assistants mirent un bandeau sur les yeux des trois hommes.

Sur l'immense pelouse il y avait donc trois hommes adossés à trois troncs d'arbres, chacun avec un bandeau sur les yeux et la tête tournée vers le ciel.

L'homme au fusil mit en joue et fit feu. A part le chant des oiseaux, on n'entendit pas un bruit. Le fusil était muni d'un silencieux. On voyait seulement que l'homme adossé à l'érable commençait à s'affaisser.

Sans s'éloigner de l'endroit où il se trouvait, l'homme au fusil se tourna dans une autre direction et le personnage adossé au platane s'écroula à son tour dans un total silence, et quelques instants plus tard (l'homme au fusil pivotait sur place) le troisième candidat au supplice tomba lui aussi sur le gazon.

13

L'un des assistants s'approcha sans un mot de Tereza. Il tenait à la main un bandeau bleu foncé.

Elle comprit qu'il voulait lui bander les yeux. Elle hocha la tête et dit : « Non, je veux tout voir. »

Mais ce n'était pas la vraie raison de son refus. Elle n'avait rien des héros qui sont résolus à regarder bravement droit dans les yeux le peloton d'exécution. Elle cherchait seulement à retarder sa mort. Il lui semblait qu'au moment où elle aurait les yeux bandés, elle serait déjà dans l'antichambre de la mort, sans espoir de retour.

L'homme ne chercha pas à la contraindre et la prit par le bras. Ils marchaient sur l'immense pelouse et Tereza ne pouvait se décider pour un arbre ou un autre. Personne ne l'obligeait à se hâter, mais elle savait que, de toute façon, elle ne pouvait échapper. Apercevant devant elle un marronnier en fleur, elle s'en approcha. Elle s'adossa au tronc et leva la tête : elle voyait le feuillage traversé par les rayons du soleil et elle entendait la ville qui murmurait au loin, faiblement et tendrement, comme la voix de mille violons.

L'homme leva son fusil.

Elle ne se sentait plus de courage. Elle était désespérée de sa faiblesse, mais elle ne put la maîtriser. Elle dit : « Non ! Ce n'est pas *ma* volonté. »

L'homme abaissa immédiatement le canon de son fusil et dit très calmement : « Si ce n'est pas votre volonté, on ne peut pas le faire. On n'en a pas le droit. »

Sa voix était aimable, comme s'il s'excusait auprès de Tereza de ne pouvoir l'exécuter si ce n'était pas sa volonté. Cette gentillesse lui crevait le cœur ; elle tourna son visage vers l'écorce de l'arbre et éclata en sanglots.

14

Elle étreignait l'arbre, le corps secoué de sanglots, comme si ce n'était pas un arbre, mais son père qu'elle avait perdu, son grand-père qu'elle n'avait pas connu, son bisaïeul, son trisaïeul, un homme infiniment vieux venu des plus lointaines profondeurs du temps pour lui tendre son visage dans l'écorce rugueuse de l'arbre.

Elle se retourna. Les trois hommes étaient déjà loin, ils allaient et venaient sur la pelouse comme des joueurs de golf, et c'était bien à une canne de golf que faisait penser le fusil dans la main de celui qui était armé.

Elle redescendait par les allées du Mont-de-Pierre et elle gardait au fond de son âme la nostalgie de l'homme qui devait la fusiller et ne l'avait pas fait. Il lui manqua. Elle avait besoin de quelqu'un pour l'aider, à la fin ! Tomas ne l'aiderait pas. Tomas l'envoyait à la mort. Seul un autre pouvait l'aider !

Plus elle approchait de la ville, plus elle éprouvait de langueur pour cet homme et plus elle craignait Tomas. Il ne lui pardonnerait pas de ne pas avoir tenu sa promesse. Il ne lui pardonnerait pas d'avoir manqué de courage et de l'avoir trahi. Elle était déjà dans la rue où ils habitaient et elle savait qu'elle allait le voir d'une minute à l'autre. A cette idée elle fut prise d'une telle peur qu'elle en avait des crampes d'estomac et envie de vomir.

15

L'ingénieur l'avait invitée chez lui. Elle avait déjà refusé deux fois. Cette fois, elle avait accepté.

Elle déjeuna comme d'habitude debout dans la cuisine et puis sortit. Il était à peine deux heures.

Elle approchait de l'endroit où il habitait et sentait ses jambes ralentir d'elles-mêmes le pas.

Puis elle songea que c'était en fait Tomas qui l'envoyait chez cet homme. N'était-ce pas lui qui passait son temps à lui expliquer que l'amour et la sexualité n'ont rien de commun ? Elle allait simplement chercher une confirmation à ses paroles. Elle entendait sa voix qui lui disait : « Je te comprends. Je sais ce que tu veux. J'ai tout arrangé. Tu monteras tout en haut et tu comprendras. »

Oui, elle ne faisait qu'exécuter les ordres de Tomas.

Elle ne voulait rester qu'un moment chez l'ingénieur ; juste le temps de boire une tasse de café, juste le temps de découvrir ce que ça fait de s'avancer jusqu'à la frontière même de l'infidélité. Elle voulait pousser son corps jusqu'à cette frontière, l'y laisser un instant comme au pilori puis, au moment où l'ingénieur tenterait de la prendre dans ses bras, elle dirait, comme elle avait dit à l'homme au fusil sur le Mont-de-Pierre : « Non, non ! Ce n'est pas ma volonté. »

L'homme abaisserait le canon de son fusil et dirait d'une voix douce : « Si ce n'est pas votre volonté, on ne peut pas le faire. On n'en a pas le droit. »

Et elle se tournerait vers le tronc d'arbre et éclaterait en sanglots.

16

C'était un immeuble du début du siècle dans une banlieue ouvrière de Prague. Elle pénétra dans le couloir aux murs sales enduits de chaux. Les marches usées de l'escalier de pierre à la rampe métallique l'amenèrent au premier étage. Elle tourna à gauche. C'était la deuxième porte, sans carte de visite ni sonnette. Elle frappa.

Il ouvrit.

Tout le logement se composait d'une seule pièce coupée par un rideau à deux mètres de la porte pour donner l'illusion d'une entrée ; là, il y avait une table avec un réchaud, et un petit réfrigérateur. En s'avançant à l'intérieur, elle aperçut en face d'elle le rectangle vertical de la fenêtre au bout d'une pièce étroite et tout en longueur ; d'un côté, il y avait une bibliothèque, de l'autre un divan et un unique fauteuil.

« C'est très simple chez moi, dit l'ingénieur. J'espère que ça ne vous déçoit pas.

— Non, pas du tout », dit Tereza, les yeux fixés sur le mur entièrement recouvert d'étagères pleines de livres. Cet homme n'avait pas de table digne de ce nom, mais il avait des centaines de livres. Tereza s'en réjouit ; l'angoisse, qui l'avait accompagnée en venant ici, commençait à retomber. Depuis l'enfance, elle voyait dans le livre le signe d'une fraternité secrète.

Quelqu'un qui avait une bibliothèque pareille ne pouvait pas lui faire de mal.

Il lui demanda ce qu'il pouvait lui offrir. Du vin ?

Non, non ; elle ne voulait pas de vin. Si elle prenait quelque chose, ce serait du café.

Il disparut derrière le rideau et elle s'approcha de la bibliothèque. Un des livres la captiva. C'était une traduction de l'*Œdipe* de Sophocle. Comme c'était étrange de trouver ce livre-là chez cet inconnu ! Des années plus tôt, Tomas l'avait offert à Tereza en la priant de le lire attentivement, et il lui en avait parlé longuement. Il avait ensuite publié ses réflexions dans un journal et c'était cet article qui avait mis toute leur vie sens dessus dessous. Elle regardait le dos de ce livre et cette vue la calmait. C'était comme si Tomas avait délibérément laissé ici sa trace, un message qui signifiait qu'il avait tout arrangé lui-même. Elle prit le livre et l'ouvrit. Quand l'ingénieur reviendrait, elle lui demanderait pourquoi il avait ce livre, s'il l'avait lu et ce qu'il en pensait. Elle passerait ainsi, par une ruse de la conversation, du territoire dangereux du logement de l'inconnu à l'univers familier des idées de Tomas.

Puis elle sentit une main sur son épaule. L'ingénieur lui retira le livre de la main, le remit sans rien dire dans la bibliothèque et la guida vers le divan.

Elle repensa à la phrase qu'elle avait dite à l'exécuteur du Mont-de-Pierre et la proféra à voix haute : « Non, non ! Ce n'est pas ma volonté ! »

Elle était persuadée que c'était une formule enchantée qui allait immédiatement retourner la situation, mais dans cette chambre ces mots perdirent leur pouvoir magique. Je crois même qu'ils incitèrent l'homme à se montrer encore plus résolu : il la pressa contre lui et lui mit la main sur un sein.

Chose étrange : ce contact la libéra aussitôt de son angoisse. Comme si, par ce contact, l'ingénieur eût montré son corps et qu'elle eût compris que l'enjeu, ce n'était pas elle (son âme), mais son corps et lui seul. Ce corps qui l'avait trahie et qu'elle avait chassé loin d'elle parmi les autres corps.

17

Il défit un bouton de son corsage, s'attendant qu'elle continue elle-même. Elle n'obéit pas à cette attente. Elle avait chassé son corps loin d'elle, mais ne voulait prendre pour lui aucune responsabilité. Elle ne se déshabillait pas, et ne se défendait pas non plus. Son âme voulait ainsi montrer que, tout en désapprouvant ce qui était en train de se produire, elle avait choisi de rester neutre.

Il la déshabillait et, pendant ce temps, elle était presque inerte. Quand il l'embrassa, ses lèvres ne répondirent pas. Puis elle s'aperçut soudain que son sexe était humide et elle en fut consternée.

Elle sentait son excitation qui était d'autant plus grande qu'elle était excitée contre son gré. Déjà, son âme consentait secrètement à tout ce qui était en train de se passer, mais elle savait aussi que pour prolonger cette grande excitation, son acquiescement devait rester tacite. Si elle avait dit oui à voix haute, si elle avait accepté de participer de plein gré à la scène d'amour, l'excitation serait retombée. Car ce qui excitait l'âme, c'était justement d'être trahie par le corps qui agissait contre sa volonté, et d'assister à cette trahison.

Puis il lui retira son slip; maintenant, elle était complètement nue. L'âme voyait le corps dénudé entre les bras de l'inconnu et ce spectacle lui semblait incroyable, comme de contempler de près la planète Mars. Sous l'éclairage de l'incroyable, son corps perdit pour la première fois sa banalité; pour la première fois, elle le regardait envoûtée; la singularité, l'inimitable unicité de son corps passaient au premier plan. Ce n'était pas le plus ordinaire de tous les corps (c'était ainsi qu'elle l'avait vu jusqu'à présent), mais le plus extraordinaire. L'âme ne pouvait arracher son regard de la tache de naissance, ronde et brunâtre, juste au-dessus de la toison; l'âme voyait dans cette tache le sceau dont elle avait elle-même marqué le corps et trouvait blasphématoire que le membre d'un inconnu se mût si près de ce sceau sacré.

Quand Tereza leva les yeux et qu'elle vit son visage, elle se souvint qu'elle n'avait jamais consenti à ce que le corps, où l'âme avait gravé sa signature, se trouvât dans les bras de quelqu'un qu'elle ne connaissait pas et ne voulait pas connaître. Elle fut envahie d'une haine étourdissante. Elle fit affluer la salive à ses lèvres pour cracher au visage de l'inconnu. Ils s'observaient tous deux avec la même avidité; il s'aperçut de sa colère et précipita ses mouvements. Tereza, sentant de loin la volupté la gagner, se mit à crier : « Non, non, non », elle résistait à la jouissance qui approchait, et comme elle lui résistait, la jouissance réprimée irradiait longuement dans tout son corps n'ayant aucune issue par où s'échapper; la volupté se propageait comme de la morphine injectée dans une veine. Elle se débattait dans les bras de l'homme, frappait en aveugle et lui crachait au visage.

18

Les cuvettes des waters modernes se dressent au-
dessus du sol comme la fleur blanche du nénuphar.
L'architecte fait l'impossible pour que le corps oublie
sa misère et que l'homme ignore ce que deviennent les
déjections de ses entrailles quand l'eau tirée du
réservoir les chasse en gargouillant. Les tuyaux des
égouts, bien que leurs tentacules viennent jusque dans
nos appartements, sont soigneusement dissimulés à
nos regards et nous ignorons tout des invisibles
Venises de merdes sur lesquelles sont bâtis nos
cabinets de toilette, nos chambres à coucher, nos salles
de bal et nos parlements.

Les cabinets de ce vieil immeuble d'une banlieue
ouvrière de Prague étaient moins hypocrites ; le sol
était en carreaux gris, d'où s'élevait, orpheline et
misérable, la cuvette des waters. Sa forme n'évoquait
pas la fleur du nénuphar, mais rappelait au contraire
ce qu'elle était : l'embouchure évasée d'un tuyau. Il y
manquait même le siège en bois et Tereza dut s'asseoir
sur la tôle émaillée qui la fit frissonner.

Elle était assise sur la cuvette, et le désir de vider
ses entrailles, qui l'avait assaillie soudain, était le désir
d'aller jusqu'au bout de l'humiliation, le désir d'être
corps, rien que corps, ce corps dont sa mère disait
toujours qu'il n'était là que pour digérer et pour
évacuer. Tereza vide ses entrailles et elle éprouve à cet

instant une tristesse et une solitude infinies. Il n'est rien de plus misérable que son corps nu assis sur l'embouchure évasée d'un tuyau de vidange.

Son âme a perdu sa curiosité de spectateur, sa malveillance et son orgueil : de nouveau, elle est retournée tout au fond du corps dans ses replis les plus cachés et attend désespérément qu'on la rappelle.

19

Elle se leva de la cuvette, tira la chasse d'eau et revint dans l'entrée. L'âme tremblait dans le corps nu et rejeté. Tereza sentait encore sur l'anus le contact du papier dont elle s'était essuyée.

Il se produisit alors quelque chose d'inoubliable : elle eut envie de le rejoindre dans la chambre et d'entendre sa voix, son appel. S'il lui avait parlé d'une voix douce et grave, son âme aurait trouvé l'audace de remonter à la surface du corps, et elle se serait mise à pleurer. Elle l'aurait enlacé comme elle avait enlacé en rêve le large tronc du marronnier.

Elle était dans l'entrée et s'efforçait de maîtriser cet immense désir de fondre en larmes devant lui. Si elle ne le maîtrisait pas, elle le savait, il arriverait ce qu'elle ne voulait pas. Elle tomberait amoureuse.

A ce moment-là, une voix lui parvint du fond du logement. En entendant cette voix désincarnée (sans voir en même temps la haute stature de l'ingénieur), elle s'étonna : c'était une voix grêle et aiguë. Etait-ce possible qu'elle ne l'eût jamais remarqué ?

Ce fut sans doute grâce à l'impression déconcertante et désagréable que lui causait cette voix qu'elle put repousser la tentation. Elle rentra dans la pièce, ramassa ses vêtements épars, se rhabilla rapidement et sortit.

20

Elle revenait des courses avec Karénine qui tenait un croissant dans la gueule. C'était une matinée froide, il gelait un peu. Elle longeait un lotissement où l'on avait aménagé sur de grandes parcelles entre les maisons de minuscules champs cultivés et de petits jardins. Karénine s'arrêta net ; il regardait par là, fixement. Elle regarda aussi de ce côté, mais sans rien remarquer de particulier. Karénine la tirait et elle se laissa conduire. Finalement, au-dessus de l'argile gelée d'une plate-bande déserte, elle aperçut la petite tête noire d'une corneille au long bec. La petite tête sans corps bougeait doucement et, de temps à autre, le bec émettait un son triste et rauque.

Karénine était tellement agité qu'il lâcha le croissant. Tereza dut l'attacher à un arbre pour qu'il ne fît pas de mal à la corneille. Puis elle s'agenouilla et tenta de creuser le sol tassé autour du corps de l'oiseau enterré vivant. Ce n'était pas facile. Elle se cassa un ongle ; elle saignait.

A ce moment, une pierre s'abattit près d'elle. Elle leva les yeux et aperçut deux gamins d'une dizaine d'années à peine dans l'encoignure d'une maison. Elle se leva. Voyant sa réaction et le chien attaché à l'arbre, ils prirent la fuite.

Elle se remit à genoux sur le sol pour creuser la terre glaise et réussit enfin à libérer la corneille de sa tombe. Mais l'oiseau était paralysé et ne pouvait ni marcher ni voler. Elle l'enveloppa dans l'écharpe rouge qu'elle portait autour du cou et la serra dans sa main gauche contre son corps. De la main droite, elle détacha Karénine de l'arbre, et elle eut besoin de toute sa force pour le maîtriser et le maintenir contre sa jambe.

Elle sonna, n'ayant pas de main libre pour chercher la clé dans sa poche. Tomas lui ouvrit. Elle lui tendit la laisse de Karénine. « Tiens-le ! » ordonnat-elle, et elle porta la corneille dans la salle de bains. Elle la posa par terre sous le lavabo. La corneille se débattait mais ne pouvait bouger. Un liquide épais et jaunâtre coulait de son corps. Tereza lui fit une litière avec de vieux chiffons sous le lavabo pour qu'elle ne sente pas le froid du carrelage. L'oiseau agitait désespérément son aile paralysée ; son bec pointait comme un reproche.

21

Elle était assise sur le rebord de la baignoire et ne pouvait détacher son regard de la corneille agonisante. Elle voyait dans son esseulement l'image de son propre sort et se répétait : je n'ai personne au monde sauf Tomas.

L'épisode de l'ingénieur lui avait-il appris que les aventures amoureuses n'ont rien à voir avec l'amour ? Qu'elles sont légères et ne pèsent rien ? Etait-elle plus calme ?

Nullement.

Une scène la hantait : elle venait de sortir des waters et son corps était debout dans l'entrée, nu et abandonné. L'âme, épouvantée, tremblait dans ses entrailles. A ce moment-là, si l'homme, du fond de la chambre, s'était adressé à son âme, elle aurait éclaté en sanglots, elle serait tombée dans ses bras.

Elle imaginait qu'une amie de Tomas se fût trouvée à sa place dans l'entrée devant les waters et Tomas dans la chambre à la place de l'ingénieur. Il n'aurait dit qu'un mot à la jeune femme, rien qu'un mot, et elle l'aurait enlacé en pleurant.

C'est à cela que ressemble, Tereza le sait, l'instant où naît l'amour : la femme ne résiste pas à la voix qui appelle son âme épouvantée ; l'homme ne résiste pas à la femme dont l'âme devient attentive à sa voix. Tomas n'est jamais en sécurité devant le piège de l'amour et Tereza ne peut que trembler pour lui à chaque heure, à chaque minute.

Quelle arme peut-elle avoir ? Rien que sa fidélité. Sa fidélité qu'elle lui a offerte dès le début, dès le premier jour, comme si elle avait tout de suite su qu'elle n'avait rien d'autre à lui donner. Leur amour est une architecture étrangement asymétrique : il repose sur la certitude absolue de la fidélité de Tereza comme un palais gigantesque sur une seule colonne.

Maintenant, la corneille n'agitait presque plus les ailes ; à peine remuait-elle sa patte meurtrie, brisée. Tereza ne voulait pas la quitter, comme si elle veillait au chevet d'une sœur mourante. Elle finit quand même par aller dans la cuisine pour déjeuner à la hâte.

Quand elle revint, la corneille était morte.

22

Dans la première année de leur liaison, Tereza criait pendant l'amour, et ce cri, comme je l'ai dit, cherchait à aveugler et assourdir les sens. Ensuite, elle criait moins, mais son âme était toujours aveuglée par l'amour et ne voyait rien. Quand elle avait couché avec l'ingénieur, l'absence d'amour avait enfin rendu la vue à son âme.

Elle était retournée au sauna et elle était de nouveau devant le miroir. Elle se regardait et revoyait en pensée la scène d'amour chez l'ingénieur. Ce qu'elle se rappelait, ce n'était pas l'amant. A vrai dire, elle n'aurait même pas pu le décrire, peut-être n'avait-elle même pas remarqué de quoi il avait l'air tout nu. Ce dont elle se souvenait (et ce qu'elle regardait maintenant avec excitation devant le miroir) c'était de son propre corps ; sa toison et la tache ronde juste au-dessus. Cette tache, qui n'avait été jusqu'ici pour elle qu'un simple défaut cutané, s'était gravée dans sa mémoire. Elle voulait la voir et la revoir dans l'in-croyable proximité du membre de l'inconnu.

Je ne peux que le souligner encore une fois : elle n'avait pas envie de voir le sexe de l'inconnu. Elle voulait voir, à proximité de ce sexe, son propre pubis. Elle ne désirait pas le corps de l'autre. Elle désirait son propre corps, soudain révélé, d'autant plus excitant qu'il était plus proche et plus étranger.

Elle regarde son corps couvert des fines gouttelettes de la douche et songe que l'ingénieur va passer au bar d'un jour à l'autre. Elle a envie qu'il vienne, qu'il l'invite ! Elle en a immensément envie !

23

Jour après jour, elle craignait de voir l'ingénieur apparaître au comptoir et de ne pas avoir la force de dire « non ». A mesure que les jours passaient, la crainte de le voir faisait place à la crainte qu'il ne vînt pas.

Un mois s'était écoulé et l'ingénieur ne donnait pas signe de vie. Pour Tereza, c'était inexplicable. Le désir déçu céda la place à l'inquiétude : pourquoi ne venait-il pas ?

Elle servait des clients. Le petit chauve était revenu, celui qui l'avait accusée l'autre soir de servir de l'alcool à des mineurs. Il racontait d'une voix forte une histoire sale, la même qu'elle avait entendue des centaines de fois de la bouche des ivrognes auxquels elle servait des demis en province. Se sentant de nouveau assaillie par l'univers de sa mère, elle l'interrompit très brutalement.

Il se vexa : « Vous n'avez pas d'ordres à me donner ! Estimez-vous heureuse que nous vous laissions travailler dans ce bar.

— Comment nous ? Qui ça nous ?

— Nous, dit l'homme, et il commanda une autre vodka. Et rappelez-vous que je ne vais pas me laisser insulter par vous. »

Puis, montrant le cou de Tereza qui portait plusieurs rangées de perles bon marché : « D'où elles viennent, vos perles ? Ce n'est sûrement pas un cadeau de votre mari qui est laveur de carreaux ! Ce n'est pas lui qui peut vous payer des perles avec ce qu'il gagne ! C'est les clients qui vous donnent ça ? En échange de quoi, hein ?

— Bouclez-la, et tout de suite ! » s'écria Tereza.

L'homme tenta de saisir le collier entre ses doigts : « Souvenez-vous que la prostitution est interdite chez nous ! »

Karénine se dressa, appuya ses pattes de devant sur le comptoir et grogna.

24

L'ambassadeur dit : « C'était un flic.

— Si c'est un flic, il devrait être plus discret, fit observer Tereza. A quoi sert une police secrète qui n'est pas secrète ! »

L'ambassadeur s'assit sur le divan en joignant les pieds sous lui comme il l'avait appris aux cours de yoga. Au mur, Kennedy souriait et conférait à ses paroles une sorte de consécration.

« Madame Tereza, dit-il d'un ton paternel, les flics ont plusieurs fonctions. La première est classique. Ils écoutent ce que les gens disent et en informent leurs supérieurs.

« La deuxième est une fonction d'intimidation. Ils nous montrent qu'ils nous tiennent à leur merci et ils veulent que nous ayons peur. C'est ce que cherchait votre pelé.

« La troisième fonction consiste à mettre en scène des situations qui peuvent nous compromettre. Personne n'a plus aucun intérêt à nous accuser de complot contre l'Etat, car ça ne ferait que nous attirer de nouvelles sympathies. Ils préfèrent trouver du hasch au fond de nos poches ou prouver que nous avons violé une fillette de douze ans. Ils trouveront toujours une gamine pour en témoigner. »

Tereza se souvint de l'ingénieur. Comment expliquer qu'il ne fût jamais revenu ?

L'ambassadeur poursuivait : « Il faut qu'ils prennent les gens au piège pour les avoir à leur service et les utiliser pour tendre à d'autres d'autres pièges, et ainsi de suite pour faire peu à peu de tout un peuple une immense organisation d'indicateurs. »

Tereza ne pensait plus qu'à une chose, que l'ingénieur lui avait été envoyé par la police. Et qui était ce garçon bizarre qui était allé se soûler au café d'en face et était revenu lui faire des déclarations ! C'était à cause de ce garçon que le flic l'avait prise à partie et que l'ingénieur l'avait défendue. Tous les trois ils avaient joué un rôle dans un scénario préparé à l'avance ; il s'agissait de lui rendre sympathique l'homme qui avait pour tâche de la séduire.

Comment n'y avait-elle pas pensé ? Ce logement avait quelque chose de louche et n'allait pas du tout avec ce type. Pourquoi cet ingénieur bien habillé aurait-il habité dans un logement aussi minable ? Etait-il vraiment ingénieur ? Dans ce cas, comment avait-il pu s'absenter de son travail à deux heures de l'après-midi ? Et comment imaginer un ingénieur lisant Sophocle ! Non, ce n'était pas une bibliothèque d'ingénieur ! Cette chambre ressemblait plutôt au logement confisqué d'un intellectuel impécunieux aujourd'hui sous les verrous. Quand elle avait dix ans, ils avaient arrêté son père et ils avaient aussi confisqué l'appartement et toute la bibliothèque. Qui sait à quoi l'appartement avait servi, après ça ?

Maintenant, elle voyait clairement pourquoi il n'était jamais revenu. Il avait rempli sa mission. Laquelle ? Le flic éméché l'avait révélé à son insu quand il avait dit : « A présent la prostitution est interdite chez nous, ne l'oubliez pas ! » Cet ingénieur imaginaire témoignerait qu'il avait couché avec elle et qu'elle lui avait réclamé de l'argent ! Ils la menaceraient de scandale et la feraient chanter pour qu'elle dénonce les gens qui venaient se soûler au bar.

L'ambassadeur tentait de la tranquilliser : « Votre mésaventure ne me paraît guère dangereuse.

— Ça se peut », dit-elle d'une voix étranglée, et elle sortit avec Karénine dans les rues noires de Prague.

25

Pour échapper à la souffrance, le plus souvent on se réfugie dans l'avenir. Sur la piste du temps, on imagine une ligne au-delà de laquelle la souffrance présente cessera d'exister. Mais Tereza ne voyait pas cette ligne devant elle. Seul le regard en arrière pouvait lui apporter une consolation. C'était encore une fois dimanche. Ils prirent la voiture pour aller loin de Prague.

Tomas était au volant, Tereza à côté de lui et Karénine, sur la banquette arrière, avançait parfois la tête pour leur lécher les oreilles. Au bout de deux heures, ils arrivèrent dans une petite ville d'eaux où ils avaient passé quelques jours ensemble cinq ou six ans plus tôt. Ils voulaient s'y arrêter pour la nuit.

Ils garèrent la voiture sur la place et descendirent. Rien n'avait changé. En face se trouvaient l'hôtel où ils étaient descendus cette année-là, et le vieux tilleul devant l'entrée. A gauche de l'hôtel s'étendaient d'anciennes arcades en bois et, tout au bout, l'eau d'une source ruisselait dans une vasque de marbre. Des gens s'y penchaient, comme autrefois, avec leur verre à la main.

Tomas montrait l'hôtel. Il y avait quand même quelque chose de changé. Autrefois, il s'appelait le Grand Hôtel et maintenant, d'après l'enseigne, c'était le Baïkal. Ils regardèrent la plaque, à l'angle du bâtiment : c'était la place de Moscou. Ils firent ensuite le tour (Karénine les suivait seul, sans laisse) de toutes les rues qu'ils connaissaient, et ils regardaient leurs noms : il y avait la rue de Stalingrad, la rue de Leningrad, la rue de Rostov, la rue de Novossibirsk, la rue de Kiev, la rue d'Odessa, il y avait la maison de convalescence Tchaïkovski, la maison de convalescence Tolstoï, la maison de convalescence Rimski-Korsakov, il y avait l'hôtel Souvorov, le cinéma Gorki et le café Pouchkine. Tous les noms étaient tirés de la Russie et de l'histoire russe.

Tereza se souvenait des premières journées de l'invasion. Les gens retiraient les plaques des rues de toutes les villes et arrachaient des routes les panneaux indicateurs. Le pays était devenu anonyme en une nuit. Sept jours durant, l'armée russe avait erré à travers le pays sans savoir où elle était. Les officiers cherchaient les immeubles des journaux, de la télévision, de la radio pour les occuper, mais ne pouvaient les trouver. Ils interrogeaient les gens, mais les gens haussaient les épaules ou indiquaient de fausses adresses et une fausse direction.

Avec les années, il semble que cet anonymat n'ait pas été sans danger pour le pays. Ni les rues ni les maisons n'ont pu retrouver leur nom originel. Une station thermale de Bohême était ainsi devenue du jour au lendemain une petite Russie imaginaire, et Tereza constatait que le passé qu'ils étaient venus chercher ici leur était confisqué. Il leur était impossible d'y rester pour la nuit.

26

Ils regagnaient la voiture en silence. Tereza se disait que toutes les choses et tous les gens se produisaient sous un déguisement : la vieille ville de Bohême s'était couverte de noms russes ; en prenant des photos de l'invasion, les Tchèques travaillaient en fait pour la police secrète russe ; l'homme qui l'avait envoyée à la mort portait sur le visage le masque de Tomas ; le policier s'était fait passer pour un ingénieur, et l'ingénieur voulait jouer le rôle de l'homme du Mont-de-Pierre. Le signe du livre dans son logement était un signe trompeur qui était là pour la fourvoyer.

A présent, en pensant au livre qu'elle avait tenu dans la main, une idée lui traversa l'esprit, et ses joues s'empourprèrent : Comment les choses se sont-elles passées ? L'ingénieur avait dit qu'il allait faire du café. Elle s'était approchée de la bibliothèque et elle en avait retiré l'*Œdipe* de Sophocle. Ensuite, l'ingénieur était revenu. Mais sans café !

Elle retournait la situation dans tous les sens : quand il était parti, sous prétexte de préparer le café, combien de temps était-il resté ? Une minute au moins, ça ne faisait pas de doute, deux, peut-être même trois. Qu'avait-il pu faire si longtemps dans cette minuscule entrée ? Etait-il allé aux waters ? Tereza essayait de se rappeler si elle avait entendu le claquement de la porte ou le gargouillement de la chasse d'eau. Non, elle n'avait certainement pas entendu l'eau, elle s'en serait souvenue. Et, elle en était à peu près certaine, elle n'avait pas entendu la porte claquer. Alors, qu'avait-il fait dans l'entrée ?

Brusquement, ce n'était que trop clair. Pour la prendre au piège, le simple témoignage de l'ingénieur ne suffisait pas. Il leur fallait une preuve irréfutable. Pendant cette longue absence suspecte, l'ingénieur avait installé une caméra dans l'entrée. Ou bien, ce qui était plus plausible, il avait introduit un type muni d'un appareil photo qui, caché derrière le rideau, les avait ensuite photographiés.

Voici quelques semaines à peine, elle avait été étonnée que Prochazka ne sût pas qu'il vivait dans un camp de concentration où il ne peut y avoir de vie privée. Et elle alors ? En partant de chez sa mère, elle avait cru, naïve, être devenue une fois pour toutes maîtresse de sa vie privée. Mais la maison maternelle s'étendait au monde entier et la rattrapait partout. Nulle part Tereza n'y échapperait.

Ils descendirent un escalier entre des jardins pour rejoindre la place où ils avaient garé la voiture.

« Qu'est-ce que tu as ? » demanda Tomas.

Avant qu'elle n'ait eu le temps de répondre, quelqu'un dit bonjour à Tomas.

27

C'était un homme dans la cinquantaine au visage buriné par le vent, un paysan que Tomas avait opéré autrefois. Depuis, on l'envoyait chaque année faire une cure dans cette ville d'eaux. Il invita Tomas et Tereza à boire un verre. Les chiens n'étant pas admis dans les lieux publics, Tereza alla mettre Karénine dans la voiture et les hommes s'assirent au café en l'attendant. Quand elle revint, le paysan disait : « Chez nous, c'est le calme. J'ai même été élu président de la coopérative il y a deux ans.

— Félicitations, dit Tomas.

— Là-bas, vous savez, c'est la campagne. Tout le monde s'en va. En haut lieu, ils peuvent s'estimer heureux que quelqu'un accepte de rester. Ils ne peuvent pas se permettre de nous chasser de notre travail.

— Ce serait le coin idéal pour nous, dit Tereza.

— Vous vous y ennuieriez, ma petite dame. Là-bas, il n'y a rien. Rien de rien. »

Tereza regardait le visage buriné par le vent. Ce paysan lui était très sympathique. Après si longtemps, elle trouvait enfin quelqu'un de sympathique ! Un tableau champêtre surgit devant ses yeux : un village et le clocher de l'église, des champs, des bois, un lièvre détalant dans un sillon, un garde-chasse au feutre vert. Elle n'avait jamais vécu à la campagne.

C'était une image qu'elle s'était faite par ouï-dire. Ou par ses lectures. Ou de lointains ancêtres l'avaient inscrite dans son subconscient. Pourtant, cette image était en elle, claire et nette comme la photographie de l'arrière-grand-mère dans l'album de famille, ou comme une vieille gravure.

« Avez-vous encore des douleurs ? » demanda Tomas.

Le paysan montra derrière son cou le point où le crâne est raccordé à la colonne vertébrale : « J'ai quelquefois mal par ici. »

Sans se lever de sa chaise, Tomas lui palpa l'endroit qu'il venait d'indiquer et posa encore quelques questions à son ancien malade. Puis il dit : « Je n'ai plus le droit de faire des ordonnances. Mais, à votre retour, dites à votre médecin que vous m'avez parlé et que je vous recommande de prendre ça. » Il sortit un bloc-notes de sa poche intérieure et en arracha une feuille. Il y inscrivit le nom du médicament en majuscules.

28

Ils roulaient en direction de Prague.

Tereza pensait à la photo où son corps était nu dans les bras de l'ingénieur. Elle cherchait à se rassurer : même en admettant que cette photo existe, Tomas ne la verrait jamais. Pour ces gens-là, cette photo n'avait d'utilité que s'ils pouvaient s'en servir pour faire chanter Tereza. Une fois envoyée à Tomas, la photo perdrait aussitôt toute sa valeur.

Mais qu'arriverait-il si les flics décidaient que Tereza n'avait aucun intérêt pour eux ? Dans ce cas, la photo ne serait plus pour eux qu'une bonne blague et, si quelqu'un en avait envie, personne ne pourrait l'empêcher de la mettre sous enveloppe et de l'expédier à l'adresse de Tomas, histoire de rire.

Que se passerait-il si Tomas recevait une telle photo ? La mettrait-il dehors ? Peut-être pas. Plutôt pas. Mais le fragile édifice de leur amour serait bel et bien détruit, car cet édifice reposait sur l'unique colonne de sa fidélité, et les amours sont comme les empires : que disparaisse l'idée sur laquelle ils sont bâtis, ils périssent avec elle.

Elle avait une image devant les yeux : un lièvre détalant dans un sillon, un garde-chasse au feutre vert et le clocher d'une église au-dessus de la forêt.

Elle voulait dire à Tomas qu'ils devraient quitter Prague. Partir loin des enfants qui enterrent vivantes

les corneilles, loin des flics, loin des filles armées de
parapluies. Elle voulait lui dire qu'ils devaient s'en
aller vivre à la campagne. Que c'était leur seule voie de
salut.

Elle tourna la tête vers lui. Mais Tomas se taisait,
les yeux fixés sur le macadam devant lui. Elle était
incapable de franchir la clôture du silence qui se
dressait entre eux. Elle perdit le courage de parler.
Elle était dans le même état que le jour où elle était
redescendue du Mont-de-Pierre. Elle avait des
crampes d'estomac et envie de vomir. Tomas lui
faisait peur. Il était trop fort pour elle et elle était trop
faible. Il donnait des ordres qu'elle ne comprenait pas.
Elle s'efforçait de les exécuter, mais elle ne savait pas
comment s'y prendre.

Elle voulait retourner au Mont-de-Pierre et
demander à l'homme au fusil de lui permettre de se
bander les yeux et de s'adosser au tronc du marronnier. Elle avait envie de mourir.

29

Elle se réveilla et constata qu'elle était seule à la maison.

Elle sortit et prit vers les quais. Elle voulait voir la Vltava. Elle voulait s'arrêter sur la berge et longuement regarder l'eau, car la vue de l'eau courante apaise et guérit. Le fleuve coule de siècle en siècle et les histoires des hommes ont lieu sur la rive. Elles ont lieu pour être oubliées demain et que le fleuve n'en finisse pas de couler.

Appuyée contre le parapet, elle regardait en bas. C'était la banlieue de Prague, la Vltava avait déjà traversé la ville, laissant derrière elle la splendeur du Hradchine et des églises, semblable à une actrice après la représentation, lasse et pensive. Le flot coulait entre des rives sales clôturées de palissades et de murs derrière lesquels il y avait des usines et des terrains de jeu abandonnés.

Elle regarda longtemps l'eau qui paraissait ici encore plus triste, encore plus sombre ; puis, elle aperçut tout à coup au milieu du fleuve un objet étrange, un objet rouge, oui, un banc. Un banc de bois aux pieds métalliques comme il y en a tant dans les jardins publics de Prague. Il flottait lentement au milieu de la Vltava. Et derrière venait un autre banc. Puis un autre, puis un autre encore, et Tereza comprit enfin qu'elle voyait les bancs des jardins publics de

Prague sortir de la ville au fil du courant, il y en avait beaucoup, il y en avait de plus en plus, ils flottaient sur l'eau comme les feuilles dans l'automne quand l'eau les emporte loin des forêts, il y en avait des rouges, il y en avait des jaunes, il y en avait des bleus.

Elle se retourna pour demander aux gens ce que ça voulait dire. Pourquoi les bancs des jardins publics de Prague s'en allaient-ils au fil de l'eau ? Mais les gens passaient avec une mine indifférente, ça leur était bien égal qu'un fleuve coule, de siècle en siècle, au milieu de leur ville éphémère.

Elle se remit à contempler l'eau. Elle se sentait infiniment triste. Elle comprenait que ce qu'elle voyait, c'était un adieu. L'adieu à la vie qui s'en allait avec son cortège de couleurs.

Les bancs avaient disparu du champ de son regard. Elle en vit encore quelques-uns, les derniers retardataires, puis il y eut encore un banc jaune, puis encore un, un bleu, le dernier.

LA LÉGÈRETÉ ET LA PESANTEUR

1

Quand Tereza était venue à l'improviste chez Tomas à Prague, il avait fait l'amour avec elle, comme je l'ai déjà dit dans la première partie, le jour même, dans l'heure même, mais ensuite elle avait eu de la fièvre. Elle était allongée sur son lit et il était à son chevet, persuadé que c'était un enfant qu'on avait posé dans une corbeille et qu'on lui avait envoyé au fil de l'eau.

Depuis, il affectionnait cette image de l'enfant abandonné et il pensait souvent aux mythes anciens où elle apparaît. Sans doute faut-il voir là le motif caché qui l'incita à aller chercher la traduction de l'*Œdipe* de Sophocle.

L'histoire d'Œdipe est bien connue : un berger, ayant trouvé un nouveau-né abandonné, l'apporta au roi Polybe qui l'éleva. Quand Œdipe fut grand, il rencontra sur un chemin de montagne un char où voyageait un prince inconnu. Ils se prirent de querelle, Œdipe tua le prince. Plus tard, il épousa la reine Jocaste et devint roi de Thèbes. Il ne se doutait pas que l'homme qu'il avait tué autrefois dans la montagne était son père et la femme avec laquelle il couchait, sa mère. Le sort s'acharnait entre-temps sur ses sujets et les accablait de maladies. Quand Œdipe comprit qu'il était lui-même coupable de leurs souffrances, il se creva les yeux avec des épingles et, à jamais aveugle, il partit de Thèbes.

2

Ceux qui pensent que les régimes communistes d'Europe centrale sont exclusivement la création de criminels laissent dans l'ombre une vérité fondamentale : les régimes criminels n'ont pas été façonnés par des criminels, mais par des enthousiastes convaincus d'avoir découvert l'unique voie du paradis. Et ils défendaient vaillamment cette voie, exécutant pour cela beaucoup de monde. Plus tard, il devint clair comme le jour que le paradis n'existait pas et que les enthousiastes étaient donc des assassins.

Alors, chacun s'en prit aux communistes : Vous êtes responsables des malheurs du pays (il est appauvri et ruiné), de la perte de son indépendance (il est tombé sous l'emprise des Russes), des assassinats judiciaires !

Ceux qui étaient accusés répondaient : On ne savait pas ! On a été trompés ! On croyait ! Au fond du cœur, on est innocents !

Le débat se ramenait donc à cette question : Etait-il vrai qu'ils ne savaient pas ? Ou faisaient-ils seulement semblant de n'avoir rien su ?

Tomas suivait ce débat (comme dix millions de Tchèques) et se disait qu'il y avait certainement parmi les communistes des gens qui n'étaient quand même pas aussi totalement ignorants (ils devaient quand même avoir entendu parler des horreurs qui s'étaient produites et n'avaient pas cessé de se produire dans la

Russie postrévolutionnaire). Mais il était probable que la plupart d'entre eux n'étaient vraiment au courant de rien.

Et il se disait que la question fondamentale n'était pas : savaient-ils ou ne savaient-ils pas ? Mais : est-on innocent parce qu'on ne sait pas ? un imbécile assis sur le trône est-il déchargé de toute responsabilité du seul fait que c'est un imbécile ?

Admettons que le procureur tchèque qui réclamait au début des années cinquante la peine de mort pour un innocent ait été trompé par la police secrète russe et par le gouvernement de son pays. Mais maintenant que l'on sait que les accusations étaient absurdes et les suppliciés innocents, comment se peut-il que le même procureur défende la pureté de son âme et se frappe la poitrine : ma conscience est sans tache, je ne savais pas, je croyais ! N'est-ce pas précisément dans son « je ne savais pas ! je croyais ! » que réside sa faute irréparable ?

Alors, Tomas se rappela l'histoire d'Œdipe : Œdipe ne savait pas qu'il couchait avec sa propre mère et, pourtant, quand il eut compris ce qui s'était passé, il ne se sentit pas innocent. Il ne put supporter le spectacle du malheur qu'il avait causé par son ignorance, il se creva les yeux et, aveugle, il partit de Thèbes.

Tomas entendait le hurlement des communistes qui défendaient la pureté de leur âme, et il se disait : A cause de votre ignorance, ce pays a peut-être perdu pour des siècles sa liberté et vous criez que vous vous sentez innocents ? Comment, vous pouvez encore

255

regarder autour de vous ? Comment, vous n'êtes pas épouvantés ? Peut-être n'avez-vous pas d'yeux pour voir ! Si vous en aviez, vous devriez vous les crever et partir de Thèbes !

Cette comparaison lui plaisait tellement qu'il s'en servait souvent dans les conversations avec ses amis et qu'il l'exprimait par des formules de plus en plus acérées et de plus en plus élégantes.

Il lisait à cette époque, comme tous les intellectuels, un hebdomadaire publié à quelque trois cent mille exemplaires par l'Union des écrivains tchèques, qui avait acquis une autonomie considérable à l'intérieur du régime et parlait de choses dont les autres ne pouvaient pas parler publiquement. Le journal des écrivains publiait même des articles où l'on demandait qui était coupable, et dans quelle mesure, des assassinats judiciaires commis lors des procès politiques des premières années du communisme.

Dans toutes ces discussions, la même question revenait toujours. Est-ce qu'ils savaient ou est-ce qu'ils ne savaient pas ? Comme Tomas jugeait cette question secondaire, il écrivit un jour ses réflexions sur Œdipe et les envoya à l'hebdomadaire. Un mois plus tard, il reçut une réponse. On le priait de passer à la rédaction. Quand il s'y rendit, il fut reçu par un journaliste de petite taille, droit comme un i, qui lui proposa de modifier la syntaxe d'une phrase. Le texte parut un peu plus tard à l'avant-dernière page parmi les « lettres des lecteurs ».

Tomas n'en éprouva aucune satisfaction. Ils avaient jugé bon de le convoquer au journal pour lui faire approuver un changement de syntaxe, mais ensuite, sans rien lui demander, ils avaient tellement coupé son texte que ses réflexions se réduisaient à une thèse fondamentale (un peu trop schématique et agressive) et ne lui plaisaient plus du tout.

Ça se passait au printemps 1968. Alexandre Dubcek était au pouvoir et il était entouré de communistes qui se sentaient coupables et qui étaient disposés à faire quelque chose pour réparer leur faute. Mais les autres communistes, qui hurlaient qu'ils étaient innocents, redoutaient que le peuple en colère ne les fît passer en jugement. Ils allaient tous les jours se plaindre à l'ambassadeur de Russie et implorer son appui. Quand la lettre de Tomas parut, ils poussèrent une clameur : On en est donc arrivé là ! On ose écrire publiquement qu'il faut nous crever les yeux !

Deux ou trois mois plus tard, les Russes décidèrent que la libre discussion était inadmissible dans leur province et leur armée occupa en l'espace d'une nuit le pays de Tomas.

3

A son retour de Zurich, Tomas avait retrouvé son poste dans le même hôpital de Prague. Mais un peu plus tard, il fut convoqué par le chef de service.

« En fin de compte, mon cher collègue, lui dit-il, vous n'êtes ni écrivain ni journaliste, ni le sauveur du peuple, vous êtes médecin et homme de science. Je ne voudrais pas vous perdre et je ferai n'importe quoi pour vous garder ici. Mais il faut rétracter cet article que vous avez écrit sur Œdipe. Y tenez-vous tellement ?

— Patron, dit Tomas, se souvenant qu'on lui avait coupé le tiers de son texte, c'est la dernière chose au monde à laquelle je tienne.

— Vous savez de quoi il retourne ? » dit le chef de service.

Il le savait : il y avait deux choses en balance : d'un côté, son honneur (qui exigeait qu'il ne désavoue pas ce qu'il avait écrit) et de l'autre, ce qu'il avait pris l'habitude de considérer comme le sens de sa vie (son travail d'homme de science et de médecin).

Le chef de service poursuivit : « C'est une pratique moyenâgeuse d'exiger d'un homme qu'il rétracte ce qu'il a écrit. Qu'est-ce que ça veut dire " rétracter " ? A l'époque moderne, on ne peut pas rétracter une idée, on ne peut que la réfuter. Et parce que, mon cher collègue, rétracter une idée est une chose impossible, purement verbale, formelle, magique, je ne vois pas pourquoi vous ne feriez pas ce qu'on vous demande. Dans une société régie par la terreur, les déclarations n'engagent à rien parce qu'elles sont extorquées par la violence et qu'un honnête homme a le devoir de ne pas y prêter attention, de ne pas les entendre. Je vous le dis, mon cher collègue, dans mon intérêt et dans l'intérêt de vos malades, il faut que vous restiez à votre poste.

— Patron, vous avez certainement raison, dit Tomas, et il avait un air malheureux.

— Mais ? fit le chef de service, s'efforçant de deviner ses pensées.

— J'ai peur d'avoir honte.

— Devant qui ? Avez-vous une si haute opinion des gens qui vous entourent qu'il faille vous soucier de ce qu'ils pensent ?

— Non, fit Tomas. Je n'ai pas une haute opinion des gens.

— D'ailleurs, ajouta le chef de service, on m'a donné l'assurance qu'il ne s'agirait pas d'une déclaration publique. Ce sont des bureaucrates. Ils ont besoin d'avoir dans leurs dossiers quelque chose qui prouve que vous n'êtes pas contre le régime pour pouvoir se défendre si jamais on venait leur reprocher de vous avoir laissé à votre poste. Ils m'ont promis que votre déclaration resterait entre vous et les autorités et ils n'envisagent pas qu'elle puisse être publiée.

— Accordez-moi une semaine de réflexion », dit Tomas, concluant l'entretien.

4

Il était considéré comme le meilleur chirurgien de l'hôpital. On disait déjà que le chef de service, qui approchait de l'âge de la retraite, lui céderait bientôt sa place. Quand le bruit se répandit que les hautes autorités exigeaient de lui une déclaration autocritique, personne ne douta qu'il obtempérerait.

Ce fut la première chose qui le surprit : bien qu'il n'eût rien fait qui justifiât cette supposition, les gens misaient sur sa malhonnêteté plutôt que sur sa droiture.

L'autre chose surprenante, c'était leur réaction devant son comportement supposé. Je pourrais, en gros, la diviser en deux catégories :

Le premier type de réaction se rencontrait chez ceux qui avaient eux-mêmes (eux ou leurs proches) renié quelque chose, qui avaient été contraints de se déclarer publiquement d'accord avec le régime d'occupation ou qui s'apprêtaient à le faire (à contrecœur, certes ; personne ne faisait ça de gaieté de cœur).

Ces gens-là lui adressaient un sourire étrange qu'il n'avait encore jamais connu : le timide sourire d'une complicité secrète. C'était le sourire de deux hommes qui se sont croisés par hasard au bordel ; ils ont un peu honte et en même temps ça leur fait plaisir que leur honte soit réciproque. Il se crée entre eux comme un lien de fraternité.

Ils lui souriaient d'autant plus volontiers qu'il n'avait jamais passé pour conformiste. Son acceptation supposée de l'offre du chef de service était donc la preuve que la lâcheté devenait lentement et sûrement une règle de conduite et cesserait bientôt d'être tenue pour ce qu'elle était. Ces gens-là n'avaient jamais été ses amis. Tomas comprit avec effroi que s'il rédigeait pour de bon la déclaration qu'on exigeait de lui, ils l'inviteraient chez eux à prendre un verre et chercheraient à le fréquenter.

Le deuxième type de réaction, c'était la réaction de ceux qui étaient eux-mêmes (eux ou leurs proches) persécutés, qui refusaient d'accepter un quelconque compromis avec la puissance occupante ou dont personne n'exigeait de compromis ou de déclaration (peut-être parce qu'ils étaient trop jeunes et n'avaient encore été mêlés à rien) mais qui étaient persuadés qu'ils n'y consentiraient pas.

L'un d'eux, S., jeune médecin d'ailleurs très doué, demanda un jour à Tomas : « Alors, tu leur as écrit leur truc ?

— S'il te plaît, de quoi veux-tu parler ?

— De ta rétractation », dit S. Il ne disait pas ça méchamment. Il était même souriant. Dans le riche herbier des sourires, c'était un sourire tout différent : le sourire de la supériorité morale satisfaite.

« Ecoute, dit Tomas, qu'est-ce que tu en sais de ma rétractation ? Tu l'as lue ?

— Non, répondit S.

— Alors, qu'est-ce que tu racontes ? » dit Tomas.

S. avait toujours le même sourire satisfait :

« Voyons ! On sait comment ça se passe. Ces déclarations-là sont rédigées sous forme de lettre au directeur, ou au ministre ou à Tartempion qui promet que la lettre ne sera pas publiée, pour que l'auteur ne se sente pas humilié. C'est ça, hein ? »

Tomas haussa les épaules et attendit la suite.

« Après ça, la déclaration est soigneusement classée, mais l'auteur sait qu'elle peut être publiée à tout moment. Dans ces conditions, il ne pourra plus jamais rien dire, plus jamais rien critiquer, plus jamais protester, car alors sa déclaration serait publiée et il serait déshonoré aux yeux de tous. Au bout du compte, c'est une méthode plutôt gentille. On pourrait en imaginer de pires.

— Oui, c'est une méthode très gentille, dit Tomas. Mais je serais curieux de savoir qui t'a dit que j'avais marché. »

Le collègue haussa les épaules, mais le sourire ne disparaissait pas de son visage.

Tomas comprit une chose étrange. *Tout le monde* lui souriait, *tout le monde* souhaitait qu'il rédigeât sa rétractation, en se rétractant il aurait fait plaisir à *tout le monde !* Les uns se réjouissaient parce que l'inflation de lâcheté banalisait leur propre conduite et leur rendait l'honneur perdu. Les autres s'étaient accoutumés à voir dans leur honneur un privilège particulier auquel ils ne voulaient point renoncer. Aussi nourrissaient-ils envers les lâches un amour secret ; sans eux leur courage n'aurait été qu'un effort banal inutile que personne n'eût admiré.

Tomas ne pouvait supporter ces sourires et croyait

en voir partout, même dans la rue sur le visage d'inconnus. Il ne pouvait pas dormir. Quoi ? Accordait-il tant d'importance à ces gens-là ? Pas du tout. Il n'en pensait rien de bon et s'en voulait de se laisser bouleverser par leurs regards. Il n'y avait là rien de logique. Comment quelqu'un qui avait une si piètre opinion des autres pouvait-il dépendre à ce point de leur jugement ?

Il se peut que sa profonde méfiance à l'égard des hommes (le doute quant à leur droit de décider de son sort et de le juger) ait déjà joué un rôle dans son choix d'un métier qui excluait qu'il fût exposé aux regards du public. Celui qui choisit, par exemple, une carrière d'homme politique fait volontairement du public son juge avec la foi naïve et avouée de gagner sa faveur. L'éventuelle hostilité de la foule l'incite ensuite à des performances de plus en plus exigeantes, de la même façon que Tomas était stimulé par la difficulté d'un diagnostic.

Le médecin (à la différence de l'homme politique ou de l'acteur) n'est jugé que par ses malades et par ses confrères les plus proches, donc entre quatre murs et d'homme à homme. Confronté aux regards de ceux qui le jugent, il peut répondre dans le même moment, s'expliquer ou se défendre. Mais Tomas se trouvait maintenant (pour la première fois de sa vie) dans une situation où il y avait plus de regards fixés sur lui qu'il n'en pouvait saisir. Il ne pouvait y répondre ni avec son propre regard ni avec des mots. Il était livré à leur merci. On parlait de lui à l'hôpital et en dehors de l'hôpital (Prague avait les nerfs à vif et les nouvelles de

263

ceux qui flanchaient, dénonçaient, collaboraient, y circulaient avec l'extraordinaire vélocité du tam-tam africain) et il le savait et ne pouvait rien contre. Il était lui-même surpris de voir à quel point ça lui était insupportable et dans quelle panique ça le plongeait. L'intérêt que tout le monde lui portait le mettait mal à l'aise comme la pression d'une foule ou comme le contact des gens qui nous arrachent nos vêtements dans un cauchemar.

Il alla trouver le chef de service et lui annonça qu'il ne signerait rien.

Le chef de service lui serra la main beaucoup plus fort qu'à l'accoutumée et dit qu'il s'attendait à sa décision.

Tomas dit : « Patron, vous pourriez peut-être me garder ici, même sans déclaration », et il voulait ainsi lui donner à entendre qu'il suffirait que tous ses collègues menacent de donner leur démission s'il était forcé de partir.

Mais personne ne songea à brandir sa démission, et un peu plus tard Tomas (le chef de service lui serra la main plus fort encore que la dernière fois ; il en eut des bleus) dut quitter son poste à l'hôpital.

5

Il trouva d'abord un emploi dans une clinique de province à quatre-vingts kilomètres de Prague. Il y allait tous les jours en train et rentrait mortellement fatigué. Un an plus tard, il réussit à trouver une place plus commode mais tout à fait subalterne dans un dispensaire de banlieue. Il ne pouvait plus se consacrer à la chirurgie et travaillait comme généraliste. La salle d'attente était bondée, il avait cinq minutes à peine pour chacun de ses malades, il leur prescrivait des cachets d'aspirine, leur rédigeait des certificats de maladie pour leurs employeurs et les envoyait à des consultations dans des services spécialisés. A ses yeux, il n'était plus médecin, mais employé de bureau.

Un jour, à la fin de la consultation, il reçut la visite d'un monsieur dans la cinquantaine à qui l'embonpoint donnait un air sérieux. Le monsieur se présenta comme chef de bureau au ministère de l'Intérieur, et il invita Tomas au café d'en face.

Il commanda une bouteille de vin. Tomas protestait : « Je conduis. Si la police m'arrête, on me retirera mon permis. » L'homme du ministère de l'Intérieur sourit : « S'il vous arrive quelque chose, recommandez-vous de moi », et il tendit à Tomas une carte de visite où il y avait son nom (certainement faux) et le numéro de téléphone du ministère.

Puis, il expliqua longuement à Tomas en quelle

estime il le tenait. Au ministère, tout le monde déplorait qu'un chirurgien de son envergure en fût réduit à prescrire des cachets d'aspirine dans un dispensaire de banlieue. Il lui fit même indirectement comprendre que la police, sans pouvoir le dire tout haut, regrettait que les spécialistes soient aussi cavalièrement chassés de leurs postes.

Comme il y avait longtemps que Tomas n'avait entendu quelqu'un faire son éloge, il écoutait très attentivement le petit homme ventripotent et constatait avec surprise qu'il était fort bien informé, et en détail, de ses succès de chirurgien. Comme on est sans défense devant la flatterie ! Tomas ne pouvait s'empêcher de prendre au sérieux ce que disait l'homme du ministère.

Mais ce n'était pas seulement par vanité. C'était surtout par inexpérience. Quand on se trouve en face de quelqu'un qui est aimable, déférent, courtois, il est très difficile de se convaincre à chaque instant que *rien* de ce qu'il dit n'est vrai, que *rien* n'est sincère. Pour réussir à *ne pas croire* (continuellement et systématiquement, sans une seconde d'hésitation), il faut un effort gigantesque, et aussi de l'entraînement, donc de fréquents interrogatoires policiers. C'était cet entraînement-là qui manquait à Tomas.

L'homme du ministère poursuivait : « Nous savons, docteur, que vous aviez une excellente situation à Zurich. Et nous apprécions beaucoup que vous soyez rentré. C'était bien de votre part. Vous saviez que votre place était ici. » Puis il ajouta, comme s'il adressait un reproche à Tomas : « Mais votre place est dans la salle d'opération !

— Je suis d'accord avec vous », dit Tomas.

Il y eut une courte pause et l'homme du ministère reprit d'une voix navrée : « Mais dites-moi, docteur, croyez-vous vraiment qu'il faille crever les yeux des communistes ? Ne trouvez-vous pas curieux que ce soit vous qui le disiez, vous qui avez rendu la santé à tant de gens ?

— Mais ça n'a aucun sens, protesta Tomas. Lisez bien ce que j'ai écrit.

— Je l'ai lu, dit l'homme du ministère d'une voix qui se voulait désolée.

— Et j'ai peut-être écrit qu'il fallait crever les yeux des communistes ?

— C'est ce que tout le monde a compris, dit l'homme du ministère et sa voix était de plus en plus désolée.

— Si vous aviez lu le texte tout entier, tel que je l'avais écrit, vous n'auriez jamais pu penser une chose pareille. Le texte a été un peu raccourci.

— Comment ? dit l'homme du ministère, dressant l'oreille. Ils n'ont pas publié votre texte tel que vous l'aviez écrit ?

— Ils l'ont raccourci.

— De beaucoup ?

— Environ du tiers. »

L'homme du ministère paraissait sincèrement indigné : « Ce n'était évidemment pas très loyal de leur part. »

Tomas haussa les épaules.

« Il fallait vous défendre ! Il fallait exiger immédiatement une rectification !

— Que voulez-vous ! Les Russes sont arrivés peu
de temps après. On avait tous d'autres soucis, dit
Tomas.

— Pourquoi laisser croire qu'un médecin comme
vous souhaite que d'autres hommes perdent la vue ?

— Allons donc ! Mon article a paru quelque part
en fin de journal parmi d'autres lettres. Personne ne
l'aura remarqué. Sauf à l'ambassade de Russie, évidemment, parce que ça les arrangeait.

— Ne dites pas ça, docteur ! J'ai moi-même
discuté avec beaucoup de gens qui m'ont parlé de
votre article et se sont étonnés que vous ayez pu
l'écrire. Mais tout est beaucoup plus clair pour moi
maintenant que vous m'avez expliqué que votre
article, tel qu'il a été publié, n'est pas exactement celui
que vous aviez écrit. On vous avait suggéré de
l'écrire ?

— Non, dit Tomas, je l'ai envoyé spontanément.

— Vous connaissiez ces gens-là ?

— Lesquels ?

— Ceux qui ont publié votre article.

— Non.

— Vous ne leur avez jamais parlé ?

— Je ne les ai vus qu'une fois. Ils m'avaient
demandé de passer à la rédaction.

— Pourquoi ?

— A cause de cet article.

— Et à qui avez-vous parlé ?

— A un journaliste.

— Comment s'appelait-il ? »

Tomas comprit enfin que c'était un interrogatoire. Il se dit que chacune de ses paroles pouvait mettre quelqu'un en danger. Il connaissait évidemment le nom du journaliste, mais il nia : « Je ne sais pas.

— Voyons, docteur ! dit l'homme d'un ton plein d'indignation devant ce manque de sincérité. Il a bien dû se présenter ! »

Il est tragi-comique que ce soit précisément notre bonne éducation qui soit devenue l'alliée de la police. Nous ne savons pas mentir. L'impératif « Dis la vérité ! », que nous ont inculqué papa et maman, fait que nous avons automatiquement honte de mentir, même devant le flic qui nous interroge. Il nous est plus facile de nous disputer avec lui, de l'insulter (ce qui n'a aucun sens) que de lui mentir carrément (ce qui est la seule chose à faire).

En entendant l'homme du ministère lui reprocher son manque de sincérité, Tomas se sentit presque coupable ; il dut surmonter une sorte de blocage moral pour persévérer dans son mensonge : « Il s'est sans doute présenté, dit-il, mais comme son nom ne me disait rien, je l'ai tout de suite oublié.

— Comment était-il ? »

Le journaliste auquel il avait eu alors affaire était petit et avait des cheveux blonds très courts coupés en brosse. Tomas tenta de choisir des caractéristiques diamétralement opposées : « Il était grand. Il avait de longs cheveux noirs.

— Ah oui ? dit l'homme du ministère. Et le menton en galoche ? »

— C'est ça, dit Tomas.

— Un type un peu voûté.

— C'est ça », répéta encore une fois Tomas, et il comprit que l'homme du ministère venait d'identifier quelqu'un. Non seulement Tomas avait dénoncé un infortuné journaliste, mais par-dessus le marché sa dénonciation était mensongère.

« Mais pourquoi vous avait-il convoqué ? De quoi avez-vous parlé ?

— Ils voulaient changer la syntaxe d'une phrase. »

Cette réponse fit l'effet d'un ridicule subterfuge. De nouveau, l'homme du ministère était révolté que Tomas refusât de lui dire la vérité : « Voyons, docteur ! Vous venez de m'affirmer qu'ils ont coupé votre texte d'un tiers et maintenant vous me dites que vous avez discuté d'un changement de syntaxe ! Ce n'est tout de même pas logique ! »

Aussitôt, Tomas trouva plus facilement une réponse car ce qu'il disait était la pure vérité : « Ce n'est pas logique, mais c'est comme ça, dit-il en riant. Ils m'ont demandé l'autorisation de changer la syntaxe d'une phrase et après ils ont coupé le tiers de l'article. »

De nouveau, l'homme du ministère hocha la tête, comme s'il ne pouvait comprendre un comportement aussi immoral, et il dit : « Ces gens-là n'ont pas été corrects vis-à-vis de vous. »

Il vida son verre de vin et conclut : « Docteur, vous avez été victime d'une manipulation. Ce serait dommage que ce soit vous et vos malades qui en fassiez les frais. Nous connaissons parfaitement vos qualités, docteur. On va voir ce qu'on peut faire. »

Il tendit la main à Tomas et prit cordialement congé. Ils sortirent du café et chacun regagna sa voiture.

6

Cette rencontre rendit Tomas d'humeur sombre. Il se reprochait de s'être laissé prendre au ton jovial de l'entretien. Puisqu'il n'avait pas refusé de parler au policier (il n'était pas préparé à une telle situation et ne savait pas ce que la loi autorise et ce qu'elle interdit), du moins aurait-il dû refuser d'aller avec lui au café boire un verre comme avec un ami ! Et si quelqu'un l'avait vu, quelqu'un qui connaissait ce type ! Il en aurait certainement conclu que Tomas était au service de la police ! Et pourquoi avoir dit à ce flic que son article avait été coupé ! Pourquoi lui avoir donné, sans raison aucune, cette information ? Il était profondément mécontent de lui-même.

Une quinzaine de jours plus tard, l'homme du ministère revint. Il proposa d'aller au café d'en face comme la dernière fois, mais Tomas préféra rester dans son cabinet de consultation.

« Je vous comprends, docteur », dit l'autre avec un sourire.

Cette phrase frappa Tomas. L'homme du ministère venait de s'exprimer comme le joueur d'échecs qui confirme à son adversaire que celui-ci a commis une erreur dans le coup précédent.

Ils étaient assis sur leurs chaises, face à face, séparés par le bureau de Tomas. Au bout de dix minutes pendant lesquelles il fut question de l'épidémie de grippe qui sévissait alors, l'homme dit : « Nous avons réfléchi à votre cas, docteur. S'il ne s'agissait que de vous, les choses seraient simples. Mais nous devons tenir compte de l'opinion publique. Que vous le vouliez ou non, votre article a contribué à l'hystérie anticommuniste. Je ne vous cacherai pas qu'il nous a même été suggéré de vous traduire en justice à cause de votre article. Il y a une disposition du code là-dessus. Incitation publique à la violence. »

L'homme du ministère de l'Intérieur marqua une pause et regarda Tomas dans les yeux. Tomas haussa les épaules. L'homme prit un ton rassurant : « Nous avons écarté cette idée. Quelle que soit votre responsabilité, l'intérêt de la société exige que vous soyez employé là où vos compétences sont utilisées au mieux. Votre ancien chef de service vous estime beaucoup. Et nous nous sommes aussi renseignés auprès de vos malades. Vous êtes un grand spécialiste, docteur ! Personne ne peut exiger qu'un médecin comprenne quelque chose à la politique. Vous vous êtes fait berner, docteur. Il faut arranger ça. C'est pourquoi nous voudrions vous proposer le texte d'une déclaration que vous devriez, à notre avis, mettre à la disposition de la presse. Ensuite, nous ferions le nécessaire pour qu'elle soit publiée le moment venu », dit-il en tendant un papier à Tomas.

Tomas lut ce qui y était écrit et il en eut un choc. C'était bien pire que ce que son ancien chef de service avait exigé de lui deux ans plus tôt. Ce n'était plus une simple rétractation de l'article sur Œdipe. Il y avait là-dedans des phrases sur l'amour de l'Union soviétique et sur la fidélité au parti communiste, il y avait une condamnation des intellectuels qui, était-il écrit, voulaient conduire le pays à la guerre civile, mais surtout, il y avait une dénonciation de la rédaction de l'hebdomadaire des écrivains avec le nom du journaliste à la haute silhouette voûtée (Tomas ne l'avait jamais rencontré mais connaissait son nom et sa photo) qui l'avait délibérément abusé en déformant le sens de son article pour en faire un appel contre-révolutionnaire ; ils étaient trop lâches, était-il écrit, pour rédiger eux-mêmes un article pareil et ils avaient voulu se cacher derrière un médecin naïf.

L'homme du ministère lisait l'épouvante dans les yeux de Tomas. Se penchant en avant, il lui tapota amicalement le genou sous le bureau : « Docteur, ce n'est qu'un projet ! Vous allez réfléchir et si vous voulez changer une formule ou une autre, on pourra certainement s'entendre. Au bout du compte, c'est *votre* texte ! »

Tomas rendit le papier au policier comme s'il redoutait de le garder une seconde de plus dans sa main. Pour un peu, il se serait imaginé qu'on allait y chercher ses empreintes digitales.

Au lieu de reprendre le papier, l'homme du ministère écarta les bras dans un geste de surprise feinte (c'était le geste du pape bénissant les foules du haut du balcon) : « Mais, docteur, pourquoi me le rendez-vous ? Il faut le garder. Vous réfléchirez tranquillement chez vous. »

Tomas hochait la tête et tenait patiemment le papier dans sa main tendue. L'homme du ministère cessa d'imiter le Saint-Père bénissant les foules et dut se résigner à prendre le papier.

Tomas voulait lui dire très fermement qu'il ne rédigerait et ne signerait jamais rien. Mais il changea de ton au dernier moment. Il dit calmement : « Je ne suis pas illettré. Pourquoi faudrait-il que je signe quelque chose que je n'ai pas écrit ?

— Très bien, docteur, on peut choisir la démarche inverse. Vous allez d'abord écrire vous-même quelque chose et ensuite on regardera ça ensemble. Ce que vous venez de lire peut au moins vous servir de modèle. »

Pourquoi Tomas n'avait-il pas tout de suite catégoriquement refusé la proposition du policier ?

Très vite, il se tint ce raisonnement : outre que les déclarations de ce genre avaient pour but de démoraliser toute la nation (et la stratégie générale des Russes allait en ce sens), la police poursuivait vraisemblablement dans son cas un objectif plus précis : peut-être préparaient-ils un procès contre les journalistes de l'hebdomadaire auquel Tomas avait envoyé son article. Dans ce cas-là, la déclaration de Tomas leur servirait de pièce à conviction et ils l'utiliseraient aussi dans la campagne de presse qu'ils déclencheraient contre les journalistes. En refusant tout de suite, fermement et catégoriquement, il courait le risque de voir la police publier le texte préparé d'avance en y apposant frauduleusement sa signature. Aucun journal ne publierait jamais ses démentis ! Personne au monde ne croirait qu'il n'avait pas écrit et signé l'article ! Il avait déjà compris que les gens se réjouissaient trop de l'humiliation morale d'autrui pour se laisser gâcher ce plaisir par des explications.

En donnant à la police l'espoir qu'il rédigerait lui-même un texte, il gagnait du temps. Dès le lendemain, il écrivit sa lettre de démission. Il supposait (correctement) qu'une fois qu'il serait volontairement descendu au degré le plus bas de l'échelle sociale (où avaient dû descendre alors des milliers d'intellectuels d'autres disciplines), la police n'aurait plus prise sur lui et cesserait de s'intéresser à lui. Dans ces conditions, ils ne pourraient plus publier de déclaration soi-disant signée par lui, car ce ne serait absolument pas crédible. Ces ignobles déclarations publiques s'accompagnaient toujours de la promotion et non de la chute des signataires.

Mais comme en Bohême les médecins sont des fonctionnaires, l'État peut certes les libérer de leurs fonctions, mais il n'y est pas obligé. L'employé avec lequel Tomas discuta de sa démission le connaissait de réputation et l'estimait. Il tenta de le persuader de ne pas quitter sa place. Tomas comprit subitement qu'il n'était pas du tout certain d'avoir fait le bon choix. Mais il se sentit déjà lié à cette décision par une sorte de serment de fidélité, et s'obstina. Aussi devint-il laveur de vitres.

7

Quelques années plus tôt, en roulant de Zurich à Prague, Tomas se répétait doucement : « es muss sein ! » en songeant à son amour pour Tereza. Une fois la frontière franchie, il commença à douter qu'il le fallût vraiment : il comprit qu'il n'avait été poussé vers Tereza que par une série de hasards ridicules qui s'étaient produits sept ans plus tôt (ils avaient débuté par la sciatique du chef de service) et qui le ramenaient dans une cage dont il n'y aurait plus moyen d'échapper.

Faut-il en conclure qu'il n'y avait pas d' « es muss sein ! » dans sa vie, pas de grande nécessité ? Selon moi, il y en avait une. Ce n'était pas l'amour, c'était le métier. Ce qui l'avait amené à la médecine, ce n'était ni le hasard ni un calcul rationnel, mais un profond désir intérieur.

S'il y a moyen de classer les êtres en catégories, c'est certainement d'après ces désirs profonds qui les guident vers telle ou telle activité qu'ils exercent toute leur vie durant. Chaque Français est différent. Mais tous les acteurs du monde se ressemblent — à Paris, à Prague, et jusque dans le plus modeste théâtre de province. Est acteur celui qui accepte depuis l'enfance de s'exposer au public anonyme. Sans ce consentement fondamental qui n'a rien à voir avec le talent, qui est quelque chose de plus profond que le talent, on ne

277

peut pas devenir acteur. De même, le médecin est celui qui accepte de s'occuper, toute sa vie durant et avec toutes les conséquences, de corps humains. C'est cet accord fondamental (nullement le talent ou l'habileté) qui lui permet d'entrer en première année dans la salle de dissection et de devenir médecin six ans plus tard.

La chirurgie élève l'impératif fondamental de la profession médicale à l'extrême limite où l'humain touche au divin. Quand on frappe violemment quelqu'un sur le crâne à coups de gourdin, il s'écroule et cesse à jamais de respirer. Mais un jour ou l'autre, il cesserait de toute façon de respirer. Cet assassinat ne fait qu'avancer ce que Dieu arrangerait lui-même un peu plus tard. Dieu, on peut le supposer, a prévu l'homicide, mais pas la chirurgie. Il ne se doutait pas qu'on oserait plonger la main à l'intérieur du mécanisme qu'il avait inventé, soigneusement emballé de peau, scellé et caché aux yeux de l'homme. Quand Tomas posa pour la première fois son scalpel sur la peau d'un patient assoupi sous anesthésie, puis, d'un geste énergique, fendit cette peau et la décousit d'un trait droit et précis (comme un bout de tissu inanimé, un pardessus, une jupe, un rideau), il éprouva un bref mais intense sentiment de sacrilège. Mais c'était sûrement ça qui l'attirait! C'était cette nécessité, cet « es muss sein ! » profondément enraciné en lui et auquel ne l'avait poussé ni un hasard ni une sciatique du chef de service, rien d'extérieur.

Mais alors, comment se peut-il qu'il se soit dégagé

278

si vite, si résolument et si facilement de quelque chose de si profond ?

Il nous répondrait qu'il avait agi ainsi pour empêcher la police d'abuser de lui. Mais, franchement, même si c'était théoriquement possible (des cas de ce genre se sont réellement produits), il n'était guère probable que la police fît publier une fausse déclaration suivie de sa signature.

On a évidemment le droit de redouter même des dangers guère probables. Admettons-le. Et admettons aussi qu'il était en colère contre lui-même, contre sa propre maladresse et qu'il voulait éviter d'avoir avec la police de nouveaux contacts qui n'auraient fait qu'exacerber son sentiment d'impuissance. Et admettons encore qu'en réalité il avait déjà perdu son métier, car son travail mécanique au dispensaire où il prescrivait des cachets d'aspirine n'avait rien de commun avec l'idée qu'il se faisait de la médecine. Malgré tout cela, la soudaineté de sa décision me paraît étrange. Ne cache-t-elle pas quelque chose de plus profond, quelque chose qui échappait à sa réflexion rationnelle ?

8

Tomas s'était mis à aimer Beethoven pour faire plaisir à Tereza, mais il n'était pas très féru de musique et je doute qu'il connût la véritable histoire de l'illustre motif beethovénien « muss es sein? es muss sein! ».

Ça s'était passé comme ça : un certain Monsieur Dembscher devait cinquante forint à Beethoven, et le compositeur, éternellement sans le sou, vint les lui réclamer. « Muss es sein? le faut-il? » soupira le pauvre M. Dembscher, et Beethoven répliqua avec un rire gaillard : « Es muss sein! il le faut! », puis inscrivit ces mots avec leur mélodie dans son calepin et composa sur ce motif réaliste une petite pièce pour quatre voix : trois voix chantent « es muss sein, ja, ja, ja », il le faut, il le faut, oui, oui, oui, et la quatrième voix ajoute : « heraus mit dem Beutel! », sors ta bourse!

Le même motif devint un an plus tard le noyau du quatrième mouvement du dernier quatuor opus 135. Beethoven ne pensait plus du tout à la bourse de Dembscher. Les mots « es muss sein! » prenaient pour lui une tonalité de plus en plus solennelle comme si le Destin en personne les avait proférés. Dans la langue de Kant, même « bon jour! », dûment prononcé, peut ressembler à une thèse métaphysique. L'allemand est une langue de mots *lourds*. « Es muss sein ! » n'était plus du tout une plaisanterie mais « der schwer gefasste Entschluss », la décision gravement pesée.

Beethoven avait donc mué une inspiration comique en quatuor sérieux, une plaisanterie en vérité métaphysique. C'est un exemple intéressant de passage du léger au lourd (donc, selon Parménide, de changement du positif en négatif). Chose curieuse, cette mutation ne nous surprend pas. Nous serions au contraire indignés si Beethoven était passé du sérieux de son quatuor à la blague légère du canon à quatre voix sur la bourse de Dembscher. Pourtant, il aurait agi tout à fait dans l'esprit de Parménide : il aurait changé du lourd en léger, donc du négatif en positif ! Au début, il y aurait eu (sous forme d'esquisse imparfaite) une grande vérité métaphysique et à la fin (comme œuvre achevée) une plaisanterie on ne peut plus légère ! Seulement, nous ne savons plus penser comme Parménide.

Je crois qu'au fond de lui Tomas s'irritait depuis déjà longtemps de cet agressif, solennel et austère « es muss sein ! » et qu'il y avait en lui un désir profond de changer, selon l'esprit de Parménide, le lourd en léger. Souvenons-nous qu'il lui avait jadis suffi d'un seul instant pour refuser de jamais revoir sa première femme et son fils et qu'il avait appris avec soulagement que son père et sa mère avaient rompu avec lui. Etait-ce autre chose qu'un geste brusque et peu rationnel par lequel il repoussa ce qui voulait s'affirmer à lui comme une obligation pesante, comme un « es muss sein ! » ?

Evidemment, il s'agissait alors d'un « es muss sein ! » extérieur, imposé par les conventions sociales, tandis que l' « es muss sein ! » de son amour de la médecine était une nécessité intérieure. Justement, c'était encore pire. Car l'impératif intérieur est encore plus fort et n'incite que plus fortement à la révolte.

Etre chirurgien, c'est ouvrir la surface des choses et regarder ce qui se cache au-dedans. Ce fut peut-être ce désir qui donna à Tomas l'envie d'aller voir ce qu'il y avait *au-delà* de l' « es muss sein ! » ; autrement dit : d'aller voir ce qui reste de la vie quand l'homme s'est débarrassé de tout ce qu'il a jusqu'ici tenu pour sa mission.

Pourtant, quand il vint se présenter à l'affable directrice des entreprises pragoises de nettoyage des vitres et vitrines, le résultat de sa décision lui apparut soudain dans toute sa réalité et il fut presque effrayé. Dans cette frayeur il vécut les premières journées de son nouvel emploi. Mais une fois surmontée (au bout d'une semaine environ) la stupéfiante étrangeté de sa vie nouvelle, il réalisa subitement qu'il se trouvait en longues vacances.

Il faisait des choses auxquelles il n'attachait aucune importance, et c'était beau. Il comprenait le bonheur des gens (dont il avait toujours eu pitié jusque-là) qui exercent un métier auquel ils n'ont pas été conduits par un « es muss sein ! » intérieur et qu'ils peuvent oublier en quittant leur travail. Il n'avait encore jamais connu cette bienheureuse indifférence. Autrefois, quand une opération n'avait pas marché comme il l'aurait voulu, il était au désespoir et ne dormait pas. Il en perdait même souvent le goût des femmes. L' « es muss sein ! » de son métier était comme un vampire qui lui suçait le sang.

A présent, il parcourait Prague avec sa longue perche à laver les vitrines et constatait avec surprise qu'il se sentait rajeuni de dix ans. Les vendeuses des grands magasins l'appelaient « docteur » (le tam-tam pragois fonctionnait parfaitement) et lui demandaient conseil au sujet de leurs rhumes, de leurs douleurs lombaires et de leurs retards de règles. Elles avaient presque honte quand elles le regardaient asperger d'eau les vitrines, emmancher une brosse au bout de sa perche et commencer à laver. Si elles avaient pu planter leurs clients dans le magasin, elles lui auraient certainement pris la perche des mains pour laver les carreaux à sa place.

Tomas travaillait surtout dans les grands magasins, mais son entreprise l'envoyait aussi chez des particuliers. A cette époque, les gens vivaient encore les persécutions contre les intellectuels tchèques dans une sorte d'euphorie de la solidarité. Quand ses anciens malades apprirent que Tomas était laveur de vitres, ils téléphonèrent à son entreprise pour le réclamer. Ils l'accueillaient avec une bouteille de champagne ou d'eau-de-vie, inscrivaient sur sa feuille qu'il leur avait lavé treize fenêtres et passaient ensuite deux heures à bavarder et trinquer avec lui. Quand il partait pour aller chez d'autres particuliers ou dans un autre magasin, il était d'une humeur splendide. Les familles des officiers russes venaient s'installer dans le pays, la radio diffusait les discours comminatoires des fonctionnaires du ministère de l'Intérieur qui remplaçaient les journalistes congédiés, et lui, il titubait entre deux vins à travers les rues de Prague dans l'état d'esprit d'un homme qui va de fête en fête. C'étaient ses grandes vacances.

Il revenait à l'époque de sa vie de célibataire. Car il était soudain sans Tereza. Il ne la voyait que la nuit, quand elle rentrait du bar et qu'il ouvrait un œil dans le premier sommeil, puis le matin quand c'était elle qui était ensommeillée et qu'il se dépêchait d'aller à son travail. Il avait seize heures pour lui tout seul et c'était un espace de liberté qui lui était inopinément offert. Pour lui, depuis sa prime jeunesse, un espace de liberté ça voulait dire des femmes.

9

Quand ses amis lui demandaient combien de
femmes il avait eues, il faisait une réponse évasive et,
s'ils insistaient, il disait : « Ça doit faire dans les deux
cents. » Quelques envieux affirmaient qu'il exagérait.
Il se défendait : « Ça ne fait pas tant que ça. Mes
rapports avec les femmes durent à peu près depuis
vingt-cinq ans. Divisez deux cents par vingt-cinq.
Vous verrez que ça fait à peu près huit femmes
nouvelles par an. Ce n'est pas tellement. »

Mais depuis qu'il vivait avec Tereza, son activité
érotique se heurtait à des difficultés d'organisation ; il
ne pouvait lui réserver (entre la salle d'opération et son
foyer) qu'une étroite bande de temps qu'il exploitait
certes intensément (comme l'agriculteur de montagne
cultive avec assiduité son étroite parcelle) mais qui ne
pouvait se comparer à l'espace de seize heures dont il
avait soudain reçu l'aubaine. (Je dis seize, car même
les huit heures pendant lesquelles il lavait les carreaux
offraient mille occasions de faire la connaissance de
nouvelles vendeuses, employées ou ménagères et de
prendre rendez-vous.)

Que cherchait-il chez toutes ces femmes ? Qu'est-
ce qui l'attirait chez elles ? L'amour physique n'est-il
pas l'éternelle répétition du même ?

Nullement. Il reste toujours un petit pourcentage
d'inimaginable. Quand il voyait une femme tout

habillée, il pouvait évidemment s'imaginer plus ou moins comment elle serait une fois nue (ici son expérience de médecin complétait l'expérience de l'amant), mais entre l'approximation de l'idée et la précision de la réalité il subsistait une petite lacune d'inimaginable, et c'était cette lacune qui ne le laissait pas en repos. Et puis, la poursuite de l'inimaginable ne s'achève pas avec la découverte de la nudité, elle va plus loin : quelles mines ferait-elle en se déshabillant ? que dirait-elle quand il lui ferait l'amour ? sur quelles notes seraient ses soupirs ? quel rictus viendrait se graver sur son visage dans l'instant de la jouissance ?

L'unicité du « moi » se cache justement dans ce que l'être humain a d'inimaginable. On ne peut imaginer que ce qui est identique chez tous les êtres, que ce qui leur est commun. Le « moi » individuel, c'est ce qui se distingue du général, donc ce qui ne se laisse ni deviner ni calculer d'avance, ce qu'il faut d'abord dévoiler, découvrir, conquérir chez l'autre.

Tomas, qui pendant les dix dernières années de son activité médicale s'était occupé exclusivement du cerveau humain, savait qu'il n'est rien de plus difficile à saisir que le « moi ». Entre Hitler et Einstein, entre Brejnev et Soljenitsyne, il y a beaucoup plus de ressemblances que de différences. Si on pouvait l'exprimer arithmétiquement, il y a entre eux un millionième de dissemblable et neuf cent quatre-vingt-dix-neuf mille neuf cent quatre-vingt-dix-neuf millionièmes de semblable.

Tomas est obsédé du désir de découvrir ce millionième et de s'en emparer et c'est cela, à ses yeux, le sens de son obsession des femmes. Il n'est pas obsédé par les femmes, il est obsédé par ce que chacune d'elles a d'inimaginable, autrement dit, par ce millionième de dissemblable qui distingue une femme des autres.

(Peut-être que sa passion de chirurgien rejoignait ici sa passion de coureur. Il ne lâchait pas le scalpel imaginaire, même quand il était avec ses maîtresses. Il désirait s'emparer de quelque chose qui était profondément enfoui à l'intérieur d'elles-mêmes, ce pour quoi il fallait déchirer leur enveloppe superficielle.)

On est évidemment en droit de se demander pourquoi il n'allait chercher que dans la sexualité ce millionième de dissemblable. Ne pouvait-il le trouver, par exemple, dans leur démarche, dans leurs goûts culinaires où dans leurs préférences esthétiques ?

Bien entendu, ce millionième de dissemblable est présent dans tous les domaines de la vie humaine, seulement il y est partout publiquement dévoilé, on n'a pas besoin de le découvrir, on n'a pas besoin de scalpel. Qu'une femme préfère le fromage aux pâtisseries et qu'une autre ne supporte pas le chou-fleur, c'est certes un signe d'originalité, mais on voit immédiatement que cette originalité-là est tout à fait insignifiante et vaine et qu'on perdrait son temps en s'y intéressant et en y cherchant une valeur quelconque.

C'est seulement dans la sexualité que le millionième de dissemblable apparaît comme une chose précieuse, car il n'est pas accessible publiquement et il faut le conquérir. Il y a encore un demi-siècle, ce genre de conquête exigeait beaucoup de temps (des semaines, parfois même des mois !) et la valeur du conquis se mesurait au temps consacré à le conquérir. Même aujourd'hui, bien que le temps de la conquête ait considérablement raccourci, la sexualité apparaît toujours comme le coffret d'argent où se cache le mystère du moi féminin.

C'était donc non pas le désir de volupté (la volupté venait pour ainsi dire en prime) mais le désir de s'emparer du monde (d'ouvrir au scalpel le corps gisant du monde) qui le jetait à la poursuite des femmes.

10

Les hommes qui poursuivent une multitude de femmes peuvent aisément se répartir en deux catégories. Les uns cherchent chez toutes les femmes leur propre rêve, leur idée subjective de la femme. Les autres sont mus par le désir de s'emparer de l'infinie diversité du monde féminin objectif.

L'obsession des premiers est une obsession *romantique* : ce qu'ils cherchent chez les femmes, c'est eux-mêmes, c'est leur idéal, et ils sont toujours et continuellement déçus parce que l'idéal, comme nous le savons, c'est ce qu'il n'est jamais possible de trouver. Comme la déception qui les pousse de femme en femme donne à leur inconstance une sorte d'excuse mélodramatique, bien des dames sentimentales trouvent émouvante leur opiniâtre polygamie.

L'autre obsession est une obsession *libertine,* et les femmes n'y voient rien d'émouvant : du fait que l'homme ne projette pas sur les femmes un idéal subjectif, tout l'intéresse et rien ne peut le décevoir. Et précisément cette inaptitude à la déception a en soi quelque chose de scandaleux. Aux yeux du monde, l'obsession du baiseur libertin est sans rémission (parce qu'elle n'est pas rachetée par la déception).

Comme le baiseur romantique poursuit toujours le même type de femme, on ne remarque même pas qu'il change de maîtresses ; ses amis lui causent de perpétuels malentendus car ils ne perçoivent pas de différence entre ses compagnes et les appellent toutes par le même nom.

Dans leur chasse à la connaissance, les baiseurs libertins (et c'est évidemment dans cette catégorie qu'il faut ranger Tomas) s'éloignent de plus en plus de la beauté féminine conventionnelle (dont ils sont vite blasés) et finissent immanquablement en collectionneurs de curiosités. Ils le savent, ils en ont un peu honte et, pour ne pas gêner leurs amis, ils ne se montrent pas en public avec leurs maîtresses.

Il était laveur de vitres depuis près de deux ans quand il fut demandé par une nouvelle cliente. La première fois qu'il la vit sur le seuil de l'appartement, il fut aussitôt captivé par sa bizarrerie. C'était une bizarrerie discrète, réservée, qui se maintenait dans les limites d'une plaisante banalité (le goût de Tomas pour les curiosités n'avait rien de commun avec l'affection fellinienne pour les monstres) : elle était extraordinairement grande, encore plus grande que lui, elle avait le nez délicat et très long, et son visage était à ce point insolite qu'il était impossible de dire qu'elle était belle (tout le monde aurait protesté !) bien qu'elle ne fût pas tout à fait sans beauté (au moins d'après Tomas). Elle portait un pantalon et une blouse blanche, on eût dit l'étrange synthèse d'un gamin gracile, d'une girafe et d'une cigogne.

Elle le regardait d'un long regard attentif et scrutateur où ne manquait même pas un éclair d'intelligente ironie.

« Entrez, docteur », dit-elle.

Il comprit que la femme savait qui il était. Pour ne rien en laisser paraître, il demanda : « Où est-ce que je peux prendre de l'eau ? »

Elle ouvrit la porte de la salle de bains. Il aperçut devant lui le lavabo, la baignoire, la cuvette des waters ; devant la baignoire, devant le lavabo et devant les waters étaient posés de petits tapis roses.

La femme semblable à une girafe et à une cigogne souriait en clignant des yeux, et tout ce qu'elle disait donnait l'illusion d'un sens ou d'une ironie cachés.

« La salle de bains est à votre entière disposition, docteur, dit-elle. Faites-y ce que bon vous semble.

— Je peux même y prendre un bain ?

— Vous aimez prendre des bains ? » demanda-t-elle.

Il remplit son seau d'eau chaude et retourna dans le salon. « Par où voulez-vous que je commence ?

— Ça ne dépend que de vous, dit-elle avec un haussement d'épaules.

— Puis-je voir les fenêtres des autres pièces ?

— Voulez-vous visiter mon appartement ? » Elle souriait comme si le nettoyage des vitres était un caprice de Tomas et que ce caprice ne l'intéressât nullement.

Il entra dans la pièce voisine. C'était une chambre avec une grande fenêtre, deux lits serrés l'un contre l'autre et un tableau représentant un paysage automnal de bouleaux éclairé par le soleil couchant.

Quand il revint, il y avait sur la table une bouteille de vin débouchée et deux verres. « Vous ne voulez pas prendre un peu de forces avant vos durs travaux ? demanda-t-elle.

— Avec grand plaisir, dit Tomas en s'asseyant.

— Ce doit être intéressant pour vous d'aller comme ça chez les gens ? dit-elle.

— Ce n'est pas trop mal, dit Tomas.

— Vous tombez partout sur des femmes dont le mari est au travail.

— Beaucoup plus souvent sur des mémés et des belles-mères, dit Tomas.

— Et votre ancien métier ne vous manque pas ?

— Dites-moi plutôt comment vous avez entendu parler de mon ancien métier.

— Votre employeur est très fier de vous, dit la femme-cigogne.

— Encore maintenant ? s'étonna Tomas.

— Quand j'ai téléphoné pour qu'on envoie quelqu'un me faire les carreaux, on m'a demandé si ce n'était pas vous que je voulais. Il paraît que vous êtes un grand chirurgien qu'on a mis à la porte de l'hôpital. Je vous crois que ça m'a intéressée !

— Vous êtes merveilleusement curieuse, dit-il.

— Ça se voit ?

— Oui, à la façon dont vous regardez.

— Et comment est-ce que je regarde ?

— Vous plissez les yeux. Et vous posez sans cesse des questions.

— Vous n'aimez pas répondre ? »

Grâce à elle, la conversation tournait d'emblée au badinage. Rien de ce qu'elle disait ne concernait le monde extérieur. C'était à eux seuls que s'adressaient

292

toutes ses paroles. La conversation les ayant tout de suite intronisés tous deux comme thème principal, il n'était rien de plus facile que de compléter les mots par des attouchements, et Tomas, tout en parlant de ses yeux qu'elle plissait, les lui caressait. Et elle répondait à chacun de ces attouchements par sa propre caresse. Elle n'agissait pas spontanément, mais plutôt avec une persévérance voulue, comme s'ils avaient joué à « ce que tu me fais, je te le fais ». Ils étaient assis face à face, chacun les mains posées sur le corps de l'autre.

Quand Tomas tenta de lui mettre la main entre les cuisses, elle commença enfin à se défendre. Il n'arrivait pas à discerner si elle se défendait sérieusement, mais il s'était déjà écoulé pas mal de temps et il était attendu dans dix minutes chez son prochain client.

Il se leva et expliqua qu'il devait partir. Elle avait les joues en feu.

« Il faut que je vous signe votre bordereau, dit-elle.

— Mais je n'ai rien fait, protesta-t-il.

— C'est ma faute », dit-elle, puis elle ajouta d'une voix douce, traînante, innocente : « Il faudra que je vous redemande, pour que vous puissiez achever ce que vous n'avez même pas pu commencer à cause de moi. »

Comme Tomas refusait de lui donner son bordereau à signer, elle dit tendrement, du ton qu'elle aurait pris pour demander un service : « S'il vous plaît, donnez-moi ça », et elle ajouta en plissant les yeux : « Ce n'est pas moi qui paie mais mon mari, et ce n'est pas vous qui êtes payé mais l'entreprise d'Etat. Cette transaction ne nous concerne ni l'un ni l'autre. »

11

La curieuse dissymétrie de la femme semblable à une girafe et à une cigogne l'excitait rien que d'y penser : la coquetterie alliée à la maladresse ; un désir sexuel naïvement avoué accompagné d'un sourire ironique ; la vulgaire banalité de l'appartement et la singularité de sa propriétaire. Comment serait-elle quand ils feraient l'amour ? Il tentait de l'imaginer, mais ce n'était pas facile. Ce fut sa seule préoccupation pendant plusieurs jours.

Quand elle l'invita pour la deuxième fois, la bouteille de vin attendait déjà sur la table avec deux verres. Mais cette fois, tout alla très vite. Ils se retrouvèrent bientôt face à face dans la chambre (le soleil se couchait sur le paysage de bouleaux blancs) et ils s'embrassèrent. Il lui dit son habituel « Déshabillez-vous ! » mais, au lieu d'obéir : « Non, vous d'abord », ordonna-t-elle.

Il n'était pas habitué à ça et perdit un peu contenance. Elle commença à lui déboutonner son pantalon. « Déshabillez-vous ! » lui enjoignit-il encore à plusieurs reprises (avec un insuccès comique) mais il ne lui restait plus qu'à accepter un compromis ; d'après les règles du jeu qu'elle lui avait déjà imposées la dernière fois (« ce que tu me fais, je te le fais »), elle le débarrassa de son pantalon et lui de sa jupe, puis elle lui retira sa chemise et lui sa blouse, jusqu'à ce

qu'ils soient enfin nus face à face. Il avait la main
posée sur son sexe moite et il faisait glisser ses doigts
vers l'orifice anal, chez toutes les femmes l'endroit de
leur corps qu'il chérissait le plus. Elle l'avait extrêmement protubérant, ce qui suggérait distinctement
l'idée du long tube digestif se terminant ici par une
légère saillie. Il palpait l'anneau ferme et sain, cette
bague, la plus belle de toutes, appelée sphincter dans
le langage de la médecine, quand il sentit soudain les
doigts de la femme se poser au même endroit de son
postérieur. Elle répétait tous ses gestes avec la précision d'un miroir.

Bien qu'il eût, comme je l'ai dit, connu dans les
deux cents femmes (et depuis qu'il était laveur de
vitres ça faisait encore beaucoup plus) il ne lui était
encore jamais arrivé qu'une femme plus grande que
lui se campe devant lui, plisse les yeux et lui palpe
l'anus. Pour surmonter sa gêne, il la poussa vivement
vers le lit.

La soudaineté de ce geste la prit au dépourvu. Son
grand corps tombait sur le dos et le visage couvert de
taches rouges avait l'air effrayé de quelqu'un qui a
perdu l'équilibre. Comme il était debout devant elle, il
la saisit sous les genoux et souleva très haut ses jambes
légèrement écartées. Tout à coup, on eût dit les bras
levés du soldat pris de panique qui se rend devant une
arme brandie.

La maladresse jointe à la ferveur, la ferveur jointe
à la maladresse excitaient magnifiquement Tomas. Ils
s'aimèrent très longuement. Il observait son visage
couvert de taches rouges et y cherchait l'expression

d'effroi d'une femme à qui on a fait un croc-en-jambe et qui tombe, inimitable expression qui venait de lui faire monter à la tête le flux de l'excitation.

Quand ce fut fini, il alla se laver dans la salle de bains. Elle l'y accompagna et lui expliqua longuement où était le savon, où était le gant de toilette et comment il fallait s'y prendre pour faire couler l'eau chaude. Il trouvait curieux qu'elle lui expliquât ces choses simples avec tant de détails. Il lui dit qu'il avait compris et qu'il voudrait rester seul dans la salle de bains.

« Vous ne me laisserez pas assister à votre toilette ? » dit-elle d'un ton suppliant.

Il réussit enfin à la faire sortir. Il se lavait, il urinait dans le lavabo (pratique courante chez les médecins tchèques) et il avait l'impression qu'elle allait et venait impatiemment devant la salle de bains, cherchant un prétexte pour y pénétrer. Quand il eut fermé les robinets, il remarqua qu'un silence total régnait dans l'appartement et il crut qu'elle l'observait. Il était presque sûr qu'il y avait un trou dans la porte et qu'elle y pressait son bel œil plissé.

En la quittant, il se sentait d'excellente humeur. Il s'efforçait de se remémorer l'essentiel, de condenser le souvenir dans une formule chimique qui permît de définir l'unicité (le millionième de dissemblable) de cette femme. Il arriva finalement à une formule qui se composait de trois éléments :

1. la maladresse jointe à la ferveur ;

2. le visage effrayé de quelqu'un qui perd l'équilibre et qui tombe ;

3. les jambes levées comme les bras d'un soldat qui se rend devant une arme brandie.

En se répétant cette formule, il éprouvait le sentiment radieux de s'être une fois de plus emparé d'un fragment du monde ; d'avoir découpé avec son scalpel imaginaire une mince bande de tissu dans la toile infinie de l'univers.

12

Voici ce qui lui arriva à peu près à la même époque : il avait eu plusieurs rendez-vous avec une jeune femme dans un appartement qu'un vieil ami lui prêtait tous les jours jusqu'à minuit. Au bout d'un mois ou deux, elle lui rappela une de leurs rencontres : ils avaient fait l'amour sur le tapis devant la fenêtre, disait-elle, et dehors les éclairs jaillissaient et le tonnerre grondait. Ils avaient fait l'amour pendant tout l'orage et c'était, disait-elle, d'une inoubliable beauté !

En l'écoutant, Tomas s'étonnait : oui, il se rappelait qu'ils avaient fait l'amour sur le tapis (il n'y avait dans le studio de son ami qu'un étroit divan sur lequel il ne se sentait pas à son aise), mais il avait complètement oublié l'orage ! C'était étrange : il arrivait à se rappeler les quelques rendez-vous qu'il avait eus avec elle, il se souvenait même exactement de quelle manière ils avaient fait l'amour (elle refusait de faire l'amour par-derrière), il se rappelait les quelques phrases qu'elle avait prononcées pendant l'amour (elle lui demandait toujours de lui serrer fermement les hanches, et elle protestait s'il la regardait), il se rappelait même la coupe de sa lingerie — mais il ne se souvenait absolument plus de l'orage.

Sa mémoire n'enregistrait de ses aventures amoureuses que l'étroit chemin escarpé de la conquête

298

sexuelle : la première agression verbale, le premier attouchement, la première obscénité qu'il lui avait dite et qu'elle lui avait dite, toutes les petites perversions auxquelles il l'avait peu à peu contrainte et jusqu'à celles qu'elle avait refusées. Tout le reste (avec un soin presque pédant) était exclu de sa mémoire. Il oubliait même l'endroit où il avait rencontré telle ou telle femme pour la première fois, car cet instant se passait encore avant la conquête sexuelle proprement dite.

La jeune femme parlait de l'orage, le visage baigné d'un sourire rêveur, et il la regardait étonné et presque avec honte : elle avait vécu quelque chose de beau et il ne l'avait pas vécu avec elle. La réaction dichotomique de leur mémoire à l'orage nocturne exprimait toute la différence qu'il peut y avoir entre l'amour et le non-amour.

Par non-amour, je ne veux pas dire que Tomas se soit conduit en cynique à l'égard de cette jeune femme, qu'il n'ait vu en elle, comme on dit, qu'un objet sexuel : au contraire, il l'aimait comme une amie, il appréciait son caractère et son intelligence, il était prêt à l'aider chaque fois qu'elle en aurait eu besoin. Ce n'était pas lui qui se conduisait mal envers elle ; c'était sa mémoire qui l'avait, sans qu'il y fût pour rien, exclue de la sphère de l'amour.

Il semble qu'il existe dans le cerveau une zone tout à fait spécifique qu'on pourrait appeler la *mémoire poétique* et qui enregistre ce qui nous a charmés, ce qui nous a émus, ce qui donne à notre vie sa beauté. Depuis que Tomas avait fait la connaissance de Tereza, aucune femme n'avait le droit de laisser de marque, même la plus éphémère, dans cette zone de son cerveau.

Tereza occupait en despote sa mémoire poétique et en avait balayé toute trace des autres femmes. Ce n'était pas juste, parce que, par exemple, la jeune femme avec laquelle il avait fait l'amour sur le tapis pendant l'orage n'était pas moins digne de poésie que Tereza. Elle lui criait : « Ferme les yeux, prends-moi par les hanches, serre-moi fort ! » Elle ne pouvait supporter que Tomas ait les yeux ouverts, attentifs et scrutateurs pendant l'amour, et que son corps, légèrement soulevé au-dessus du sien, n'adhère pas à sa peau. Elle ne voulait pas qu'il l'étudie. Elle voulait l'entraîner dans le flot de l'enchantement où l'on ne peut entrer qu'avec les yeux fermés. Elle refusait de se mettre à quatre pattes car dans cette position leurs corps se touchaient à peine et il pouvait l'observer d'une distance de près de cinquante centimètres. Elle détestait cet éloignement. Elle voulait se confondre avec lui. Aussi lui affirmait-elle obstinément en le regardant dans les yeux qu'elle ne jouissait pas, bien que tout le tapis fût mouillé de son orgasme : « Je ne cherche pas à jouir, je cherche le bonheur, et jouir sans le bonheur n'est pas jouir. » Autrement dit, elle frappait à la porte de sa mémoire poétique. Mais la porte était fermée. Il n'y avait pas de place pour elle dans la mémoire poétique de Tomas. Il n'y avait de place pour elle que sur le tapis.

L'aventure de Tomas avec Tereza avait commencé exactement là où se terminaient ses aventures avec les autres femmes. Elle se jouait de l'autre côté de l'impératif qui le poussait à la conquête des femmes. Il ne voulait rien dévoiler chez Tereza. Il l'avait trouvée dévoilée. Il avait fait l'amour avec elle sans avoir pris le temps de se saisir du scalpel imaginaire dont il ouvrait le corps gisant du monde. Sans prendre le temps de se demander comment elle serait pendant l'amour, il l'aimait déjà.

L'histoire d'amour n'avait commencé qu'après : elle avait eu de la fièvre et il n'avait pas pu la reconduire chez elle comme les autres femmes. Il s'était agenouillé à son chevet et l'idée lui était venue qu'elle lui avait été envoyée dans une corbeille au fil de l'eau. J'ai déjà dit que les métaphores sont dangereuses. L'amour commence par une métaphore. Autrement dit : l'amour commence à l'instant où une femme s'inscrit par une parole dans notre mémoire poétique.

13

Elle ne tarda pas à renouveler son empreinte : elle était allée chercher le lait comme chaque matin et, quand il lui ouvrit, elle serrait contre sa poitrine une corneille enveloppée dans l'écharpe rouge. C'est ainsi que les gitanes portent leurs enfants dans leurs bras. Il n'oublierait jamais l'immense bec accusateur de la corneille auprès de son visage.

Elle l'avait trouvée à moitié ensevelie. Jadis, les cosaques traitaient ainsi les ennemis faits prisonniers. « C'est des enfants qui ont fait ça », dit-elle, et il y avait dans cette phrase plus qu'une simple constatation ; c'était l'expression d'un soudain dégoût du genre humain. Il se rappelait qu'elle lui avait dit récemment : « Je commence à t'être reconnaissante de n'avoir jamais voulu d'enfants. »

La veille, elle s'était plainte d'avoir été insultée par un type dans le bar où elle travaillait. Il avait empoigné son collier de pacotille en affirmant qu'elle l'avait sans doute gagné en se prostituant. Elle en était toute retournée. Plus qu'il n'y avait lieu, songeait Tomas. Soudain, il se sentit mal à l'aise à l'idée qu'il la voyait si peu depuis deux ans et qu'il n'avait même plus l'occasion de serrer longuement ses mains dans les siennes pour les empêcher de trembler.

Il se faisait ces réflexions en allant le matin au bureau où une employée donnait aux laveurs de vitres leur travail de la journée. Un particulier avait expressément demandé qu'on lui envoie Tomas pour nettoyer ses fenêtres. Il se rendit avec mauvaise humeur à l'adresse indiquée, craignant que ce ne fût encore une femme qui le demandât. Il était tout à ses réflexions sur Tereza et les aventures ne le tentaient pas.

Quand la porte s'ouvrit, il se sentit soulagé. Il vit devant lui un homme de haute taille un peu voûté. L'homme avait le menton en galoche et lui rappelait quelqu'un.

Il souriait : « Entrez, docteur », dit-il et il l'introduisit dans le salon.

Un jeune homme l'y attendait. Il était debout, la figure écarlate. Il regardait Tomas et s'efforçait de sourire.

« Vous deux, je ne crois pas que ce soit la peine de vous présenter, dit l'homme.

— Non », dit Tomas sans sourire, et il tendit la main au jeune homme. C'était son fils.

L'homme au menton en galoche se présenta enfin.

« Je savais bien que vous me rappeliez quelqu'un ! dit Tomas. Comment donc ! Bien sûr que je vous connais ! De nom. »

Ils prirent place dans des fauteuils entre lesquels il y avait une table basse. Tomas songea que les deux hommes assis en face de lui étaient ses propres créations non volontaires et non voulues. Il avait fait un fils sous la contrainte de sa femme, et sous la contrainte du policier qui l'interrogeait il avait tracé le portrait de ce grand homme voûté.

Pour chasser ses pensées, il dit : « Eh bien ! par quelle fenêtre faut-il commencer ? »

Les deux hommes en face de lui riaient franchement.

Oui, c'était clair, il ne s'agissait pas du tout de fenêtres. Il n'était pas invité pour laver des fenêtres, il était invité dans un piège. Il n'avait jamais parlé à son fils. C'était la première fois qu'il lui serrait la main. Il ne le connaissait que de vue et ne voulait pas le connaître autrement. Il voulait ne rien savoir de lui et souhaitait qu'il en fût de même pour son fils.

« Belle affiche, n'est-ce pas ? » dit le journaliste en montrant un grand dessin encadré qui était accroché au mur en face de Tomas.

Pour la première fois depuis qu'il était entré, Tomas leva les yeux. Les murs étaient couverts de tableaux intéressants, il y avait pas mal de photographies et d'affiches. Le dessin qu'avait montré le journaliste avait paru en 1969 dans un des derniers numéros de l'hebdomadaire, avant son interdiction par les Russes. C'était une imitation d'une célèbre affiche de la guerre civile russe de 1918 qui appelait la population à s'engager dans l'armée rouge : un soldat à la casquette ornée d'une étoile rouge et au regard extraordinairement sévère vous regardait dans les yeux et braquait sur vous une main à l'index pointé. Le texte russe original disait : « Citoyen, tu ne t'es pas encore engagé dans l'armée rouge ? » Il avait été remplacé par le texte tchèque suivant : « Citoyen, toi aussi tu as signé les deux mille mots ? »

C'était une excellente plaisanterie ! Les deux mille

304

mots avaient été le premier grand manifeste du Printemps 1968 et exigeaient une démocratisation radicale du régime communiste. Ils avaient été signés par une foule d'intellectuels, puis les gens ordinaires avaient signé à leur tour, tant et si bien qu'il y avait une telle multitude de signatures qu'on n'avait jamais pu les compter. Quand l'armée rouge eut envahi la Bohême et que les purges politiques commencèrent, l'une des questions posées au citoyen était : « Toi aussi, tu as signé les deux mille mots ? » Ceux qui reconnaissaient avoir signé étaient licenciés sur-le-champ.

« Joli dessin. Je m'en souviens », dit Tomas.

Le journaliste sourit : « Espérons que le soldat de l'armée rouge n'écoute pas ce que nous disons. »

Il ajouta d'un ton sérieux : « Pour que tout soit clair, docteur : ce n'est pas chez moi, ici. C'est l'appartement d'un ami. Il n'est donc pas certain que la police nous écoute en ce moment. C'est seulement possible. Si je vous avais fait venir chez moi, ce serait certain. »

Puis il continua d'un ton de nouveau plus léger : « Mais je pars du principe que nous n'avons rien à cacher à personne. D'ailleurs, imaginez cet avantage pour les historiens tchèques de l'avenir ! Ils trouveront dans les archives de la police la vie de tous les intellectuels enregistrée sur bandes magnétiques ! Savez-vous l'effort que ça représente, pour l'historien de la littérature, de reconstituer la vie sexuelle d'un Voltaire, d'un Balzac ou d'un Tolstoï ? Dans le cas des écrivains tchèques, ils n'auront aucun doute. Tout est enregistré. Le moindre soupir. »

Puis, se tournant vers les micros imaginaires cachés dans le mur, il dit en élevant la voix : « Messieurs, comme toujours en pareille occasion, je veux vous encourager dans votre travail et vous remercier en mon nom et au nom des futurs historiens. »

Ils rirent tous les trois, puis le journaliste se mit à parler longuement des circonstances qui avaient entouré l'interdiction de son hebdomadaire, de ce que faisait le dessinateur qui avait eu l'idée de cette caricature et de ce que faisaient les autres peintres, philosophes et écrivains tchèques. Après l'invasion russe, ils avaient tous été privés de leur travail et ils étaient devenus laveurs de vitres, gardiens de parkings, portiers de nuit, chauffeurs de chaudières dans les bâtiments publics et au mieux, parce que ça supposait déjà des appuis, chauffeurs de taxis.

Ce que disait le journaliste n'était pas inintéressant, mais Tomas ne parvenait pas à se concentrer sur ses paroles. Il pensait à son fils. Il se souvenait qu'il le rencontrait dans la rue depuis quelques mois. Ce n'était évidemment pas par hasard. Ce qui le surprenait, c'était de le voir maintenant en compagnie du journaliste persécuté. La première femme de Tomas était une communiste bon teint, et Tomas en déduisait automatiquement que son fils devait être sous son influence. Il ne savait rien de lui. Il aurait évidemment pu lui demander quels étaient ses rapports avec sa mère, mais cette question lui paraissait déplacée en présence d'un étranger.

Le journaliste arriva enfin au cœur du sujet. Il dit qu'il y avait de plus en plus de gens arrêtés, uniquement pour avoir défendu leur opinion, et il termina son exposé par ces mots : « Et finalement, nous nous sommes dit qu'il fallait faire quelque chose.

— Que voulez-vous faire ? » demanda Tomas.

A ce moment, son fils intervint. C'était la première fois qu'il l'entendait parler. Il constata avec surprise qu'il bégayait.

« D'après ce que nous savons, dit-il, les prisonniers politiques sont mal traités. Quelques-uns sont dans un état vraiment critique. Alors, nous nous sommes dit que ce serait une bonne chose de rédiger une pétition qui serait signée par les intellectuels tchèques les plus en vue dont le nom a encore un certain poids. »

Non, ce n'était pas un bégaiement, c'était plutôt un hoquet qui ralentissait son élocution, de sorte que chaque mot qu'il prononçait était martelé et souligné malgré lui. Il s'en apercevait certainement car ses joues, après avoir repris une coloration plus normale, s'empourpraient de nouveau.

« Vous voudriez que je vous indique des gens de ma spécialité auxquels vous pourriez vous adresser ? demanda Tomas.

— Non, rit le journaliste. Ce n'est pas un conseil que nous voulons. C'est votre signature ! »

Une fois de plus, il se sentait flatté ! Une fois de plus, il était heureux que quelqu'un n'eût pas encore oublié qu'il était chirurgien ! Il ne se défendit que par modestie : « Ecoutez ! Ce n'est pas parce qu'on m'a viré que je suis un grand médecin !

— Nous n'avons pas oublié ce que vous avez écrit dans notre hebdomadaire », dit, souriant, le journaliste à Tomas.

Avec un enthousiasme qui échappa peut-être à Tomas, son fils souffla : « Oui !

— Je ne vois pas, dit Tomas, en quoi mon nom sur une pétition peut aider les prisonniers politiques. Ceux qui devraient signer, ce sont plutôt ceux qui ne sont pas encore tombés en disgrâce et qui ont conservé un minimum d'influence auprès des gens en place, vous ne croyez pas ?

— Bien sûr qu'ils devraient signer ! » dit le journaliste, et il rit.

Le fils de Tomas aussi fit entendre le rire d'un homme qui a déjà compris pas mal de choses : « Seulement, ces gens-là ne signeront jamais ! »

Le journaliste poursuivit : « Ça ne veut pas dire que nous n'allons pas les trouver ! Nous ne sommes pas assez bons pour leur épargner leurs contorsions, dit-il. Je voudrais que vous entendiez leurs excuses. Elles sont superbes ! »

Le fils rit d'un rire approbateur.

Le journaliste poursuivit : « Evidemment, ils nous affirment tous qu'ils sont d'accord avec nous sur tout, seulement, à les entendre, il faut s'y prendre autrement : en tacticiens, plus raisonnablement, plus discrètement. Ils ont peur de signer tout en ayant peur que nous pensions du mal d'eux s'ils ne signent pas. »

Le fils et le journaliste rirent de concert.

Le journaliste tendit à Tomas une feuille de papier où il y avait un texte bref qui demandait au président de la République, sur un ton relativement courtois, d'amnistier les prisonniers politiques.

Tomas tenta de réfléchir rapidement : Amnistier les prisonniers politiques ? Très bien. Mais allait-on les amnistier parce que des gens rejetés par le régime (donc des prisonniers politiques potentiels) le demandaient au président de la République ? Le seul résultat que pouvait avoir une pétition de ce genre, c'était que les prisonniers politiques ne seraient pas amnistiés, même si, par hasard, on s'apprêtait à les amnistier !

Ces réflexions furent interrompues par son fils : « L'essentiel, c'est de faire savoir qu'il y a encore dans ce pays une poignée d'hommes et de femmes qui n'ont pas peur. De montrer qui est avec qui. De séparer le bon grain de l'ivraie. »

Tomas réfléchissait : Oui, c'est exact, mais qu'est-ce que ça a à voir avec les prisonniers politiques ! De deux choses l'une : ou il s'agit d'obtenir une amnistie, ou il s'agit de séparer le bon grain de l'ivraie. Ça ne revient pas au même.

« Vous hésitez, docteur ? » demanda le journaliste.

Oui. Il hésitait. Mais il craignait de le dire. Sur le mur, en face de lui, il y avait l'image du soldat qui menaçait du doigt et disait : « Tu hésites encore à t'engager dans l'armée rouge ? ». Ou bien « Tu n'as pas encore signé les deux mille mots ? ». Ou bien « Toi aussi, tu as signé les deux mille mots ? ». Ou encore « Tu ne veux pas signer la pétition pour l'amnistie ? ». Quoi qu'il dît, il menaçait.

Le journaliste venait de faire savoir ce qu'il pensait des gens qui, tout en estimant aussi qu'il fallait amnistier les prisonniers politiques, invoquaient mille arguments pour ne pas signer la pétition. D'après le journaliste, ces raisonnements-là n'étaient que des prétextes derrière lesquels se cachait la lâcheté. Alors, que pouvait dire Tomas ?

Le silence se prolongeait, mais cette fois, ce fut lui qui le rompit en riant. Montrant le dessin sur le mur, il dit : « Regardez ce type-là qui me menace et me demande si oui ou non je vais signer. Il est difficile de réfléchir sous son regard ! »

Ils rirent un moment tous les trois.

Tomas dit ensuite : « Très bien. Je vais réfléchir. On pourrait se revoir dans les prochains jours ?

— Ça me fera toujours plaisir de vous voir, dit le journaliste, mais il ne reste plus beaucoup de temps pour cette pétition. Nous voulons la remettre demain au président.

— Demain ? »

Tomas pensait au gros flic qui lui avait tendu un texte où il devait précisément dénoncer l'homme au menton en galoche. Tout le monde voulait l'obliger à signer des textes qu'il n'avait pas écrits lui-même.

Son fils dit : « En l'occurrence, il n'y a pas besoin de réfléchir ! »

Les mots étaient agressifs, mais le ton presque suppliant. Cette fois ils se regardaient dans les yeux et Tomas s'aperçut que son fils, lorsqu'il regardait attentivement, relevait légèrement le coin gauche de sa lèvre supérieure. Il connaissait ce rictus pour l'avoir vu sur son propre visage quand il vérifiait soigneusement dans la glace s'il était bien rasé. Il ne put réprimer un sentiment de malaise en le voyant maintenant sur le visage d'un autre.

Quand on a toujours vécu avec ses enfants, on s'habitue à ces ressemblances, on les trouve normales, et s'il arrive qu'on les remarque, on peut même s'en amuser. Mais c'était la première fois de sa vie que Tomas parlait à son fils ! Il n'avait pas l'habitude d'être assis en face de son propre rictus !

Supposez qu'on vous ait amputé d'une main pour la greffer à un autre. Et un jour, quelqu'un vient s'asseoir en face de vous et gesticule avec cette main sous votre nez. Vous la prendrez sans doute pour un épouvantail. Et bien que vous la connaissiez intimement, bien que ce soit votre main à vous, vous aurez peur qu'elle ne vous touche !

Le fils poursuivait : « Tu es, j'espère, du côté des persécutés ! »

Pendant toute la conversation, Tomas s'était demandé si son fils allait le vouvoyer ou le tutoyer. Jusqu'ici, il avait tourné ses phrases de manière à ne pas avoir à choisir. Cette fois, enfin, il avait choisi. Il le tutoyait et Tomas eut soudain la certitude que pendant toute cette scène il ne s'était nullement agi de l'amnistie des prisonniers politiques, que l'enjeu c'était son fils : s'il signait, leurs deux destinées se rejoindraient et Tomas serait plus ou moins forcé de se rapprocher de lui. S'il ne signait pas, leurs rapports seraient inexistants, comme ils l'avaient toujours été, mais cette fois, ce ne serait pas par sa volonté, mais par la volonté de son fils qui renierait son père à cause de sa lâcheté.

Il était dans la situation du joueur d'échecs qui ne peut plus rien tenter pour échapper à la défaite et doit abandonner la partie. Après tout, qu'il signe ou ne signe pas, ça revenait exactement au même. Ça ne changerait rien à son sort, ni au sort des prisonniers politiques.

« Donnez-moi ça », dit-il, et il prit le papier.

14

Comme s'il avait voulu le récompenser de sa décision, le journaliste dit : « Ce que vous avez écrit sur Œdipe, c'était rudement bien. »

Son fils lui tendit un stylo et ajouta : « Il y a des idées qui sont comme un attentat. »

Les éloges du journaliste le flattaient, mais la métaphore de son fils lui semblait exagérée et déplacée. Il dit : « Malheureusement, c'est un attentat qui n'a fait qu'une victime : moi. A cause de cet article, je ne peux plus opérer mes malades. »

Ces paroles sonnèrent froidement et presque hostilement.

Pour effacer cette petite dissonance, le journaliste fit observer (avec l'air de quelqu'un qui présente des excuses) : « Mais votre article a aidé beaucoup de gens. »

Pour Tomas, les mots « aider les gens » s'identifiaient depuis l'enfance à une seule activité : la médecine. Un article de journal avait-il jamais aidé quelqu'un ? Que voulaient-ils lui faire croire, ces deux-là ? Ils ramenaient toute sa vie à une misérable réflexion sur Œdipe, et à moins que ça encore : à un seul *non* simpliste qu'il avait prononcé à la face du régime.

Il dit (toujours avec la même froideur dans la voix, mais sans s'en rendre compte) : « J'ignore si cet article a aidé qui que ce soit. Mais, dans mon travail de chirurgien, j'ai sauvé la vie à pas mal de gens. »

Il y eut une nouvelle pause. Elle fut interrompue par son fils : « Les idées aussi peuvent sauver la vie. »

Tomas voyait sa propre bouche sur le visage de son fils et se disait : ça fait un drôle d'effet de voir bégayer sa propre bouche.

Le fils continua avec un perceptible effort : « Il y avait quelque chose de formidable dans ton article : le refus du compromis. Cette faculté, que nous sommes en train de perdre, de distinguer clairement entre le bien et le mal. On ne sait plus ce que c'est que de se sentir coupable. Les communistes ont trouvé une excuse : Staline les a trompés. Un assassin s'excuse en disant que sa mère ne l'aimait pas et qu'il était frustré. Et tout d'un coup, tu as dit : Il n'y a aucune justification. Personne, en son âme et conscience, n'était plus innocent qu'Œdipe. Et pourtant, il s'est puni lui-même quand il a vu ce qu'il avait fait. »

Tomas fit un effort pour détacher son regard de sa lèvre qu'il voyait sur le visage de son fils et tenta de concentrer son attention sur le journaliste. Il était agacé et il avait envie de les contredire. Il dit : « Vous savez, tout ça n'est qu'un malentendu. La frontière entre le bien et le mal est terriblement vague. Je ne réclamais le châtiment de personne, ce n'était pas du tout mon but. Châtier quelqu'un qui ne savait pas ce qu'il faisait, c'est de la barbarie. Le mythe d'Œdipe est un beau mythe. Mais l'utiliser de cette façon-là... » Il allait ajouter quelque chose, mais il se rappela que ce qu'il disait était peut-être enregistré. Il n'avait pas

314

la moindre ambition d'être cité par les historiens des siècles futurs. Il redoutait plutôt d'être cité par la police. Car ce qu'elle avait exigé de lui, c'était exactement cette condamnation de son article. Il lui déplaisait qu'elle pût enfin l'entendre de sa propre bouche. Il savait que chaque phrase prononcée dans ce pays pouvait être un jour diffusée à la radio. Il se tut.

« Qu'est-ce qui vous a amené à changer d'avis ? demanda le journaliste.

— Je me demande plutôt ce qui m'a amené à écrire cet article », dit Tomas, et aussitôt, il s'en souvint : elle s'était échouée sur la berge de son lit comme un enfant lâché dans une corbeille au fil de l'eau. Oui, c'était pour ça qu'il était allé chercher ce livre ; il retournait aux histoires de Romulus, de Moïse, d'Œdipe. Soudain, elle fut ici, il la voyait devant lui, serrant contre sa poitrine la corneille enveloppée dans l'écharpe rouge. Cette image le réconfortait. Comme si elle était venue lui dire que Tereza était vivante, qu'elle était en cet instant dans la même ville que lui et que rien d'autre ne comptait.

Le journaliste rompit le silence : « Je vous comprends, docteur. Moi non plus, je n'aime pas qu'on punisse. Mais nous ne réclamons pas de châtiment. Nous demandons la rémission du châtiment.

— Je sais », dit Tomas. Il acceptait l'idée qu'il allait, dans quelques secondes, faire une chose peut-être généreuse, mais à coup sûr parfaitement inutile (parce qu'elle n'aiderait aucunement les prisonniers politiques) et qui lui était personnellement désagréable (parce qu'il agissait dans des circonstances qui lui étaient imposées).

Son fils dit encore (d'un ton presque suppliant) : « C'est ton devoir de signer ! »

Devoir ? Son fils allait lui rappeler son devoir ? C'était la pire chose qu'on pût lui dire ! L'image de Tereza serrant dans ses bras la corneille reparut devant ses yeux. Il s'en souvint, elle lui avait dit qu'un flic était venu la veille au bar et l'avait importunée. Ses mains recommençaient à trembler. Elle avait vieilli. Rien ne comptait pour lui. Elle seule comptait. Elle, qui était issue de six hasards, elle, la fleur née de la sciatique du chef de service, elle qui était de l'autre côté de tous les « es muss sein ! », elle, la seule chose à laquelle il tenait vraiment.

Pourquoi se demander encore s'il fallait ou non signer ? Il n'existait qu'un seul critère pour toutes ses décisions : ne rien faire qui pût nuire à Tereza. Tomas ne pouvait pas sauver les prisonniers politiques, mais il pouvait rendre Tereza heureuse. Non, même ça, il n'en était pas capable. Mais, s'il signait la pétition, il était presque certain que les flics viendraient encore plus souvent l'importuner et que ses mains trembleraient encore plus fort.

Il dit : « Il est beaucoup plus important de déterrer une corneille enterrée vivante que d'envoyer une pétition à un président. »

Il savait que cette phrase était incompréhensible, mais il n'en était que plus satisfait. Il éprouvait une ivresse soudaine et inattendue. La même ivresse noire que le jour où il avait annoncé à sa femme qu'il ne voulait plus jamais les voir, elle et son fils. La même ivresse noire que le jour où il avait jeté dans la boîte la lettre par laquelle il renonçait à jamais à son métier de médecin. Il n'était pas du tout sûr de bien agir, mais il était sûr d'agir comme il le voulait.

« Excusez-moi, dit-il, je ne signerai pas. »

15

Quelques jours plus tard, tous les journaux parlaient de la pétition.

Naturellement, il n'était dit nulle part que c'était une humble requête en faveur des prisonniers politiques et qu'on y demandait leur libération. Aucun journal ne citait la moindre phrase de ce texte succinct. Mais il était longuement question, en termes vagues et menaçants, d'un appel subversif qui devait servir de tremplin pour un nouveau combat contre le socialisme. Les signataires étaient nommément désignés, et leurs noms étaient suivis de calomnies et d'attaques qui donnaient froid dans le dos.

Evidemment, c'était prévisible. A moins d'être organisée par le parti communiste, toute action publique (réunion, pétition, manifestation de rue) était alors tenue pour illégale et mettait en danger quiconque y participait. Chacun le savait. A cause de cela sans doute Tomas s'en voulait encore davantage de ne pas avoir signé la pétition. Pourquoi, au juste, ne l'avait-il pas signée ? Il ne comprenait même plus très bien les motifs de sa décision.

Et une fois encore, je le vois tel qu'il m'est apparu au début de ce roman. Il est à la fenêtre et regarde dans la cour le mur de l'immeuble d'en face.

Il est né de cette image. Comme je l'ai déjà dit, les personnages ne naissent pas d'un corps maternel comme naissent les êtres vivants, mais d'une situation, d'une phrase, d'une métaphore qui contient en germe une possibilité humaine fondamentale dont l'auteur s'imagine qu'elle n'a pas encore été découverte ou qu'on n'en a encore rien dit d'essentiel.

Mais n'affirme-t-on pas qu'un auteur ne peut parler d'autre chose que de lui-même ?

Regarder, impuissant, dans la cour et ne pas arriver à prendre de décision ; entendre le gargouillement obstiné de son propre ventre dans un instant d'exaltation amoureuse ; trahir et ne pas savoir s'arrêter sur la route si belle des trahisons ; lever le poing dans le cortège de la Grande Marche ; exhiber son humour devant les micros dissimulés par la police : j'ai connu et j'ai moi-même vécu toutes ces situations ; d'aucune, pourtant, n'est issu le personnage que je suis moi-même dans mon curriculum vitae. Les personnages de mon roman sont mes propres possibilités qui ne se sont pas réalisées. C'est ce qui fait que je les aime tous et que tous m'effraient pareillement. Ils ont, les uns et les autres, franchi une frontière que je n'ai fait que contourner. C'est cette frontière franchie (la frontière au-delà de laquelle finit mon moi) qui m'attire. Et c'est de l'autre côté seulement que commence le mystère qu'interroge le roman. Le roman n'est pas une confession de l'auteur, mais une exploration de ce qu'est la vie humaine dans le piège qu'est devenu le monde. Mais il suffit. Revenons à Tomas.

Il est à la fenêtre et regarde dans la cour le mur sale de l'immeuble d'en face. Il éprouve une sorte de nostalgie pour ce grand type au menton en galoche et pour ses amis qu'il ne connaît pas et dont il ne fait pas partie. C'est comme s'il avait croisé une belle inconnue sur le quai d'une gare et, avant qu'il ait pu l'accoster, elle serait montée dans le wagon-lit d'un train en partance pour Lisbonne ou Istanbul.

Il se remit à réfléchir : qu'aurait-il fallu faire ? Même en écartant tout ce qui relevait du sentiment (l'admiration qu'il éprouvait pour le journaliste, l'irritation que lui causait son fils), il n'arrivait toujours pas à savoir si oui ou non il aurait dû signer le texte qu'on lui avait présenté.

Est-il juste d'élever la voix, quand on tente de réduire un homme au silence ? Oui.

Mais d'un autre côté : Pourquoi les journaux consacraient-ils tant de place à cette pétition ? La presse (entièrement manipulée par l'Etat) aurait très bien pu ne pas souffler mot de toute l'affaire et personne n'en eût jamais rien su. Si elle en parlait, c'était que ça arrangeait les maîtres du pays ! Pour eux, c'était un don du ciel, et ils s'en servaient pour justifier et déclencher une nouvelle vague de persécutions.

Alors, qu'aurait-il fallu faire ? Signer ou ne pas signer ?

On peut aussi formuler la question en ces termes : Vaut-il mieux crier et hâter ainsi sa propre fin ? Ou se taire et s'acheter une plus lente agonie ?

Existe-t-il seulement une réponse à ces questions ?

Et de nouveau, il lui vint une idée que nous connaissons déjà : La vie humaine n'a lieu qu'une seule fois et nous ne pourrons jamais vérifier quelle était la bonne et quelle était la mauvaise décision, parce que, dans toute situation, nous ne pouvons décider qu'une seule fois. Il ne nous est pas donné une deuxième, une troisième, une quatrième vie pour que nous puissions comparer différentes décisions.

Il en va de l'histoire comme de la vie de l'individu. Les Tchèques n'ont qu'une histoire. Elle s'achèvera un jour comme la vie de Tomas, sans qu'il soit possible de la répéter une seconde fois.

En 1618, la noblesse de Bohême s'enhardit, décida de défendre ses libertés religieuses et, furieuse contre l'empereur assis sur son trône viennois, précipita par une fenêtre du Hradchine deux de ses éminents représentants. C'est ainsi qu'a débuté la guerre de Trente Ans qui a entraîné la destruction presque totale du peuple tchèque. Les Tchèques avaient-ils alors besoin de plus de prudence que de courage ? La réponse semble facile, mais elle ne l'est pas.

Trois cent vingt ans plus tard, en 1938, après la Conférence de Munich, le monde entier décida de sacrifier leur pays à Hitler. Devaient-ils tenter alors de se battre seuls contre un ennemi huit fois supérieur en nombre ? Contrairement à ce qu'ils avaient fait en 1618, ils montrèrent alors plus de prudence que de courage. Leur capitulation marqua le début de la Seconde Guerre mondiale qui s'est soldée par la perte définitive de leur liberté en tant que nation, pour plusieurs décennies ou pour plusieurs siècles. Avaient-ils alors besoin de plus de courage que de prudence ? Que fallait-il faire ?

L'insoutenable légèreté de l'être. 11.

Si l'histoire tchèque pouvait se répéter, il serait certainement intéressant d'essayer chaque fois l'autre éventualité et de comparer ensuite les deux résultats. A défaut de cette expérience, tous les raisonnements ne sont qu'un jeu d'hypothèses.

Einmal ist keinmal. Une fois ne compte pas. Une fois c'est jamais. L'histoire de la Bohême ne va pas se répéter une seconde fois, l'histoire de l'Europe non plus. L'histoire de la Bohême et l'histoire de l'Europe sont deux esquisses qu'a tracées la fatale inexpérience de l'humanité. L'histoire est tout aussi légère que la vie de l'individu, insoutenablement légère, légère comme un duvet, comme une poussière qui s'envole, comme une chose qui va disparaître demain.

Tomas pensa encore une fois avec une sorte de nostalgie, presque avec amour, au journaliste à la haute silhouette voûtée. Cet homme-là agissait comme si l'histoire n'était pas une esquisse, mais un tableau achevé. Il agissait comme si tout ce qu'il faisait devait se répéter un nombre incalculable de fois dans l'éternel retour, et il était certain de ne jamais douter de ses actes. Il était convaincu d'avoir raison et ne voyait pas là le signe d'un esprit borné, mais une marque de vertu. Il vivait dans une autre histoire que Tomas : dans une histoire qui n'était pas (ou n'avait pas conscience d'être) une esquisse.

16

Un peu plus tard, il se fit encore cette réflexion que je mentionne pour éclairer le chapitre précédent : Supposons qu'il y ait dans l'univers une planète où l'on viendrait au monde une deuxième fois. En même temps, on se souviendrait parfaitement de la vie passée sur la Terre, de toute l'expérience acquise ici-bas.

Et il existe peut-être une autre planète où chacun verrait le jour une troisième fois avec l'expérience de deux vies déjà vécues.

Et peut-être y a-t-il encore d'autres et d'autres planètes où l'espèce humaine va renaître en s'élevant chaque fois d'un degré (d'une vie) sur l'échelle de la maturité.

C'est l'idée que Tomas se fait de l'éternel retour.

Nous autres, sur la Terre (sur la planète numéro un, sur la planète de l'inexpérience), nous ne pouvons évidemment nous faire qu'une idée très vague de ce qu'il adviendrait de l'homme sur les autres planètes. Serait-il plus sage ? La maturité est-elle seulement à sa portée ? Peut-il y accéder par la répétition ?

Ce n'est que dans la perspective de cette utopie que les notions de pessimisme et d'optimisme ont un sens : l'optimiste, c'est celui qui se figure que l'histoire humaine sera moins sanglante sur la planète numéro cinq. Le pessimiste, c'est celui qui ne le croit pas.

17

Un célèbre roman de Jules Verne, que Tomas aimait beaucoup quand il était enfant, s'intitule *Deux ans de vacances*, et il est bien vrai que deux ans c'est la durée maximale pour des vacances. Ça faisait bientôt trois ans que Tomas était laveur de vitres.

Pendant ces semaines-là il comprit (avec tristesse, et aussi avec un rire secret) qu'il commençait à se fatiguer physiquement (il livrait chaque jour un et parfois deux combats amoureux) et que, sans avoir rien perdu de son désir, il ne possédait les femmes qu'au prix d'une ultime tension de ses forces. (J'ajoute : nullement de ses forces sexuelles, mais de ses forces physiques ; il n'avait pas de difficultés avec son sexe, mais avec le souffle, et c'était justement ce qui lui paraissait un peu comique.)

Un jour, il tentait de prendre rendez-vous pour l'après-midi, mais, comme il arrive parfois, aucune de ses amies ne répondait au téléphone, et l'après-midi risquait de rester désert. Il en était désespéré. Il téléphona une dizaine de fois chez une jeune femme, très charmante étudiante en art dramatique dont le corps doré au soleil sur des plages de nudistes quelque part en Yougoslavie s'enorgueillissait d'un hâle parfaitement uniforme, comme s'il avait tourné lentement sur une broche au mécanisme étonnamment précis.

Il l'appela en vain de tous les magasins où il

travaillait. Vers quatre heures, une fois sa tournée terminée, comme il rentrait au bureau pour y remettre ses bordereaux signés, il fut hélé par une inconnue dans une rue du centre de Prague. Elle lui souriait : « Docteur, où est-ce que vous vous cachez ? Je vous ai complètement perdu de vue ! »

Tomas faisait un effort pour se rappeler d'où il la connaissait. Etait-ce une de ses anciennes malades ? Elle se comportait comme s'ils avaient été des amis intimes. Il tentait de répondre de façon à ne pas montrer qu'il ne la reconnaissait pas. Il se demandait déjà comment la convaincre de l'accompagner dans le studio de son ami, dont il avait la clé dans sa poche, quand une remarque inopinée lui révéla qui était cette femme : c'était l'étudiante en art dramatique au corps magnifiquement bronzé qu'il avait appelée sans relâche toute la journée.

Cette mésaventure l'amusa et l'effraya à la fois : il était fatigué, pas seulement physiquement, mais aussi mentalement ; les deux ans de vacances, on ne peut les prolonger indéfiniment.

18

Les vacances sans la table d'opération étaient aussi des vacances sans Tereza : ils étaient des jours entiers sans se voir, et le dimanche, enfin ensemble, pleins de désir mais éloignés l'un de l'autre comme le soir où Tomas était rentré de Zurich, ils avaient un long chemin à parcourir pour pouvoir se toucher, s'embrasser. L'amour physique leur apportait du plaisir mais aucune consolation. Elle ne criait plus comme autrefois, et, au moment de l'orgasme, sa grimace semblait exprimer la douleur et une étrange absence. Tendrement unis, ils ne l'étaient que la nuit, dans le sommeil. Ils se tenaient toujours par la main, et elle oubliait l'abîme (l'abîme de la lumière du jour) qui les séparait. Mais ces nuits ne donnaient à Tomas ni le temps ni le moyen de la protéger et d'en prendre soin. Le matin, quand il la voyait, son cœur se serrait et il tremblait pour elle : elle avait l'air triste et malade.

Un dimanche, elle proposa d'aller quelque part à la campagne en voiture. Ils allèrent dans une ville d'eaux où ils constatèrent que toutes les rues avaient été rebaptisées de noms russes et où ils rencontrèrent un ancien malade de Tomas. Cette rencontre le bouleversa. Tout à coup, on lui parlait de nouveau comme à un médecin et il crut un instant retrouver sa vie d'avant, avec sa réconfortante régularité, avec les heures de consultation, avec le regard confiant des malades auquel il ne semblait guère prêter attention mais qui, en réalité, lui apportait une satisfaction et dont il avait besoin.

Ils rentraient, et Tomas, tout en conduisant, se répétait que leur retour de Zurich à Prague avait été une erreur catastrophique. Il gardait les yeux convulsivement fixés sur la route pour ne pas voir Tereza. Il lui en voulait. Sa présence à ses côtés lui apparaissait dans son insoutenable contingence. Pourquoi était-elle à côté de lui ? Qui l'avait déposée dans une corbeille et l'avait lâchée au fil de l'eau ? Et pourquoi avait-il fallu qu'elle accostât sur la berge du lit de Tomas ? Et pourquoi elle et pas une autre ?

Ils roulaient ; de tout le trajet, ni l'un ni l'autre ne desserra les dents.

Une fois à la maison ils dînèrent en silence.

Le silence se dressait entre eux comme le malheur. Il s'alourdissait de minute en minute. Pour s'en débarrasser, ils allèrent vite se coucher. Pendant la nuit il la réveilla pour la tirer de ses sanglots.

Elle lui raconta : « J'étais enterrée. Depuis longtemps. Tu venais me voir une fois par semaine. Tu frappais sur le caveau et je sortais. J'avais les yeux pleins de terre.

« Tu disais : " Tu ne peux rien voir ", et tu m'enlevais la terre des yeux.

« Et je te répondais : " De toute façon, je ne vois rien. J'ai des trous à la place des yeux. "

« Après, tu es resté parti longtemps et je savais que tu étais avec une autre. Les semaines passaient et tu ne revenais toujours pas. Je ne dormais plus du tout parce que j'avais peur de rater ton retour. Un jour, tu as fini par revenir et tu as frappé sur le caveau, mais j'étais tellement épuisée d'être restée tout un mois sans dormir que j'avais à peine la force de remonter. Quand j'y suis enfin parvenue, tu as eu l'air déçu. Tu m'as dit que j'avais mauvaise mine. Je sentais que je te déplaisais, que j'avais les joues creuses, que je faisais des gestes brusques et incohérents.

« Pour m'excuser, je t'ai dit : " Pardonne-moi, je n'ai pas dormi de tout ce temps-là. "

« Et tu as dit d'une voix rassurante, mais qui sonnait faux : " Tu vois, il faut te reposer. Tu devrais prendre un mois de vacances. "

« Et je savais bien ce que tu voulais dire en parlant de vacances ! Je savais que tu voulais rester un mois entier sans me voir parce que tu serais avec une autre. Tu es parti et je suis redescendue au fond de la tombe, et je savais que j'allais être encore tout un mois sans dormir, pour ne pas te rater, et qu'une fois que tu serais de retour, au bout d'un mois, je serais encore plus moche et que tu serais encore plus déçu. »

Il n'avait jamais rien entendu de plus déchirant que ce récit. Il serrait Tereza dans ses bras, sentait son corps trembler et croyait ne plus avoir la force de porter l'amour qu'il avait pour elle.

La planète pouvait vaciller sous les déflagrations des bombes, la patrie pouvait être chaque jour pillée par un nouvel intrus, tous les habitants du quartier pouvaient être conduits au peloton d'exécution, il aurait supporté tout cela plus facilement qu'il n'eût osé se l'avouer. Mais la tristesse d'un seul rêve de Tereza lui était intolérable.

Il retournait à l'intérieur du rêve qu'elle venait de lui raconter. Il se voyait en face d'elle : il lui caressait la joue et, discrètement, pour qu'elle s'en aperçût à peine, il lui enlevait la terre des orbites. Puis il l'entendit prononcer cette phrase, la plus déchirante de toutes : « De toute façon, je ne vois rien. J'ai des trous à la place des yeux. »

Son cœur se serrait ; il se crut au bord de l'infarctus.

Tereza s'était rendormie ; mais lui ne pouvait pas dormir. Il l'imaginait morte. Elle était morte et elle faisait d'horribles rêves ; mais parce qu'elle était morte, il ne pouvait pas la réveiller. Oui, c'était ça la mort : Tereza dormait, elle faisait des rêves atroces et il ne pouvait pas la réveiller.

19

Depuis cinq ans que l'armée russe avait envahi le pays de Tomas, Prague avait beaucoup changé : les gens que Tomas croisait dans la rue n'étaient plus les mêmes qu'avant. La moitié de ses amis avaient émigré et la moitié de ceux qui étaient restés étaient morts. C'est un fait qui ne sera consigné par aucun historien : les années qui ont suivi l'invasion russe ont été une période d'enterrements ; jamais les décès n'ont atteint une telle fréquence. Et je ne parle pas seulement des cas (somme toute assez rares) où des gens ont été traqués à mort comme l'a été Jan Prochazka. Quinze jours après que la radio eut commencé à diffuser quotidiennement l'enregistrement de ses conversations privées, il fut hospitalisé. Le cancer qui sommeillait sans doute discrètement dans son corps depuis quelque temps avait fleuri comme une rose. L'opération eut lieu en présence de la police et quand celle-ci eut constaté que le romancier était condamné, elle cessa de s'intéresser à lui et le laissa mourir dans les bras de sa femme. Mais la mort frappait aussi ceux qui n'étaient pas directement persécutés. S'infiltrant à travers l'âme, le désespoir qui s'était saisi du pays s'emparait des corps et les terrassait. Certains fuyaient désespérément devant les faveurs du régime qui voulait les combler d'honneurs et les contraindre à paraître en public à côté des nouveaux dirigeants.

C'est comme ça que le poète Frantisek Hrubine est mort, en fuyant l'amour du Parti. Le ministre de la Culture, auquel il avait de toutes ses forces tenté d'échapper, le rattrapa dans son cercueil. Il prononça sur la tombe un discours sur l'amour du poète pour l'Union soviétique. Peut-être avait-il proféré cette énormité pour réveiller le poète. Mais le monde était si laid que personne ne voulait ressusciter d'entre les morts.

Tomas alla au crématorium pour assister aux obsèques d'un biologiste célèbre chassé de l'université et de l'Académie des Sciences. Pour éviter que la cérémonie ne tournât à la manifestation, il avait été interdit d'indiquer l'heure sur les faire-part, et les proches n'avaient appris qu'à la dernière minute que le défunt serait incinéré à six heures et demie du matin.

En pénétrant dans la salle du crématorium, Tomas eut peine à comprendre ce qui arrivait : la salle était éclairée comme un studio de cinéma. Il regarda autour de lui avec surprise et aperçut des caméras installées dans trois angles de la salle. Non, ce n'était pas la télévision, c'était la police qui filmait l'enterrement pour pouvoir identifier ceux qui y assistaient. Un ancien collègue du savant décédé, qui était encore membre de l'Académie des Sciences, eut le courage de prononcer quelques mots devant le cercueil. Il n'avait pas pensé devenir ainsi vedette de cinéma.

Après la cérémonie, quand tout le monde eut serré la main de la famille du défunt, Tomas aperçut dans un coin de la salle un petit groupe où il reconnut le journaliste à la haute silhouette voûtée. Il éprouva de nouveau une sorte de nostalgie pour ces gens qui n'ont peur de rien et, certainement, sont liés entre eux par une grande amitié. Il s'approcha de lui, sourit, voulut lui dire bonjour, mais l'homme au grand corps voûté lui dit : « Attention, docteur, il vaut mieux ne pas vous approcher. »

C'était une phrase étrange. Il pouvait y voir un avertissement sincère et amical (« Prenez garde, on est filmés, si vous nous adressez la parole, vous serez bon pour un nouvel interrogatoire ») mais une intention ironique n'était pas exclue (« Vous n'avez pas eu le courage de signer une pétition, soyez logique et n'ayez pas de contacts avec nous ! »). Quelle que fût la bonne interprétation, Tomas obéit et s'éclipsa. Il avait l'impression que la belle inconnue croisée sur le quai d'une gare montait dans le wagon-lit d'un rapide et, à l'instant où il allait lui dire qu'il l'admirait, elle se mettait un doigt sur les lèvres pour lui interdire de parler.

20

L'après-midi il fit une autre rencontre intéressante. Il lavait la vitrine d'un magasin de chaussures quand un homme encore jeune s'arrêta à deux pas de lui. L'homme se penchait contre la devanture pour examiner les étiquettes.

« Tout augmente », dit Tomas, sans cesser de passer son éponge sur le verre ruisselant.

L'homme tourna la tête. C'était un collègue de l'hôpital, celui que j'ai appelé S., et qui s'indignait, souriant, à l'idée que Tomas avait rédigé son autocritique. Tomas se réjouissait de cette rencontre (ce n'était que le plaisir naïf que nous apporte l'inattendu), mais il saisit dans le regard de son collègue (dans la première seconde où S. n'avait pas encore eu le temps de contrôler sa réaction) une expression de désagréable surprise.

« Comment ça va ? » demanda S.

Avant même d'avoir formulé sa réponse, Tomas comprit que S. avait honte de sa question. Il était évidemment inepte, de la part d'un médecin qui exerçait toujours son métier, de demander « comment ça va ? » à un médecin qui lavait des vitrines.

« On ne peut mieux », répondit Tomas le plus gaiement du monde pour le soulager de sa gêne, mais il sentit aussitôt que cet « on ne peut mieux » pouvait être interprété malgré lui (et précisément à cause du ton enjoué auquel il s'était contraint) comme une amère ironie.

C'est pourquoi il s'empressa d'ajouter : « Quoi de neuf à l'hôpital ?

— Rien, tout est normal », répondit S.

Même cette réponse, qui se voulait pourtant tout à fait neutre, était on ne peut plus déplacée et chacun le savait et savait que l'autre le savait : comment tout pouvait-il être normal quand l'un des deux médecins lavait des carreaux ?

« Et le chef de service ? s'enquit Tomas.

— Tu ne le vois pas ? demanda S.

— Non », dit Tomas.

C'était exact. Depuis son départ de l'hôpital, il n'avait jamais revu le chef de service bien qu'ils aient été autrefois d'excellents collaborateurs et qu'ils aient eu presque tendance à se considérer comme des amis. Quoi qu'il fît, le « non » qu'il venait de prononcer avait quelque chose de triste et Tomas devinait que S. s'en voulait de lui avoir posé cette question parce que lui-même, S., tout comme le chef de service, n'était jamais venu prendre des nouvelles de Tomas et lui demander s'il n'avait besoin de rien.

La conversation entre les deux anciens collègues devenait impossible, même si tous deux, Tomas surtout, le regrettaient. Il ne tenait pas rigueur à ses collègues de l'avoir oublié. Il l'eût volontiers expliqué, et tout de suite, au jeune médecin. Il avait envie de lui dire : « Ne prends pas cet air gêné. C'est normal, tout à fait dans l'ordre des choses, que vous ne cherchiez pas à me fréquenter ! N'en aie aucun complexe ! Ça me fait plaisir de t'avoir rencontré ! », mais même ça, il avait peur de le dire, parce que jusqu'ici aucune de ses paroles n'avait eu le sens qu'il y avait mis et son ancien collègue aurait pu soupçonner un sarcasme derrière cette phrase pourtant sincère.

« Excuse-moi, dit enfin S., je suis pressé », et il lui tendit la main. « Je te téléphonerai. »

Autrefois, quand ses collègues le méprisaient à cause de sa lâcheté supposée, ils lui souriaient tous. Maintenant qu'ils ne pouvaient plus le mépriser, qu'ils étaient même forcés de le respecter, ils l'évitaient.

D'ailleurs, ses anciens malades ne l'invitaient plus à sabler le champagne. La situation des intellectuels déclassés n'avait plus rien d'exceptionnel ; c'était un état permanent et désagréable à voir.

21

Il rentra chez lui, se coucha et s'endormit plus vite que de coutume. Au bout d'une heure environ, il fut réveillé par une douleur à l'estomac. C'était son ancien mal qui se manifestait toujours dans les moments de dépression. Il ouvrit l'armoire à pharmacie et jura. Il n'y avait pas de médicaments. Il avait oublié de s'en procurer. Il tenta de juguler la crise à force de volonté et y parvint plus ou moins, mais il ne put se rendormir. Quand Tereza rentra, vers une heure et demie du matin, il eut envie de bavarder avec elle. Il raconta l'enterrement, l'épisode du journaliste qui avait refusé de lui parler, sa rencontre avec son collègue S.

« Prague est devenue laide, dit Tereza.

— C'est vrai », dit Tomas.

Au bout d'un petit moment, Tereza dit à mi-voix : « Le mieux, ce serait de partir d'ici.

— Oui, dit Tomas. Mais on ne peut aller nulle part. »

Il était assis sur le lit, en pyjama ; elle vint s'asseoir à côté de lui et lui passa un bras autour de la taille.

« A la campagne, dit Tereza.

— A la campagne ? dit-il, surpris.

— Là-bas, on serait seuls. Tu ne rencontrerais ni le journaliste ni tes anciens collègues. Là-bas, il y a d'autres gens, et il y a la nature qui est restée comme avant. »

À ce moment, Tomas sentit encore une douleur confuse à l'estomac ; il se trouvait vieux, il avait l'impression de ne rien désirer d'autre qu'un peu de tranquillité et de paix.

« Tu as peut-être raison », dit-il avec peine, car il respirait difficilement quand il avait mal.

Tereza reprit : « On aurait une bicoque avec un bout de jardin, et Karénine pourrait s'en donner à cœur joie.

— Oui », dit Tomas.

Puis il tenta d'imaginer ce qui se passerait, s'ils allaient vraiment vivre à la campagne. Dans un village, ce serait difficile d'avoir une nouvelle femme tous les huit jours. Ce serait la fin de ses aventures érotiques.

« Seulement, tu t'embêterais seul avec moi à la campagne », dit Tereza, devinant ses pensées.

La douleur augmentait. Il ne pouvait pas parler. Il songea que sa poursuite des femmes était aussi un « es muss sein ! », un impératif qui le réduisait en esclavage. Il avait envie de vacances. Mais de vacances totales, de prendre congé de *tous* les impératifs, de tous les « es muss sein ! ». S'il avait pu prendre à jamais congé de la table d'opération de l'hôpital, pourquoi ne pourrait-il prendre congé de la table d'opération du monde où son scalpel imaginaire ouvrait l'écrin du moi féminin pour y trouver l'illu-soire millionième de dissemblance ?

« Tu as mal à l'estomac ? » s'aperçut enfin Tereza.

Il acquiesça.

« Tu t'es fait une piqûre ? »

Il fit non de la tête : « J'ai oublié d'acheter des médicaments. »

Elle lui reprocha sa négligence et caressa son front en sueur.

« Ça va mieux, dit-il.

— Etends-toi », dit-elle en rabattant sur lui la couverture. Elle alla à la salle de bains et revint au bout d'un instant s'étendre à côté de lui.

Il tourna la tête vers elle sur l'oreiller et fut ébahi : la tristesse qui émanait des yeux de Tereza était insupportable.

Il dit : « Tereza, écoute ! Qu'est-ce que tu as ? Tu es bizarre depuis quelque temps. Je le sens. Je le sais. »

Elle hochait la tête : « Non, je n'ai rien.

— Ne nie pas !

— C'est toujours la même chose », dit-elle.

« Toujours la même chose », ça signifiait qu'elle était jalouse et lui toujours infidèle.

Mais Tomas insistait : « Non, Tereza. Cette fois-ci, c'est autre chose. Je ne t'ai jamais vue dans un état pareil. »

Tereza répliqua : « Eh bien ! Puisque tu veux que je te le dise : Va te laver la tête ! »

Il ne comprenait pas.

Elle dit avec tristesse, sans agressivité, presque tendrement : « Tes cheveux sentent très fort depuis plusieurs mois. Ils puent le sexe. Je ne voulais pas te le dire. Mais voilà je ne sais combien de nuits que tu me fais respirer le sexe d'une de tes maîtresses. »

A ces mots, les crampes d'estomac reprirent. C'était désespérant. Il se lavait tellement ! Il se frottait scrupuleusement tout le corps, les mains, la figure pour n'y laisser aucune trace d'odeur inconnue. Dans les salles de bains des autres, il évitait les savonnettes parfumées. Il était toujours muni de son propre savon de Marseille. Mais il avait oublié les cheveux. Non, les cheveux, il n'y avait pas pensé !

Et il se souvint de la femme qui se mettait à califourchon sur son visage et exigeait qu'il lui fît l'amour avec toute sa figure et avec le sommet de son crâne. Comme il la détestait maintenant ! Ces idées idiotes ! Il voyait qu'il n'y avait pas moyen de nier et qu'il ne pouvait que rire bêtement et aller à la salle de bains se laver la tête.

Elle se remit à lui caresser le front. « Reste au lit. Ce n'est plus la peine. J'y suis habituée maintenant. »

Il avait mal à l'estomac et il ne désirait que le calme et la paix.

Il dit : « Je vais écrire à cet ancien malade qu'on a rencontré dans la ville d'eaux. Tu connais la région où se trouve son village ?

— Non », fit Tereza.

Tomas avait beaucoup de mal à parler. Il réussit seulement à articuler : « Des bois... des collines...

— Oui, c'est ça. Allons-nous-en d'ici. Mais ne parle plus maintenant », et elle lui caressait toujours le front. Ils étaient allongés côte à côte et ne disaient plus rien. La douleur refluait lentement. Bientôt, ils s'endormirent tous les deux.

22

Il se réveilla au milieu de la nuit et constata avec surprise qu'il avait fait des rêves érotiques. Il ne se souvenait avec précision que du dernier : une géante nageait nue dans une piscine, elle était bien cinq fois plus grande que lui et son ventre était entièrement recouvert d'un crin épais, de l'entrejambe au nombril. Il l'observait depuis le bord et il était énormément excité.

Comment pouvait-il être excité pendant que son corps était affaibli par des crampes d'estomac ? Et comment pouvait-il être excité à la vue d'une femme qui, s'il avait été réveillé, ne lui aurait inspiré que du dégoût ?

Il se dit : Il y a deux roues dentées qui tournent en sens inverse dans le mécanisme d'horlogerie du cerveau. Sur l'une, il y a les visions, sur l'autre, les réactions du corps. La dent sur laquelle est gravée la vision d'une femme nue s'imbrique dans la dent opposée, sur laquelle est inscrit l'impératif de l'érection. Qu'une roue saute d'un cran, pour une raison ou pour une autre, et que la dent de l'excitation entre en contact avec la dent sur laquelle est peinte l'image d'une hirondelle en plein vol, notre sexe se dressera à la vue de l'hirondelle.

D'ailleurs, il avait eu connaissance d'une étude dans laquelle un de ses collègues, spécialiste du sommeil, affirmait qu'un homme qui rêve est toujours en érection, *quel que soit* son rêve. L'association de l'érection et d'une femme nue n'était donc qu'un mode de réglage choisi entre mille possibilités par le Créateur pour ajuster le mécanisme d'horlogerie dans la tête de l'homme.

Et qu'y a-t-il de commun entre tout cela et l'amour ? Rien. Si une roue saute d'un cran dans la tête de Tomas, et s'il n'est plus excité qu'à la vue d'une hirondelle, cela ne changera rien à son amour pour Tereza.

Si l'excitation est un mécanisme dont se divertit le Créateur, l'amour est au contraire ce qui n'appartient qu'à nous et par quoi nous échappons au Créateur. L'amour, c'est notre liberté. L'amour est au-delà de l' « es muss sein ! ».

Mais ça non plus, ce n'est pas toute la vérité. Même si l'amour est autre chose que le mécanisme d'horlogerie de la sexualité, que le Créateur a imaginé pour son divertissement, il y est quand même lié comme une tendre femme nue au balancier d'une énorme horloge.

Tomas se dit : Lier l'amour à la sexualité, c'est l'une des idées les plus bizarres du Créateur.

Et il se dit encore ceci : Le seul moyen de sauver l'amour de la bêtise de la sexualité ce serait de régler autrement l'horloge dans notre tête et d'être excité à la vue d'une hirondelle.

Il s'assoupit avec cette douce pensée. Et, au seuil du sommeil, dans l'espace enchanté des visions confuses, il fut tout à coup certain qu'il venait de découvrir la solution de toutes les énigmes, la clé du mystère, une nouvelle utopie, le Paradis : un monde où l'on est en érection à la vue d'une hirondelle et où il peut aimer Tereza sans être importuné par la bêtise agressive de la sexualité.

Il se rendormit.

23

Il était au milieu de femmes à demi nues qui tournoyaient autour de lui, et il se sentait las. Pour leur échapper, il ouvrit une porte qui donnait dans une pièce voisine. Il aperçut en face de lui une jeune femme allongée sur un divan. Elle était à demi nue elle aussi, vêtue seulement d'un slip ; elle était couchée sur le côté et s'appuyait sur le coude. Elle le regardait en souriant, comme si elle savait qu'il allait venir.

Il s'approcha. Un immense bonheur se répandait en lui parce qu'il l'avait enfin trouvée et qu'il pouvait être avec elle. Il s'assit à côté d'elle, il lui dit quelques mots, et elle lui dit quelques mots à son tour. Elle irradiait le calme. Les mouvements de sa main étaient lents et souples. Toute sa vie, il avait eu le désir de ces gestes paisibles. C'était ce calme féminin qui lui avait manqué toute sa vie.

Mais en ce moment il glissa du sommeil à la demi-conscience. Il était dans ce *no man's land* où l'on ne dort plus et où l'on n'est pas encore à l'état de veille. Il était désespéré de voir disparaître cette femme et il se disait : Grand Dieu ! Il ne faut pas que je la perde ! Il tentait de toutes ses forces de se rappeler où il l'avait rencontrée, ce qu'il avait vécu avec elle. Comment pouvait-il ne pas s'en souvenir puisqu'il la connaissait si bien ? Il se promit de lui téléphoner à la première heure. Mais aussitôt, il frémit à l'idée qu'il ne pourrait

pas lui téléphoner parce qu'il ne se souvenait pas de
son nom. Comment avait-il pu oublier le nom de
quelqu'un qu'il connaissait si bien ? Ensuite, presque
complètement réveillé, les yeux ouverts, il se dit : où
suis-je ? oui, je suis à Prague, mais cette femme est-elle
de Prague ? est-ce que je ne l'ai pas rencontrée
ailleurs ? je l'ai peut-être connue en Suisse ? Il lui fallut
un moment pour comprendre qu'il ne connaissait pas
cette femme, qu'elle n'était ni de Zurich ni de Prague,
que cette femme était du rêve et de nulle part ailleurs.

Il en était tellement troublé qu'il s'assit sur le bord
du lit. Tereza respirait profondément à côté de lui. Il
se disait que la jeune femme de son rêve ne ressemblait
à aucune des femmes qu'il avait connues dans sa vie.
Cette jeune femme qui lui avait paru si familière lui
était en fait totalement inconnue. Mais c'était elle qu'il
avait toujours désirée. S'il trouvait un jour son paradis
personnel, à supposer que ce paradis existât, il devrait
y vivre à côté de cette femme. La jeune femme de son
rêve, c'était l'« es muss sein ! » de son amour.

Il se souvint du mythe célèbre du *Banquet* de
Platon : autrefois, les humains étaient hermaphrodites
et Dieu les a séparés en deux moitiés qui errent depuis
lors à travers le monde et se cherchent. L'amour, c'est
le désir de cette moitié perdue de nous-mêmes.

Admettons qu'il en soit ainsi ; que chacun de nous
ait quelque part au monde un partenaire avec lequel il
ne formait autrefois qu'un seul corps. Cette autre
moitié de Tomas, c'est la jeune femme dont il a rêvé.
Mais nul ne retrouvera l'autre moitié de soi-même. A
sa place, on lui envoie une Tereza au fil de l'eau dans

une corbeille. Mais qu'arrive-t-il, plus tard, s'il rencontre vraiment la femme qui lui était destinée, l'autre moitié de lui-même ? A qui donner la préférence ? A la femme trouvée dans une corbeille ou à la femme du mythe de Platon ?

Il s'imagine qu'il vit dans un monde idéal avec la femme de son rêve. Et voici que Tereza passe sous les fenêtres ouvertes de leur villa. Elle est seule, elle s'arrête sur le trottoir et pose sur lui, de loin, un regard infiniment triste. Et lui, il ne peut soutenir ce regard. Une fois de plus, il sent la douleur de Tereza dans son propre cœur ! Une fois de plus, il est la proie de la compassion et s'engouffre dans l'âme de Tereza. Il bondit par la fenêtre. Mais elle lui dit amèrement qu'il n'a qu'à rester où il se sent heureux, et elle a ces gestes brusques et incohérents qui l'ont toujours irrité et qu'il a toujours trouvés déplaisants. Il se saisit de ses mains nerveuses, il les presse dans les siennes pour les apaiser. Et il sait qu'il est prêt à quitter à tout moment la maison de son bonheur, qu'il est prêt à quitter à tout moment son paradis où il vit avec la jeune femme de son rêve, qu'il va trahir l' « es muss sein ! » de son amour pour partir avec Tereza, cette femme née de six hasards grotesques.

Assis sur le lit, il regardait la femme couchée à côté de lui, qui lui pressait la main dans son sommeil. Il éprouvait pour elle un inexprimable amour. A cette minute, elle dormait sans doute d'un sommeil très fragile car elle ouvrit les yeux et les posa sur lui, hagards.

« Qu'est-ce que tu regardes ? » demanda-t-elle.

Il savait qu'il ne fallait pas la réveiller, mais la reconduire vers le sommeil ; il tenta de lui répondre avec des mots qui feraient naître dans sa pensée l'étincelle d'un nouveau rêve.

« Je regarde les étoiles, dit-il.

— Ne mens pas, tu ne regardes pas les étoiles, tu regardes par terre.

— Parce qu'on est en avion, les étoiles sont au-dessous de nous.

— Ah bon », fit Tereza. Elle pressa encore plus fort la main de Tomas et se rendormit. Tomas savait que Tereza regardait maintenant par le hublot d'un avion qui volait très haut au-dessus des étoiles.

SIXIÈME PARTIE

LA GRANDE MARCHE

1

Ce n'est qu'en 1980, par un article publié dans le *Sunday Times*, qu'on a appris comment est mort le fils de Staline, Iakov. Prisonnier de guerre en Allemagne pendant la Seconde Guerre mondiale, il était interné dans le même camp que des officiers anglais. Ils avaient des latrines communes. Le fils de Staline les laissait toujours sales. Les Anglais n'aimaient pas voir leurs latrines souillées de merde, fût-ce de la merde du fils de l'homme alors le plus puissant de l'univers. Ils le lui reprochèrent. Il en prit ombrage. Ils répétèrent leurs remontrances, l'obligeant à nettoyer les latrines. Il se fâcha, se disputa avec eux, se battit. Finalement, il demanda audience au commandant du camp. Il voulait qu'il arbitre leur différend. Mais l'Allemand était trop imbu de son importance pour discuter de merde. Le fils de Staline ne put supporter l'humiliation. Proférant vers le ciel d'atroces jurons russes, il s'élança vers les barbelés sous courant à haute tension qui entouraient le camp. Il se laissa choir sur les fils. Son corps qui ne souillerait plus jamais les latrines britanniques y resta suspendu.

2

Le fils de Staline n'a pas eu la vie facile. Son père l'engendra avec une femme dont tout indique qu'il finit par la fusiller. Le jeune Staline était donc à la fois fils de Dieu (car son père était vénéré comme Dieu) et damné par lui. Les gens en avaient doublement peur : il pouvait leur nuire par son pouvoir (il était tout de même le fils de Staline) et par son amitié (le père pouvait châtier l'ami à la place du fils réprouvé).

La damnation et le privilège, le bonheur et le malheur, personne n'a senti plus concrètement à quel point ces oppositions sont interchangeables et combien la marge est étroite entre les deux pôles de l'existence humaine.

Tout au début de la guerre il fut capturé par les Allemands, et d'autres prisonniers, membres d'une nation qui lui était depuis toujours viscéralement antipathique par son incompréhensible retenue, l'accusaient d'être sale. Lui qui portait sur ses épaules le drame le plus sublime qui se puisse concevoir (il était à la fois fils de Dieu et ange déchu), fallait-il qu'il fût maintenant jugé non pas pour des choses nobles (concernant Dieu et les anges) mais pour de la merde ? Le plus noble drame et le plus trivial incident sont-ils si vertigineusement proches ?

Vertigineusement proches ? La proximité peut-elle donc donner le vertige ?

Certainement. Quand le pôle Nord se rapprochera du pôle Sud presque au point de le toucher, la planète disparaîtra et l'homme se retrouvera dans un vide qui l'étourdira et le fera céder à la séduction de la chute.

Si la damnation et le privilège sont une seule et même chose, s'il n'y a pas de différence entre le noble et le vil, si le fils de Dieu peut être jugé pour de la merde, l'existence humaine perd ses dimensions et devient d'une insoutenable légèreté. Alors, le fils de Staline s'élance vers les barbelés électrifiés pour y jeter son corps comme sur le plateau d'une balance qui monte pitoyablement, soulevé par l'infinie légèreté d'un monde devenu sans dimensions.

Le fils de Staline a donné sa vie pour de la merde. Mais mourir pour de la merde n'est pas une mort dénuée de sens. Les Allemands qui ont sacrifié leur vie pour étendre le territoire de leur empire plus à l'est, les Russes qui sont morts pour que la puissance de leur pays porte plus loin vers l'ouest, oui, ceux-là sont morts pour une sottise et leur mort est dénuée de sens et de toute portée générale. En revanche, la mort du fils de Staline a été la seule mort métaphysique au milieu de l'universelle idiotie de la guerre.

3

Quand j'étais gosse et que je feuilletais l'Ancien Testament raconté aux enfants et illustré de gravures de Gustave Doré, j'y voyais le Bon Dieu sur un nuage. C'était un vieux monsieur, il avait des yeux, un nez, une longue barbe et je me disais qu'ayant une bouche il devait aussi manger. Et s'il mangeait, il fallait aussi qu'il eût des intestins. Mais cette idée m'effrayait aussitôt, car j'avais beau être d'une famille plutôt athée, je sentais que l'idée des intestins de Dieu était blasphématoire.

Sans la moindre préparation théologique, spontanément, l'enfant que j'étais alors comprenait donc déjà qu'il y a incompatibilité entre la merde et Dieu et, par conséquent, la fragilité de la thèse fondamentale de l'anthropologie chrétienne selon laquelle l'homme a été créé à l'image de Dieu. De deux choses l'une : ou bien l'homme a été créé à l'image de Dieu et alors Dieu a des intestins, ou bien Dieu n'a pas d'intestins et l'homme ne lui ressemble pas.

Les anciens gnostiques le sentaient aussi clairement que moi dans ma cinquième année. Pour trancher ce problème maudit, Valentin, Grand Maître de la Gnose du IIe siècle, affirmait que Jésus « mangeait, buvait, mais ne déféquait point ».

La merde est un problème théologique plus ardu que le mal. Dieu a donné la liberté à l'homme et on peut donc admettre qu'il n'est pas responsable des crimes de l'humanité. Mais la responsabilité de la merde incombe entièrement à celui qui a créé l'homme, et à lui seul.

4

Au IVe siècle, saint Jérôme rejetait catégoriquement l'idée qu'Adam et Eve aient pu faire l'amour au
Paradis. Jean Scot Erigène, illustre théologien du
IXe siècle, admettait au contraire cette idée. Mais,
selon lui, Adam pouvait dresser son membre à peu
près comme on lève le bras ou la jambe, donc quand il
voulait et comme il voulait. Ne cherchons pas derrière
cette idée le rêve éternel de l'homme obsédé par la
menace de l'impuissance. L'idée de Scot Erigène a
une autre signification. Si le membre viril peut se
dresser sur une simple injonction du cerveau, il
s'ensuit qu'on peut se passer de l'excitation. Le
membre ne se dresse pas parce qu'on est excité, mais
parce qu'on le lui ordonne. Ce que le grand théologien
jugeait incompatible avec le Paradis, ce n'était pas le
coït et la volupté qui lui est associée. Ce qui était
incompatible avec le Paradis, c'était l'excitation. Rete-
nons bien cela : au Paradis la volupté existait, mais pas
l'excitation.

On peut trouver dans le raisonnement de Scot
Erigène la clé d'une justification théologique (autrement dit d'une théodicée) de la merde. Tant qu'il était
permis à l'homme d'être au Paradis, ou bien (de même
que Jésus d'après la théorie de Valentin) il ne déféquait pas, ou bien, ce qui paraît plus vraisemblable, la
merde n'était pas perçue comme quelque chose de

répugnant. En chassant l'homme du Paradis, Dieu lui a révélé sa nature immonde et le dégoût. L'homme a commencé à cacher ce qui lui faisait honte, et dès qu'il écartait le voile il était ébloui d'une grande lumière. Donc, aussitôt après avoir découvert l'immonde, il découvrit aussi l'excitation. Sans la merde (au sens littéral et figuré du mot) l'amour sexuel ne serait pas tel que nous le connaissons : accompagné d'un martèlement du cœur et d'un aveuglement des sens.

Dans la troisième partie de ce roman, j'ai évoqué Sabina à demi nue, debout avec le chapeau melon sur la tête à côté de Tomas tout habillé. Mais il y a une chose que j'ai cachée. Tandis qu'ils s'observaient dans la glace et qu'elle se sentait excitée par le ridicule de sa situation, elle s'imagina que Tomas allait la faire asseoir, telle qu'elle était, coiffée du chapeau melon, sur la cuvette des waters et qu'elle allait vider ses intestins devant lui. Son cœur se mit à tambouriner, ses idées se brouillèrent et elle renversa Tomas sur le tapis ; l'instant d'après elle hurlait de plaisir.

5

Le débat entre ceux qui affirment que l'univers a été créé par Dieu et ceux qui pensent qu'il est apparu tout seul concerne quelque chose qui dépasse notre entendement et notre expérience. Autrement réelle est la différence entre ceux qui doutent de l'être tel qu'il a été donné à l'homme (peu importe comment et par qui) et ceux qui y adhèrent sans réserve.

Derrière toutes les croyances européennes, qu'elles soient religieuses ou politiques, il y a le premier chapitre de la Genèse, d'où il découle que le monde a été créé comme il fallait qu'il le fût, que l'être est bon et que c'est donc une bonne chose de procréer. Appelons cette croyance fondamentale *accord catégorique avec l'être*.

Si, récemment encore, dans les livres, le mot merde était remplacé par des pointillés, ce n'était pas pour des raisons morales. On ne va tout de même pas prétendre que la merde est immorale ! Le désaccord avec la merde est métaphysique. L'instant de la défécation est la preuve quotidienne du caractère inacceptable de la Création. De deux choses l'une : ou bien la merde est acceptable (alors ne vous enfermez pas à clé dans les waters !), ou bien la manière dont on nous a créés est inadmissible.

Il s'ensuit que l'*accord catégorique avec l'être* a pour idéal esthétique un monde où la merde est niée et où chacun se comporte comme si elle n'existait pas. Cet idéal esthétique s'appelle le *kitsch*.

C'est un mot allemand qui est apparu au milieu du XIXe siècle sentimental et qui s'est ensuite répandu dans toutes les langues. Mais l'utilisation fréquente qui en est faite a gommé sa valeur métaphysique originelle, à savoir : le kitsch, par essence, est la négation absolue de la merde ; au sens littéral comme au sens figuré : le kitsch exclut de son champ de vision tout ce que l'existence humaine a d'essentiellement inacceptable.

6

La première révolte intérieure de Sabina contre le communisme n'avait pas un caractère éthique, mais esthétique. Ce qui lui répugnait, c'était beaucoup moins la laideur du monde communiste (les châteaux convertis en étables) que le masque de beauté dont il se couvrait, autrement dit, le kitsch communiste. Le modèle de ce kitsch-là, c'est la fête dite du 1er mai.

Elle avait vu les cortèges du 1er mai à l'époque où les gens étaient encore enthousiastes ou s'appliquaient encore à le paraître. Les femmes portaient des chemises rouges, blanches ou bleues et, vues des balcons et des fenêtres, elles composaient toutes sortes de motifs : des étoiles à cinq branches, des cœurs, des lettres. Entre les différentes sections du cortège, s'avançaient de petits orchestres qui donnaient le rythme de la marche. Quand le cortège approchait de la tribune, même les visages les plus moroses s'éclairaient d'un sourire, comme s'ils avaient voulu prouver qu'ils se réjouissaient comme il se doit, ou, plus exactement, qu'*ils étaient d'accord* comme il se doit. Et il ne s'agissait pas d'un simple accord politique avec le communisme, mais d'un accord avec l'être en tant que tel. La fête du 1er mai s'abreuvait à la source profonde de l'*accord catégorique avec l'être*. Le mot d'ordre tacite et non écrit du cortège n'était pas « Vive le communisme ! » mais « Vive la vie ! ». La force et la ruse de la politique communiste, c'était de s'être accaparé ce mot d'ordre. C'était précisément cette stupide tautologie (« Vive la vie ! ») qui poussait dans le cortège communiste même ceux que les idées communistes laissaient tout à fait indifférents.

7

Une dizaine d'années plus tard (elle vivait déjà en Amérique) un sénateur américain ami de ses amis lui faisait faire un tour dans une énorme voiture. Quatre gosses se serraient sur la banquette arrière. Le sénateur stoppa ; les enfants descendirent et s'élancèrent sur une grande pelouse vers le bâtiment d'un stade où il y avait une patinoire artificielle. Le sénateur restait au volant et regardait d'un air rêveur les quatre petites silhouettes qui couraient ; il se tourna vers Sabina : « Regardez-les ! dit-il, sa main décrivant un cercle qui englobait le stade, la pelouse et les enfants : C'est ça que j'appelle le bonheur. »

Ces mots n'étaient pas seulement une expression de joie devant les enfants qui couraient et l'herbe qui poussait, c'était aussi une manifestation de compréhension à l'égard d'une femme qui venait d'un pays communiste où, le sénateur en était convaincu, l'herbe ne pousse pas et les enfants ne courent pas.

Mais dans l'instant, Sabina imagina ce sénateur à une tribune sur une place de Prague. Sur son visage, il avait exactement le même sourire que les hommes d'Etat communistes adressaient du haut de leur tribune aux citoyens pareillement souriants qui défilaient en cortège à leurs pieds.

8

Comment ce sénateur pouvait-il savoir que les enfants signifiaient le bonheur ? Lisait-il dans leur âme ? Et si, à peine sortis de son champ de vision, trois d'entre eux s'étaient jetés sur le quatrième et s'étaient mis à le rosser ?

Le sénateur n'avait qu'un argument en faveur de son affirmation : sa sensibilité. Lorsque le cœur a parlé, il n'est pas convenable que la raison élève des objections. Au royaume du kitsch s'exerce la dictature du cœur.

Il faut évidemment que les sentiments suscités par le kitsch puissent être partagés par le plus grand nombre. Aussi le kitsch n'a-t-il que faire de l'insolite ; il fait appel à des images clés profondément ancrées dans la mémoire des hommes : la fille ingrate, le père abandonné, des gosses courant sur une pelouse, la patrie trahie, le souvenir du premier amour.

Le kitsch fait naître coup sur coup deux larmes d'émotion. La première larme dit : Comme c'est beau, des gosses courant sur une pelouse !

La deuxième larme dit : Comme c'est beau, d'être ému avec toute l'humanité à la vue de gosses courant sur une pelouse !

Seule cette deuxième larme fait que le kitsch est le kitsch.

La fraternité de tous les hommes ne pourra être fondée que sur le kitsch.

9

Nul ne le sait mieux que les hommes politiques. Dès qu'il y a un appareil photo à proximité, ils courent après le premier enfant qu'ils aperçoivent pour le soulever dans leurs bras et l'embrasser sur la joue. Le kitsch est l'idéal esthétique de tous les hommes politiques, de tous les mouvements politiques.

Dans une société où plusieurs courants coexistent et où leur influence s'annule ou se limite mutuellement, on peut encore échapper plus ou moins à l'inquisition du kitsch; l'individu peut sauvegarder son originalité et l'artiste créer des œuvres inattendues. Mais là où un seul mouvement politique détient tout le pouvoir, on se trouve d'emblée au royaume du kitsch *totalitaire*.

Si je dis totalitaire, c'est parce que tout ce qui porte atteinte au kitsch est banni de la vie : toute manifestation d'individualisme (car toute discordance est un crachat jeté au visage de la souriante fraternité), tout scepticisme (car qui commence à douter du moindre détail finit par mettre en doute la vie en tant que telle), l'ironie (parce qu'au royaume du kitsch tout doit être pris au sérieux), mais aussi la mère qui a abandonné sa famille ou l'homme qui préfère les hommes aux femmes et menace ainsi le sacro-saint slogan « croissez et multipliez-vous ».

De ce point de vue, ce qu'on appelle le goulag peut être considéré comme une fosse septique où le kitsch totalitaire jette ses ordures.

10

Les dix premières années qui ont suivi la Seconde Guerre mondiale ont été l'époque de la plus épouvantable terreur stalinienne. C'est à cette époque que le père de Tereza fut arrêté pour une vétille et que la gamine de dix ans qu'elle était alors fut chassée de sa maison. Sabina avait alors vingt ans et faisait ses études aux Beaux-Arts. Le professeur de marxisme leur expliquait, à elle et à ses condisciples, ce postulat de l'art socialiste : la société soviétique était déjà si avancée que le conflit fondamental n'y était plus le conflit entre le bien et le mal mais le conflit entre le bon et le meilleur. La merde (c'est-à-dire ce qui est essentiellement inacceptable) ne pouvait donc exister que « de l'autre côté » (par exemple, en Amérique) et c'était seulement à partir de là, de l'extérieur, et seulement comme un corps étranger (par exemple sous l'apparence d'espions) qu'elle pouvait pénétrer dans le monde « des bons et des meilleurs ».

En effet, en ce temps cruel entre tous, les films soviétiques qui inondaient les salles de cinéma des pays communistes étaient imprégnés d'une incroyable innocence. Le plus grave conflit qui pouvait se produire entre deux Russes, c'était le malentendu amoureux : il s'imaginait qu'elle ne l'aimait plus, et elle pensait la même chose de lui. A la fin, ils tombaient dans les bras l'un de l'autre et des larmes de bonheur leur dégoulinaient des yeux.

L'explication conventionnelle de ces films est aujourd'hui celle-ci : ils peignaient l'idéal communiste, alors que la réalité communiste était beaucoup plus sombre.

Cette interprétation révoltait Sabina. L'idée que l'univers du kitsch soviétique pût devenir réalité et qu'elle pût être forcée d'y vivre lui donnait la chair de poule. Sans une seconde d'hésitation, elle préférait la vie dans le régime communiste réel, même avec toutes les persécutions et les queues à la porte des boucheries. Dans le monde communiste réel, il est possible de vivre. Dans le monde de l'idéal communiste réalisé, dans ce monde de souriants crétins avec lesquels elle n'aurait pu échanger la moindre parole, elle aurait crevé d'horreur au bout de huit jours.

Il me semble que le sentiment que le kitsch soviétique éveillait chez Sabina ressemble à l'effroi que Tereza éprouvait dans le rêve où elle défilait autour d'une piscine avec des femmes nues et où elle était obligée de chanter de joyeuses chansons. Des cadavres flottaient au-dessous de la surface. Il n'y avait pas une femme à qui Tereza pût dire une seule parole, poser une seule question. Elle n'aurait entendu pour toute réponse que le couplet suivant de la chanson. Il n'y en avait aucune à qui elle pût adresser un clin d'œil discret. Elles l'auraient aussitôt désignée à l'homme debout dans la corbeille au-dessus du bassin pour qu'il fît feu sur elle.

Le rêve de Tereza dénonce la vraie fonction du kitsch : le kitsch est un paravent qui dissimule la mort.

11

Au royaume du kitsch totalitaire, les réponses sont données d'avance et excluent toute question nouvelle. Il en découle que le véritable adversaire du kitsch totalitaire, c'est l'homme qui interroge. La question est comme le couteau qui déchire la toile peinte du décor pour qu'on puisse voir ce qui se cache derrière. C'est ainsi que Sabina a expliqué à Tereza le sens de ses toiles : devant c'est le mensonge intelligible, et derrière transparaît l'incompréhensible vérité.

Seulement, ceux qui luttent contre les régimes dits totalitaires ne peuvent guère lutter avec des interrogations et des doutes. Ils ont eux aussi besoin de leur certitude et de leur vérité simpliste qui doivent être compréhensibles du plus grand nombre et provoquer une sécrétion lacrymale collective.

Un jour, un mouvement politique organisa une exposition de toiles de Sabina en Allemagne. Sabina prit le catalogue : devant sa photo étaient dessinés des fils de fer barbelés. A l'intérieur, il y avait sa biographie qui ressemblait à l'hagiographie des martyrs et des saints : elle avait souffert, elle avait combattu l'injustice, elle avait été contrainte d'abandonner son pays torturé et elle continuait le combat. « Avec ses tableaux, elle se bat pour la liberté », disait la dernière phrase du texte.

Elle protesta, mais on ne la comprenait pas.

Comment, n'est-il pas vrai que le communisme persécute l'art moderne ?

Elle répondit avec rage : « Mon ennemi, ce n'est pas le communisme, c'est le kitsch ! »

Depuis, elle entourait sa biographie de mystifications et, plus tard, quand elle se retrouva en Amérique, elle réussit même à cacher qu'elle était tchèque. C'était un effort désespéré pour échapper au kitsch que les gens voulaient fabriquer avec sa vie.

12

Elle était debout devant son chevalet sur lequel était posée une toile encore inachevée. Un vieux monsieur était assis derrière elle dans un fauteuil et observait chaque trait de son pinceau.

Puis il regarda sa montre : « Je crois qu'il est temps d'aller dîner », dit-il.

Elle posa sa palette et alla faire un brin de toilette dans la salle de bains. L'homme se leva de son fauteuil et se pencha pour prendre sa canne appuyée contre une table. La porte de l'atelier donnait directement sur une pelouse. La nuit tombait. De l'autre côté, à une vingtaine de mètres, il y avait une maison blanche en bois dont les fenêtres du rez-de-chaussée étaient éclairées. Sabina était émue à la vue de ces deux fenêtres qui brillaient dans le crépuscule.

Toute sa vie, elle a affirmé que son ennemi c'est le kitsch. Mais est-ce qu'elle ne le porte pas elle-même au fond de son être ? Son kitsch, c'est la vision d'un foyer paisible, doux, harmonieux, où règnent une mère aimante et un père plein de sagesse. Cette image a pris naissance en elle après la mort de ses parents. Comme sa vie a été bien différente de ce beau rêve, elle n'est que plus sensible à son charme et elle a senti plus d'une fois ses yeux s'humecter en voyant à la télévision, dans un film sentimental, une fille ingrate serrant dans ses bras un père abandonné, et briller dans le crépuscule les fenêtres d'une maison où vit une famille heureuse.

Elle avait fait la connaissance du vieux monsieur à New York. Il était riche et il aimait la peinture. Il vivait seul à la campagne, dans une villa, avec sa femme qui avait le même âge que lui. Dans la propriété, en face de la villa, se trouvait une ancienne écurie. Il l'avait fait transformer en atelier, y avait invité Sabina et, depuis, il passait des journées entières à suivre les mouvements de son pinceau.

A présent, ils sont tous les trois en train de dîner. La vieille dame appelle Sabina « ma petite fille ! », mais d'après toutes les apparences c'est plutôt l'inverse : Sabina est ici comme une mère avec ses deux enfants pendus à ses jupes, ils l'admirent et seraient prêts à lui obéir pour peu qu'elle veuille bien leur donner des ordres.

A-t-elle trouvé au seuil de la vieillesse les parents auxquels elle s'est arrachée quand elle était jeune fille ? A-t-elle enfin trouvé les enfants qu'elle n'a jamais eus ?

Elle sait bien que c'est une illusion. Son séjour chez ces charmants vieillards n'est qu'une halte provisoire. Le vieux monsieur est gravement malade et sa femme, quand elle se retrouvera sans lui, ira chez son fils au Canada. Sabina reprendra le chemin des trahisons et, de temps à autre, au plus profond d'elle-même, tintera dans l'insoutenable légèreté de l'être une ridicule chanson sentimentale qui parlera de deux fenêtres éclairées derrière lesquelles vit une famille heureuse.

Cette chanson la touche, mais elle ne prend pas son

émotion au sérieux. Elle sait fort bien que cette chanson-là n'est qu'un joli mensonge. A l'instant où le kitsch est reconnu comme mensonge, il se situe dans le contexte du non-kitsch. Ayant perdu son pouvoir autoritaire, il est émouvant comme n'importe quelle faiblesse humaine. Car nul d'entre nous n'est un surhomme et ne peut échapper entièrement au kitsch. Quel que soit le mépris qu'il nous inspire, le kitsch fait partie de la condition humaine.

13

La source du kitsch, c'est l'accord catégorique avec l'être.

Mais quel est le fondement de l'être ? Dieu ? L'humanité ? La lutte ? L'amour ? L'homme ? La femme ?

Il y a là-dessus toutes sortes d'opinions, si bien qu'il y a toutes sortes de kitsch : le kitsch catholique, protestant, juif, communiste, fasciste, démocratique, féministe, européen, américain, national, international.

Depuis l'époque de la Révolution française une moitié de l'Europe s'intitule la *gauche* et l'autre moitié a reçu l'appellation de *droite*. Il est pratiquement impossible de définir l'une ou l'autre de ces notions par des principes théoriques quelconques sur lesquels elles s'appuieraient. Ça n'a rien de surprenant : les mouvements politiques ne reposent pas sur des attitudes rationnelles mais sur des représentations, des images, des mots, des archétypes dont l'ensemble constitue tel ou tel *kitsch politique*.

L'idée de la Grande Marche, dont Franz aime à s'enivrer, c'est le kitsch politique qui unit les gens de gauche de tous les temps et de toutes les tendances. La Grande Marche, c'est ce superbe cheminement en avant, le cheminement vers la fraternité, l'égalité, la justice, le bonheur, et plus loin encore, malgré tous les obstacles, car il faut qu'il y ait des obstacles pour que la marche puisse être la Grande Marche.

La dictature du prolétariat ou la démocratie ? Le refus de la société de consommation ou l'augmentation de la production ? La guillotine ou l'abolition de la peine de mort ? Ça n'a aucune importance. Ce qui fait d'un homme de gauche un homme de gauche ce n'est pas telle ou telle théorie, mais sa capacité à intégrer n'importe quelle théorie dans le kitsch appelé Grande Marche.

14

Je ne veux pas dire par là que Franz est l'homme du kitsch. L'idée de la Grande Marche joue dans sa vie à peu près le même rôle que dans la vie de Sabina la chanson sentimentale qui parle de deux fenêtres éclairées. Pour quel parti politique Franz vote-t-il ? J'ai bien peur qu'il ne vote pas du tout et que le jour des élections il ne préfère partir en excursion à la montagne. Ça ne veut pas dire que la Grande Marche a cessé de l'émouvoir. C'est beau de rêver qu'on fait partie d'une foule en marche qui s'avance à travers les siècles, et Franz n'a jamais oublié ce beau rêve.

Un jour, des amis lui téléphonèrent de Paris. Ils organisaient une marche sur le Cambodge et ils l'invitaient à se joindre à eux.

A cette époque, le Cambodge avait derrière lui une guerre civile, les bombardements américains, les atrocités perpétrées par les communistes locaux qui avaient réduit d'un cinquième la population de ce petit pays, et finalement, l'occupation par le Viêt-nam voisin qui n'était plus alors qu'un instrument de la Russie. Au Cambodge, il y avait la famine et les gens mouraient sans soins médicaux. Les organisations internationales de médecins avaient déjà demandé plusieurs fois l'autorisation d'entrer dans le pays, ce que les Vietnamiens refusaient. De grands intellectuels occidentaux avaient donc décidé d'organiser une marche à la frontière cambodgienne et, par ce grand spectacle joué sous les yeux du monde entier, d'imposer l'admission des médecins dans le pays occupé.

L'ami qui avait téléphoné à Franz était l'un de ceux avec lesquels il défilait jadis dans les rues de Paris. Il fut d'abord enthousiasmé par sa proposition, mais ensuite son regard se posa sur l'étudiante. Elle était assise en face de lui dans un fauteuil et ses yeux paraissaient encore plus grands derrière ses lunettes à la mode. Franz crut que ses yeux l'imploraient de ne pas partir. Il s'excusa.

Mais dès qu'il eut raccroché, il regretta. Il avait exaucé les vœux de son amante terrestre, mais il avait négligé son amour céleste. Le Cambodge n'était-il pas une variante de la patrie de Sabina ? Un pays occupé par l'armée communiste d'un pays voisin ! Un pays sur lequel s'était abattu le poing de la Russie ! Il se dit soudain que son ami presque oublié lui avait téléphoné sur un signe secret de Sabina.

Les créatures célestes savent tout et voient tout. S'il participait à cette marche, Sabina le verrait et s'en réjouirait. Elle comprendrait qu'il lui restait fidèle.

« Tu m'en voudrais si j'y allais quand même ? » demanda-t-il à son amie à lunettes qui déplorait chaque jour passé sans lui mais ne savait rien lui refuser.

Quelques jours plus tard, il se retrouva dans un grand avion à l'aéroport de Paris. Parmi les passagers, il y avait une vingtaine de médecins escortés d'une cinquantaine d'intellectuels (professeurs, écrivains, députés, chanteurs, acteurs et maires) et quatre cents journalistes et photographes qui les accompagnaient.

15

L'avion atterrit à Bangkok. Les quatre cent soixante-dix médecins, intellectuels et journalistes se rendirent dans le grand salon d'un hôtel international où les attendaient déjà d'autres médecins, acteurs, chanteurs et philologues accompagnés d'autres centaines de journalistes munis de leurs carnets, magnétophones, appareils photos et caméras. Au fond de la salle il y avait une estrade avec une longue table à laquelle étaient assis une vingtaine d'Américains qui commençaient déjà à diriger la réunion.

Les intellectuels français auxquels Franz s'était joint se sentaient marginalisés et humiliés. La marche sur le Cambodge, c'était leur idée à eux et voici que les Américains, avec un admirable naturel, prenaient les choses en main et, pour comble, parlaient anglais sans même se demander si un Français ou un Danois pouvait les comprendre. Bien entendu, les Danois avaient depuis longtemps oublié qu'ils constituaient jadis une nation de sorte que, de tous les Européens, les Français furent les seuls qui songèrent à protester. Gens à principes, ils refusaient de protester en anglais et s'adressaient dans leur langue maternelle aux Américains siégeant sur l'estrade. Ne comprenant pas un mot de ce qu'ils disaient, les Américains répondaient à leurs paroles par des sourires affables et approbateurs. Finalement, les Français n'eurent d'autre ressource

378

que de formuler leurs objections en anglais. « Pourquoi ne parle-t-on qu'anglais à cette réunion ? Il y a aussi des Français ici ! »

Les Américains se montrèrent fort surpris d'une objection aussi curieuse, mais ils ne cessaient pas de sourire et ils acceptèrent que tous les discours fussent traduits. On chercha longuement un interprète pour que la réunion pût continuer. Ensuite, comme il fallait écouter chaque phrase en anglais, puis en français, la réunion dura le double de temps et, à vrai dire, plus du double car tous les Français connaissaient l'anglais, interrompaient l'interprète, le corrigeaient et se querellaient avec lui à propos de chaque mot.

L'apparition d'une star américaine sur l'estrade marqua l'apogée de la réunion. Pour elle, d'autres photographes et d'autres cameramen firent irruption dans la salle et chaque syllabe que prononçait l'actrice était saluée d'un cliquetis d'appareils. L'actrice parlait des enfants qui souffrent, de la barbarie de la dictature communiste, du droit de l'homme à la sécurité, des menaces qui pèsent sur les valeurs traditionnelles de la société civilisée, de la liberté individuelle et du président Carter qui était navré de ce qui se passait au Cambodge. Elle dit ces derniers mots en pleurant.

A ce moment, un jeune médecin français à la moustache rousse se leva et se mit à vociférer : « On est ici pour sauver des mourants ! On n'est pas ici pour la gloire du président Carter ! Cette manifestation ne doit pas dégénérer en cirque de propagande américain ! On n'est pas venus ici pour protester contre le communisme, mais pour soigner des malades ! »

D'autres Français se joignirent au médecin moustachu. L'interprète avait peur et n'osait pas traduire ce qu'ils disaient. Comme tout à l'heure, les vingt Américains de l'estrade les regardaient avec des sourires pleins de sympathie et plusieurs d'entre eux approuvaient d'un signe de tête. L'un d'eux eut même l'idée de lever le poing parce qu'il savait que les Européens font volontiers ce geste dans les moments d'euphorie collective.

16

Comment se fait-il que des intellectuels de gauche (car le médecin moustachu en était un) acceptent de défiler contre les intérêts d'un pays communiste alors que le communisme a jusqu'ici toujours fait partie de la gauche ?

Lorsque les crimes du pays baptisé Union soviétique sont devenus trop scandaleux, l'homme de gauche s'est trouvé devant une alternative : ou bien cracher sur sa vie passée et renoncer à défiler, ou bien (avec plus ou moins d'embarras) ranger l'Union soviétique parmi les obstacles à la Grande Marche et continuer sa route dans le cortège.

J'ai déjà dit que ce qui fait que la gauche est la gauche, c'est le kitsch de la Grande Marche. L'identité du kitsch n'est pas déterminée par une stratégie politique mais par des images, des métaphores, un vocabulaire. Il est donc possible de transgresser l'habitude et de défiler contre les intérêts d'un pays communiste. Mais il n'est pas possible de remplacer les mots par d'autres mots. On peut menacer du poing l'armée vietnamienne. On ne peut pas lui crier : « A bas le communisme ! » Car « A bas le communisme ! » c'est le mot d'ordre des ennemis de la Grande Marche, et celui qui ne veut pas perdre la face doit rester fidèle à la pureté de son propre kitsch.

Je ne dis cela que pour expliquer le malentendu

entre le médecin français et la star américaine qui se crut, dans son égocentrisme, victime d'envieux ou de misogynes. En réalité, le médecin français faisait preuve d'une grande sensibilité esthétique : les mots « le président Carter », « nos valeurs traditionnelles », « la barbarie du communisme », faisaient partie du vocabulaire du *kitsch américain* et n'avaient rien à voir avec le kitsch de la Grande Marche.

17

Le lendemain matin, ils montèrent tous dans des autocars pour traverser toute la Thaïlande en direction de la frontière cambodgienne. Le soir, ils arrivèrent dans un petit village où étaient réservées pour eux quelques maisonnettes construites sur pilotis. Le fleuve aux crues menaçantes obligeait les gens à loger en haut tandis qu'en bas, au pied des pilotis, se serraient les cochons. Franz couchait dans une pièce avec quatre autres professeurs d'université. D'en bas lui parvenait dans son sommeil le grognement des porcs tandis qu'à son côté ronflait un illustre mathématicien.

Au matin, tout le monde reprit l'autocar. A deux kilomètres de la frontière, la circulation était interdite. Il n'y avait qu'une route étroite conduisant au poste frontière gardé par l'armée. Les autocars s'arrêtèrent. En descendant, les Français constatèrent que les Américains les avaient une fois de plus devancés et les attendaient, déjà rangés à la tête du cortège. Ce fut le moment le plus délicat. De nouveau, l'interprète dut intervenir et la dispute alla bon train. Finalement, on arriva à un compromis : un Américain, un Français et une interprète cambodgienne prirent place en avant du cortège. Venaient ensuite les médecins et, derrière, tous les autres ; l'actrice américaine se retrouva à la queue.

La route était étroite et bordée de champs de mines. Toutes les deux minutes, ils tombaient sur une chicane : deux blocs de béton surmontés de barbelés et, entre les blocs, un étroit passage. Il fallait avancer en file indienne.

A cinq mètres environ devant Franz marchait un célèbre poète et chanteur pop allemand, qui avait déjà écrit neuf cent trente chansons pour la paix et contre la guerre. Il portait au bout d'une longue perche un drapeau blanc qui allait fort bien avec son épaisse barbe noire et le distinguait des autres.

Photographes et cameramen allaient et venaient au pas de course autour de ce long cortège. Ils faisaient cliqueter et ronronner leurs appareils, couraient devant, s'arrêtaient, prenaient du recul, s'accroupissaient, puis se remettaient à courir en avant. De temps à autre ils criaient le nom d'un homme ou d'une femme célèbre ; l'interpellé se tournait machinalement dans leur direction et, juste à ce moment-là, ils appuyaient sur le déclencheur.

18

Il y avait un événement dans l'air. Les gens ralentissaient le pas et se retournaient.

La star américaine, qu'on avait placée au bout du cortège, refusa de supporter plus longtemps cette humiliation et décida d'attaquer. Elle se mit à courir. C'était comme au cinq mille mètres, quand un coureur qui a ménagé ses forces et qui est resté jusque-là à la queue du peloton fonce en avant et dépasse tous les concurrents.

Les hommes souriaient d'un air gêné et s'écartaient pour permettre la victoire de l'illustre coureuse, mais des femmes se mirent à crier : « Dans le rang ! Ce n'est pas une marche pour stars de cinéma ! »

L'actrice ne se laissa pas intimider et continua d'avancer en courant, suivie de cinq photographes et de deux cameramen.

Une Française, professeur de linguistique, saisit l'actrice par le poignet et lui dit (dans un anglais épouvantable) : « C'est la marche des médecins pour sauver des Cambodgiens mortellement malades. On ne fait pas un show pour les stars ! »

L'actrice avait le poignet pris comme dans un étau dans la main de la prof de linguistique et n'avait pas assez de force pour se dégager.

Elle dit (en excellent anglais) : « Allez vous faire foutre ! J'ai déjà participé à des centaines de défilés !

385

Partout, il faut qu'on voie des stars ! C'est notre travail ! C'est notre devoir moral !

— Merde », dit la prof de linguistique (en excellent français).

La star américaine la comprit et fondit en larmes.

« Restez comme ça », s'écria un cameraman en s'agenouillant devant elle.

L'actrice fixa longuement l'objectif ; les larmes ruisselaient sur ses joues.

19

La prof de linguistique finit par lâcher le poignet de la star américaine. Le chanteur allemand qui avait une barbe noire et portait le drapeau blanc cria le nom de l'actrice.

La star n'avait jamais entendu parler de lui, mais en cette minute d'humiliation elle était plus sensible qu'à l'ordinaire aux manifestations de sympathie et elle s'élança dans sa direction. Le poète-chanteur fit passer la hampe du drapeau dans sa main gauche pour enlacer de son bras droit les épaules de l'actrice.

Photographes et cameramen sautillaient autour de l'actrice et du chanteur. Un célèbre photographe américain voulait avoir leurs deux visages et le drapeau dans son objectif, ce qui n'était pas facile vu la hauteur de la hampe. Il se mit à courir à reculons dans une rizière. C'est ainsi qu'il posa le pied sur une mine. Il y eut une explosion et son corps déchiqueté vola en morceaux, aspergeant d'une averse de sang l'intelligentsia internationale.

Le chanteur et l'actrice étaient épouvantés et restaient cloués sur place. Tous deux levèrent les yeux vers le drapeau. Il était éclaboussé de sang. Tout d'abord, ce spectacle ne fit qu'accroître leur terreur. Ensuite, à plusieurs reprises, ils levèrent timidement les yeux et ils commencèrent à sourire. Ils éprouvaient un orgueil étrange, encore inconnu, à l'idée que le drapeau qu'ils portaient était sanctifié par le sang. Ils se remirent en marche.

20

La frontière était constituée par une petite rivière, mais on ne pouvait pas la voir car tout le long se dressait un mur d'un mètre cinquante de haut surmonté de sacs de sable destinés aux tireurs thaïlandais. Le mur ne s'interrompait qu'à un seul endroit. Là, un pont voûté enjambait la rivière. Personne ne devait s'y avancer. Des troupes vietnamiennes d'occupation étaient postées de l'autre côté de la rivière, mais on ne les voyait pas non plus. Leurs positions étaient parfaitement camouflées. Il ne faisait pourtant aucun doute que d'invisibles Vietnamiens ouvriraient le feu dès que quelqu'un tenterait de franchir le pont.

Des membres du cortège s'approchèrent du mur et se hissèrent sur la pointe des pieds. Franz s'appuya sur un créneau entre deux sacs et essaya de voir. Il ne vit rien car il fut repoussé par un photographe qui estimait avoir le droit de prendre sa place.

Il se retourna. Sur les branches d'un arbre solitaire, semblables à une bande de grosses corneilles, sept photographes étaient assis, les yeux fixés sur l'autre rive.

A ce moment, l'interprète qui marchait en tête du cortège appliqua ses lèvres à un gros entonnoir et se mit à crier en langue khmère à travers la rivière : il y a ici des médecins et ils exigent d'être admis en territoire cambodgien pour y dispenser des secours médicaux ; leur action n'a rien à voir avec une ingérence politique ; seul les guide le souci de la vie humaine.

La réponse de l'autre rive fut un incroyable silence. Un silence si entier que tout le monde en fut saisi d'angoisse. Seul le cliquetis des appareils photographiques résonnait au milieu de ce silence comme le chant d'un insecte exotique.

Franz eut brusquement l'impression que la Grande Marche touchait à sa fin. Les frontières du silence se resserraient sur l'Europe, et l'espace où s'accomplissait la Grande Marche n'était plus qu'une petite estrade au centre de la planète. Les foules qui se pressaient jadis au pied de l'estrade avaient depuis longtemps détourné la tête, et la Grande Marche continuait dans la solitude et sans spectateurs. Oui, songeait Franz, la Grande Marche continue, malgré l'indifférence du monde, mais elle devient nerveuse, fébrile, hier contre l'occupation américaine au Viêtnam, aujourd'hui contre l'occupation vietnamienne au Cambodge, hier pour Israël, aujourd'hui pour les Palestiniens, hier pour Cuba, demain contre Cuba, et toujours contre l'Amérique, chaque fois contre les massacres et chaque fois pour soutenir d'autres massacres, l'Europe défile et pour pouvoir suivre le rythme des événements sans en manquer un seul, son pas s'accélère de plus en plus, si bien que la Grande Marche est un cortège de gens pressés défilant au galop, et la scène rétrécit de plus en plus, jusqu'au jour où elle ne sera qu'un point sans dimensions.

21

L'interprète cria une deuxième fois son appel dans le mégaphone. Comme la première fois, il n'y eut pour toute réponse qu'un énorme silence infiniment indifférent.

Franz regardait. Ce silence de l'autre rive les frappait tous au visage comme une gifle. Même le chanteur au drapeau blanc et l'actrice américaine étaient gênés et hésitants.

Franz comprit soudain combien ils étaient ridicules, lui et les autres, pourtant cette prise de conscience ne l'éloignait pas d'eux, elle ne lui inspirait aucune ironie, au contraire, il éprouvait pour eux un infini amour, comme celui qu'on éprouve pour les condamnés. Oui, la Grande Marche touche à sa fin, mais est-ce une raison pour que Franz la trahisse ? Sa propre vie ne s'approche-t-elle pas également de sa fin ? Doit-il tourner en dérision l'exhibitionnisme de ceux qui ont accompagné à la frontière des médecins courageux ? Tous ces gens-là peuvent-ils faire autre chose que donner un spectacle ? Leur reste-t-il quelque chose de mieux ?

Franz a raison. Je songe au journaliste qui organisait à Prague une campagne de signatures pour l'amnistie des prisonniers politiques. Il savait bien que cette campagne n'aiderait pas les prisonniers. L'objectif véritable n'était pas de libérer les prisonniers mais de démontrer qu'il y a encore des gens qui n'ont pas peur. Ce qu'il faisait tenait du spectacle. Mais il n'avait pas d'autre possibilité. Il n'avait pas le choix entre l'action et le spectacle. Il n'avait qu'un seul choix : donner un spectacle ou ne rien faire. Il y a des situations où l'homme est *condamné* à donner un spectacle. Son combat contre le pouvoir silencieux (contre le pouvoir silencieux de l'autre côté de la rivière, contre la police changée en microphones muets cachés dans le mur), c'est le combat d'une troupe de théâtre qui s'attaque à une armée.

Franz vit son ami de la Sorbonne lever le poing et menacer le silence de l'autre rive.

22

Pour la troisième fois, l'interprète cria son appel dans le mégaphone.

De nouveau, le silence lui répondit, changeant soudain l'angoisse de Franz en rage frénétique. Il était à quelques pas du pont qui séparait la Thaïlande du Cambodge et il fut saisi de l'immense désir de s'y précipiter, de lâcher vers le ciel de terribles injures et de mourir dans l'énorme vacarme de la fusillade.

Ce désir soudain de Franz nous rappelle quelque chose ; oui, il nous rappelle le fils de Staline qui a couru se suspendre aux barbelés électrifiés parce qu'il ne pouvait supporter de voir les pôles de l'existence humaine se rapprocher au point de se toucher, de sorte qu'il n'y avait plus de différence entre le noble et l'abject, entre l'ange et la mouche, entre Dieu et la merde.

Franz ne pouvait admettre que la gloire de la Grande Marche se réduise à la vanité comique de gens qui défilent, et que le vacarme grandiose de l'histoire européenne disparaisse dans un silence infini, de sorte qu'il n'y a plus de différence entre l'histoire et le silence. Il aurait voulu mettre sa propre vie dans la balance pour prouver que la Grande Marche pèse plus lourd que la merde.

Mais on ne peut rien prouver de semblable. Sur un plateau de la balance, il y avait la merde, le fils de

Staline a mis tout son corps sur l'autre plateau et la balance n'a pas bougé.

Au lieu de se faire tuer, Franz courba la tête et repartit en file indienne avec les autres pour reprendre l'autocar.

23

Nous avons tous besoin que quelqu'un nous regarde. On pourrait nous ranger en quatre catégories selon le type de regard sous lequel nous voulons vivre.

La première cherche le regard d'un nombre infini d'yeux anonymes, autrement dit le regard du public. C'est le cas du chanteur allemand et de la star américaine, c'est aussi le cas du journaliste au menton en galoche. Il était habitué à ses lecteurs, et quand son hebdomadaire fut interdit par les Russes il eut l'impression de se retrouver dans une atmosphère cent fois raréfiée. Personne ne pouvait remplacer pour lui le regard des yeux inconnus. Il avait l'impression d'étouffer. Puis, un jour, il comprit qu'il était suivi à chaque pas par la police, écouté quand il téléphonait et même discrètement photographié dans la rue. Soudain, des yeux anonymes l'accompagnaient partout, et il put de nouveau respirer ! Il fut heureux ! Il interpellait d'un ton théâtral les microphones cachés dans le mur. Il retrouvait dans la police le public perdu.

Dans la deuxième catégorie, il y a ceux qui ne peuvent vivre sans le regard d'une multitude d'yeux familiers. Ce sont les inlassables organisateurs de cocktails et de dîners. Ils sont plus heureux que les gens de la première catégorie qui, lorsqu'ils perdent le public, s'imaginent que les lumières se sont éteintes dans la salle de leur vie. C'est ce qui leur arrive à presque tous, un jour ou l'autre. Les gens de la deuxième catégorie, par contre, parviennent toujours à se procurer quelque regard. Marie-Claude et sa fille sont de ceux-là.

Vient ensuite la troisième catégorie, la catégorie de ceux qui ont besoin d'être sous les yeux de l'être aimé. Leur condition est tout aussi dangereuse que celle des gens du premier groupe. Que les yeux de l'être aimé se ferment, la salle sera plongée dans l'obscurité. C'est parmi ces gens-là qu'il faut ranger Tereza et Tomas.

Enfin, il y a la quatrième catégorie, la plus rare, ceux qui vivent sous les regards imaginaires d'êtres absents. Ce sont les rêveurs. Par exemple, Franz. S'il est allé jusqu'à la frontière cambodgienne, c'est uniquement à cause de Sabina. L'autocar brimbale sur la route thaïlandaise et il sent qu'elle fixe sur lui son long regard.

Le fils de Tomas appartient à la même catégorie. Je l'appellerai Simon. (Il se réjouira d'avoir un nom biblique comme son père.) Le regard auquel il aspire, c'est le regard des yeux de Tomas. Compromis dans la campagne de signatures, il fut exclu de l'université. La jeune fille qu'il fréquentait était la nièce d'un curé de campagne. Il l'épousa, devint conducteur de tracteur dans une coopérative, catholique pratiquant et père de famille. Il apprit que Tomas aussi habitait à la campagne et ça lui fit plaisir. Le destin avait rendu leurs vies symétriques ! C'est ce qui l'incita à lui écrire une lettre. Il ne demandait pas de réponse. Il ne voulait qu'une chose : que Tomas pose son regard sur sa vie.

24

Franz et Simon sont les rêveurs de ce roman. A la différence de Franz, Simon n'aimait pas sa mère. Depuis l'enfance, il cherchait le papa. Il était prêt à croire qu'une offense faite à son père précédait et expliquait l'injustice que son père avait commise à son égard. Il ne lui en avait jamais voulu, refusant de devenir l'allié de sa mère qui passait son temps à calomnier Tomas.

Il vécut avec elle jusqu'à l'âge de dix-huit ans et, après le baccalauréat, il partit faire ses études à Prague. A ce moment-là, Tomas était déjà laveur de vitres. Simon l'attendit bien des fois pour provoquer une rencontre fortuite dans la rue. Mais son père ne s'arrêtait jamais.

S'il s'était attaché à l'ancien journaliste au menton en galoche, c'était uniquement parce qu'il lui rappelait le sort de son père. Le journaliste ne connaissait pas le nom de Tomas. L'article sur Œdipe était oublié et il en apprit l'existence par Simon qui lui demandait d'aller voir Tomas avec lui pour lui proposer de signer une pétition. Le journaliste n'accepta que pour faire plaisir au jeune homme qu'il aimait bien.

Quand Simon pensait à cette rencontre, il avait honte de son trac. Il avait certainement déplu à son père. En revanche, son père lui avait plu. Il se rappelait chacune de ses paroles et il lui donnait de plus en plus raison. Une phrase surtout s'était gravée dans sa mémoire : « Châtier ceux qui ne savaient pas ce qu'ils faisaient, c'est de la barbarie. » Quand l'oncle de son amie lui mit une bible entre les mains, il fut impressionné par les paroles de Jésus : « Pardonne-leur, car ils ne savent pas ce qu'ils font. » Il savait que son père était athée, mais la similitude des deux phrases était pour lui un signe secret : son père approuvait la voie qu'il avait choisie.

Il habitait à la campagne depuis plus de deux ans quand il reçut une lettre où Tomas l'invitait chez lui. La rencontre fut amicale, Simon se sentait à l'aise et ne bégayait plus du tout. Il ne s'apercevait sans doute pas qu'ils ne se comprenaient pas tellement. Environ quatre mois plus tard, il reçut un télégramme. Tomas et sa femme étaient morts écrasés sous un camion.

C'est alors qu'il entendit parler d'une femme qui avait été jadis la maîtresse de son père et qui vivait en France. Il se procura son adresse. Comme il avait désespérément besoin d'un œil imaginaire qui continuerait à observer sa vie, il lui écrivait de temps à autre de longs messages.

Jusqu'à la fin de ses jours, Sabina ne cessera de recevoir les lettres de ce triste épistolier villageois. Beaucoup ne seront jamais ouvertes, car le pays d'où elle est originaire l'intéresse de moins en moins.

Le vieux monsieur est mort et Sabina est partie s'installer en Californie. Toujours plus à l'ouest, toujours plus loin de la Bohême.

Ses toiles se vendent bien et elle aime bien l'Amérique. Mais seulement en surface. Au-dessous de la surface, il y a un monde qui lui est étranger. Elle n'y a sous terre aucun grand-père, aucun oncle. Elle a peur de se laisser enfermer dans un cercueil et de descendre dans la terre d'Amérique.

Elle a donc rédigé un testament où elle a stipulé que sa dépouille doit être brûlée et ses cendres dispersées. Tereza et Tomas sont morts sous le signe de la pesanteur. Elle veut mourir sous le signe de la légèreté. Elle sera plus légère que l'air. Selon Parménide, c'est la transformation du négatif en positif.

26

L'autocar s'arrêta devant un hôtel de Bangkok. Personne n'avait plus envie d'organiser de réunions. Les gens s'éparpillèrent par petits groupes à travers la ville, quelques-uns pour visiter des temples, d'autres pour aller au bordel. Son ami de la Sorbonne proposa à Franz de passer la soirée avec lui, mais il préférait rester seul.

Le soir tombait et il sortit. Il pensait continuellement à Sabina et sentait sur lui son long regard sous lequel il commençait toujours à douter de lui-même, car il ne savait pas ce que Sabina pensait vraiment. Cette fois encore ce regard le jetait dans la confusion. Est-ce qu'elle ne se moquait pas de lui ? Ne trouvait-elle pas stupide le culte qu'il lui vouait ? Ne voulait-elle pas lui dire qu'il devrait enfin se conduire en adulte et se consacrer pleinement à l'amie qu'elle lui avait elle-même envoyée ?

Il tenta d'imaginer le visage aux grandes lunettes rondes. Il comprenait combien il était heureux avec son étudiante. Le voyage au Cambodge lui paraissait soudain ridicule et insignifiant. Au fond, pourquoi est-il venu ici ? A présent, il le sait. Il avait fait ce voyage pour comprendre enfin que sa vraie vie, sa seule vie réelle, ce n'étaient ni les défilés ni Sabina, mais son étudiante à lunettes ! Il avait fait ce voyage pour se convaincre que la réalité est plus que le rêve, beaucoup plus que le rêve !

Puis une silhouette émergea de la pénombre et lui adressa quelques mots dans une langue inconnue. Il la regardait avec une surprise mêlée de compassion. L'inconnu s'inclinait, souriait et ne cessait de baragouiner sur un ton très insistant. Que lui disait-il ? Il crut qu'il le priait de le suivre. L'homme le prit par la main et l'entraîna. Franz se dit qu'on avait besoin de son aide. Peut-être n'était-il pas venu ici pour rien ? Peut-être avait-il été appelé ici pour y secourir quelqu'un ?

Tout à coup, deux autres types surgirent à côté de l'homme qui baragouinait et l'un d'eux enjoignit en anglais à Franz de leur donner de l'argent.

A ce moment, la jeune fille à lunettes disparut du champ de sa conscience. C'était de nouveau Sabina qui le regardait, l'irréelle Sabina au destin grandiose, Sabina devant laquelle il se sentait tout petit. Ses yeux étaient posés sur lui avec une expression de colère et de mécontentement : encore une fois, il s'était fait duper ? encore une fois, on abusait de sa stupide bonté ?

D'un geste brusque, il se dégagea de l'homme qui l'agrippait par la manche. Il savait que Sabina avait toujours aimé sa force. Il saisit le bras que le deuxième homme avait brandi sur lui. Il le serra fermement, et, exécutant une prise de judo parfaite, il le fit virevolter par-dessus sa tête.

Maintenant, il était content de lui. Les yeux de Sabina ne le quittaient pas. Elle ne le verrait plus

jamais humilié ! Elle ne le verrait plus jamais reculer !
Franz ne serait plus jamais faible et sentimental !

Il éprouvait une haine presque joyeuse à l'égard de
ces hommes qui avaient voulu se jouer de sa naïveté. Il
se tenait légèrement voûté et ne quittait pas ces types
des yeux. Mais, soudain, quelque chose de lourd le
frappa à la tête et il s'écroula. Il réalisait vaguement
qu'on le portait quelque part. Puis il tombait dans le
vide. Il sentit un choc violent et perdit connaissance.

Il se réveilla beaucoup plus tard dans un hôpital de
Genève. Marie-Claude se penchait sur son lit. Il
voulait lui dire qu'il ne voulait pas d'elle ici. Il voulait
qu'on prévînt immédiatement l'étudiante aux grandes
lunettes. Il pensait à elle et à personne d'autre. Il
voulait crier qu'il ne supporterait personne d'autre à
son chevet. Mais il constata avec effroi qu'il ne pouvait
parler. Il regardait Marie-Claude avec une haine
infinie et voulait se tourner vers le mur pour ne pas la
voir. Mais il ne pouvait bouger son corps. Il tenta de
détourner au moins la tête. Mais même avec sa tête, il
ne pouvait faire le moindre mouvement. Il ferma alors
les yeux pour ne pas la voir.

Franz mort appartient enfin à sa femme légitime comme il ne lui a jamais appartenu avant. Marie-Claude décide de tout, se charge d'organiser les obsèques, envoie les faire-part, commande les couronnes, se fait faire une robe noire qui est en réalité une robe de noces. Oui, pour l'épouse, l'enterrement de l'époux est enfin son vrai mariage ; le couronnement de sa vie ; la récompense de toutes ses souffrances.

D'ailleurs, le pasteur le comprend bien et, sur la tombe, il parle de l'indéfectible amour conjugal qui a dû traverser bien des épreuves mais qui est resté pour le défunt, jusqu'à la fin de ses jours, un havre sûr où il a pu revenir à l'ultime moment. Même le collègue de Franz auquel Marie-Claude a demandé de prononcer quelques mots sur le cercueil rend surtout hommage à la courageuse épouse du défunt.

Quelque part en arrière, recroquevillée, soutenue par une amie, il y a la jeune fille aux grandes lunettes. Elle a étouffé tant de larmes et avalé tant de cachets qu'elle est prise de convulsions avant la fin de la cérémonie. Elle se plie en deux, elle se tient le ventre et son amie doit l'aider à sortir du cimetière.

Dès qu'il reçut le télégramme du président de la coopérative, il enfourcha sa moto et se mit en route. Il se chargea de l'enterrement. Sur la stèle, il fit graver au-dessus du nom de son père cette inscription : *Il voulait le Royaume de Dieu sur la terre.*

Il sait bien que son père n'aurait jamais employé ces mots-là. Mais il est certain que l'inscription exprimait exactement ce que voulait son père. Le Royaume de Dieu signifie la justice. Tomas avait soif d'un monde où régnerait la justice. Simon n'a-t-il pas le droit d'exprimer la vie de son père avec son propre vocabulaire ? N'est-ce pas depuis des temps immémoriaux le droit de tous les héritiers ?

Après un long égarement, le retour, peut-on lire sur le monument funéraire de Franz. Cette inscription peut être interprétée comme un symbole religieux : l'égarement dans la vie terrestre, le retour dans les bras de Dieu. Mais les initiés savent que cette phrase a aussi un sens tout à fait profane. D'ailleurs, Marie-Claude en parle tous les jours :

Franz, ce cher, ce brave Franz, n'a pas supporté la crise de la cinquantaine. Il est tombé dans les griffes d'une pauvre fille ! Elle n'était même pas jolie (vous avez remarqué ces énormes lunettes derrière lesquelles on la voit à peine ?). Mais un quinquagénaire (nous le savons tous !) vendrait son âme pour un morceau de jeune chair. Seule sa propre femme peut savoir comme il en a souffert! Pour lui, c'était une vraie torture morale! Parce que Franz, au fond de son âme, était un homme honnête et bon. Comment expliquer autrement ce voyage absurde et désespéré dans un coin perdu d'Asie? Il est allé y chercher sa mort. Oui, Marie-Claude en est certaine: Franz a délibérément cherché la mort. Pendant ses derniers jours, alors qu'il était à l'agonie et qu'il n'avait plus besoin de mentir, il ne voulait voir qu'elle. Il ne pouvait pas parler, mais il la remerciait au moins du regard. Ses yeux lui demandaient pardon. Et elle lui a pardonné.

Qu'est-il resté des agonisants du Cambodge ?

Une grande photo de la star américaine tenant dans ses bras un enfant jaune.

Qu'est-il resté de Tomas ?

Une inscription : Il voulait le Royaume de Dieu sur la terre.

Qu'est-il resté de Beethoven ?

Un homme morose à l'invraisembláble crinière, qui prononce d'une voix sombre : « Es muss sein ! »

Qu'est-il resté de Franz ?

Une inscription : Après un long égarement, le retour.

Et ainsi de suite, et ainsi de suite. Avant d'être oubliés, nous serons changés en kitsch. Le kitsch, c'est la station de correspondance entre l'être et l'oubli.

SEPTIÈME PARTIE

LE SOURIRE DE KARÉNINE

1

La fenêtre donnait sur un coteau parsemé des corps tordus des pommiers. Au-dessus du coteau, la forêt enserrait l'horizon, et la courbe des collines s'étendait au loin. Le soir, une lune blanche pointait sur le ciel pâle et c'était le moment où Tereza sortait sur le seuil. La lune suspendue dans le ciel pas encore assombri était comme une lampe qu'on a oublié d'éteindre le matin et qui est restée allumée toute la journée dans la chambre des morts.

Les pommiers tordus poussaient sur le coteau et aucun ne pourrait quitter l'endroit où il avait pris racine, de même que Tereza et Tomas ne pourraient plus jamais quitter ce village. Ils avaient vendu leur voiture, leur téléviseur, leur radio pour pouvoir acheter une maisonnette avec un jardin à un paysan qui était parti s'installer à la ville.

Aller vivre à la campagne, c'était la seule possibilité d'évasion qui leur restait, car la campagne manquant en permanence de bras ne manquait pas de logements. Personne ne s'intéressait au passé politique de ceux qui acceptaient d'aller travailler aux champs ou dans les forêts et nul ne les enviait.

Tereza était heureuse d'avoir quitté la ville et d'être loin du bar aux clients soûls, loin des femmes inconnues qui laissaient l'odeur de leur sexe dans les cheveux de Tomas. La police avait renoncé à s'occuper d'eux et comme l'histoire de l'ingénieur se confondait dans sa mémoire avec la scène du Mont-de-Pierre, elle distinguait à peine ce qui était le rêve et ce qui était la réalité. (D'ailleurs, l'ingénieur était-il vraiment au service de la police secrète ? Peut-être que oui, peut-être que non. Il ne manque pas d'hommes qui se font prêter des appartements pour leurs rendez-vous intimes et n'aiment pas coucher plus d'une fois avec la même femme.)

Donc, Tereza était heureuse et croyait toucher au but : ils étaient ensemble Tomas et elle, et ils étaient seuls. Seuls ? Je dois être plus précis : ce que j'ai appelé la solitude signifiait qu'ils avaient interrompu tout contact avec leurs anciens amis et connaissances. Ils avaient coupé leur vie passée comme on coupe, avec des ciseaux, un ruban. Mais ils se sentaient bien en compagnie des paysans avec lesquels ils travaillaient, auxquels ils rendaient visite de temps à autre et qu'ils invitaient chez eux.

Le jour où elle avait fait la connaissance du président de la coopérative dans la ville d'eaux dont les rues étaient baptisées de noms russes, Tereza avait soudain découvert en elle l'image de la campagne qu'y avaient laissée des souvenirs de lecture ou ses ancêtres : un monde harmonieux dont tous les membres forment une grande famille qui partage les mêmes intérêts et les mêmes habitudes : tous les dimanches la messe à l'église, l'auberge où les hommes se retrouvent sans les femmes, et la salle de cette même auberge où il y a un orchestre le samedi et où tout le village danse.

Mais sous le communisme le village ne ressemble plus à cette image séculaire. L'église se trouvait dans une commune voisine et personne n'y allait, l'auberge avait été transformée en bureaux, les hommes ne savaient pas où se retrouver pour boire une bière, les jeunes ne savaient pas où aller danser. On ne pouvait pas célébrer les fêtes religieuses, les fêtes officielles n'intéressaient personne. Le cinéma le plus proche était à la ville, à vingt kilomètres. Après la journée de travail, pendant laquelle les gens s'interpellaient gaiement et profitaient d'une pause pour bavarder, on s'enfermait entre les quatre murs de maisonnettes au mobilier moderne d'où le mauvais goût soufflait comme un courant d'air et on gardait les yeux fixés sur l'écran allumé du téléviseur. On ne se rendait pas visite, à peine allait-on de temps à autre échanger quelques mots avec un voisin avant le souper. Tout le monde rêvait de partir s'installer à la ville. La campagne n'offrait rien de ce qui aurait pu donner un peu d'intérêt à la vie.

C'est peut-être parce que personne ne veut s'y fixer que l'Etat a perdu son autorité sur la campagne. L'agriculteur qui n'est plus propriétaire de sa terre et n'est qu'un salarié travaillant aux champs n'est plus attaché ni au paysage ni à son travail, il n'a rien qu'il puisse craindre de perdre. Grâce à cette indifférence, la campagne a conservé une marge considérable d'autonomie et de liberté. Le président de la coopérative n'était pas imposé de l'extérieur (comme le sont tous les responsables dans les villes), il était élu par les paysans et il était des leurs.

Comme tout le monde voulait partir, Tereza et Tomas avaient une position exceptionnelle : ils étaient venus volontairement. Les autres saisissaient la moindre occasion d'aller passer une journée dans les bourgs des environs, mais Tereza et Tomas ne demandaient qu'à rester où ils étaient et ne tardèrent pas à mieux connaître les villageois que les villageois ne se connaissaient entre eux.

Le président de la coopérative devint leur véritable ami. Il avait une femme, quatre enfants et un cochon qu'il avait dressé comme si c'était un chien. Le cochon s'appelait Méphisto et il était la gloire et l'attraction du village. Il obéissait à la voix, il était bien propre et rose et trottinait sur ses petits sabots comme une femme aux gros mollets trottine sur de hauts talons.

La première fois que Karénine vit Méphisto, il en fut déconcerté et passa un long moment à lui tourner autour et à le renifler. Mais il se lia bientôt d'amitié avec lui et il le préféra aux chiens du village qu'il méprisait parce qu'ils étaient attachés à leur niche et aboyaient bêtement, perpétuellement et sans motif. Karénine appréciait la rareté à sa juste valeur et je serais tenté de dire qu'il tenait à cette amitié avec le cochon.

Le président de la coopérative était à la fois heureux de pouvoir aider son ancien chirurgien et malheureux de ne pouvoir faire davantage pour lui. Tomas était chauffeur de camion, il conduisait les agriculteurs aux champs ou transportait le matériel.

La coopérative avait quatre grands bâtiments d'élevage et en plus une petite étable de quarante génisses. Elles avaient été confiées à Tereza qui les menait au pré deux fois par jour. Les prairies voisines, aisément accessibles, étant destinées à la fenaison, Tereza devait mener son troupeau dans les collines environnantes. Les génisses broutaient l'herbe de pâturages de plus en plus éloignés et Tereza parcourait avec elles au cours de l'année toute la vaste contrée qui entourait le village. Comme jadis dans la petite ville, elle avait toujours un livre à la main ; une fois dans les prés elle l'ouvrait et lisait.

Karénine l'accompagnait toujours. Il avait appris à aboyer après les jeunes vaches quand elles étaient trop folâtres et qu'elles voulaient s'éloigner des autres ; il y prenait un plaisir évident. De tous les trois, il était le plus heureux. Jamais sa fonction de « chancelier de l'horloge » n'avait été aussi scrupuleusement respectée qu'ici où il n'y avait aucune place pour l'improvisation. Ici, le temps dans lequel vivaient Tereza et Tomas se rapprochait de la régularité du temps de Karénine.

Un jour après le déjeuner (c'était le moment où ils avaient tous les deux une heure de liberté), ils faisaient une promenade avec Karénine à flanc de coteau derrière la maison.

« Je n'aime pas comme il court », dit Tereza.

Karénine boitait de la patte gauche. Tomas se pencha et lui palpa la patte. Il découvrit une petite boule à la cuisse.

Le lendemain, il le fit monter à côté de lui sur le siège du camion et il s'arrêta au village voisin où habitait le vétérinaire. Il passa le voir au bout d'une semaine et revint en annonçant que Karénine avait un cancer.

Trois jours après, il l'opéra lui-même avec le vétérinaire. Quand il le ramena à la maison, Karénine ne s'était pas encore réveillé de l'anesthésie. Il était couché sur le tapis, il avait les yeux ouverts et gémissait. Sur la cuisse, les poils étaient rasés et il avait une plaie avec six points de suture.

Un peu plus tard, il tenta de se lever. Mais en vain.

Tereza eut peur : et s'il ne pouvait plus jamais remarcher ?

« Ne crains rien, dit Tomas, il est encore sous le coup de l'anesthésie. »

Elle essaya de le soulever, mais il fit claquer ses mâchoires. C'était la première fois qu'il voulait la mordre !

« Il ne sait pas qui tu es, dit Tomas. Il ne te reconnaît pas. »

Ils l'étendirent auprès de leur lit où il s'assoupit rapidement. Ils s'endormirent à leur tour.

Il les réveilla subitement vers trois heures du matin. Il remuait la queue et piétinait Tereza et Tomas. Il se frottait contre eux, sauvagement, insatiablement.

C'était aussi la première fois qu'il les réveillait ! Il attendait toujours que l'un des deux fût réveillé pour oser sauter sur le lit.

Mais cette fois, il n'avait pu se maîtriser quand il avait soudain repris pleinement conscience au milieu de la nuit. Qui sait de quels lointains il revenait ! Qui sait quels spectres il avait affrontés ! Et maintenant, voyant qu'il était chez lui et reconnaissant les êtres qui lui étaient le plus proches, il ne pouvait s'empêcher de leur communiquer sa joie terrible, la joie qu'il éprouvait de son retour et de sa nouvelle naissance.

2

Tout au début de la Genèse, il est écrit que Dieu a créé l'homme pour qu'il règne sur les oiseaux, les poissons et le bétail. Bien entendu, la Genèse a été composée par un homme et pas par un cheval. Il n'est pas du tout certain que Dieu ait vraiment voulu que l'homme règne sur les autres créatures. Il est plus probable que l'homme a inventé Dieu pour sanctifier le pouvoir qu'il a usurpé sur la vache et le cheval. Oui, le droit de tuer un cerf ou une vache, c'est la seule chose sur laquelle l'humanité tout entière soit fraternellement d'accord, même pendant les guerres les plus sanglantes.

Ce droit nous semble aller de soi parce que c'est nous qui nous trouvons au sommet de la hiérarchie. Mais il suffirait qu'un tiers s'immisce dans le jeu, par exemple un visiteur venu d'une autre planète dont le Dieu aurait dit « Tu régneras sur les créatures de toutes les autres étoiles », et toute l'évidence de la Genèse serait aussitôt remise en question. L'homme attelé à un char par un Martien, éventuellement grillé à la broche par un habitant de la Voie lactée, se rappellera peut-être alors la côtelette de veau qu'il avait coutume de découper sur son assiette et présentera (trop tard) ses excuses à la vache.

Tereza s'avance avec son troupeau de génisses, elle les pousse devant elle, il y en a toujours une qu'il faut

416

gronder parce que les jeunes vaches sont folâtres et s'écartent du chemin pour courir dans les champs. Karénine l'accompagne. Voilà déjà deux ans qu'il la suit jour après jour au pâturage. D'habitude, ça l'amuse beaucoup de se montrer sévère avec les génisses, de leur aboyer après et de les injurier (son Dieu l'a chargé de régner sur les vaches et il en est fier). Mais aujourd'hui, il marche avec beaucoup de mal et sautille sur trois pattes ; sur la quatrième, il a une plaie qui saigne. Toutes les deux minutes, Tereza se penche pour lui caresser le dos. Quinze jours après l'opération, il est évident que le cancer n'est pas enrayé et que Karénine ira de mal en pis.

En chemin ils rencontrent une voisine qui se rend à l'étable, chaussée de bottes en caoutchouc. La voisine s'arrête : « Qu'est-ce qu'il a, votre chien ? On dirait qu'il boite ! » Tereza répond : « Il a un cancer. Il est condamné », et elle sent sa gorge se serrer et elle a du mal à parler. La voisine aperçoit les larmes de Tereza et se met presque en colère : « Bon Dieu, vous n'allez tout de même pas pleurer pour un chien ! » Elle n'a pas dit ça méchamment, elle est brave, c'est plutôt pour consoler Tereza. Tereza le sait, elle habite le village depuis assez longtemps pour comprendre que si les paysans aimaient leurs lapins comme elle aime Karénine, ils ne pourraient en tuer aucun et ne tarderaient pas à crever de faim en même temps que leurs animaux. Pourtant, la remarque de la voisine lui paraît hostile. « Je sais », répond-elle sans protester, mais elle s'empresse de se détourner et poursuit son chemin. Elle se sent seule avec son amour pour son

L'insoutenable légèreté de l'être.   14.

chien. Elle songe avec un sourire mélancolique qu'elle doit le cacher plus jalousement que s'il fallait dissimuler une infidélité. L'amour qu'on porte à un chien scandalise. Si la voisine apprenait qu'elle trompe Tomas, elle lui taperait gaiement dans le dos d'un air complice !

Donc, elle poursuit son chemin avec ses génisses qui se frottent les flancs l'une contre l'autre, et elle se dit que ce sont des bêtes très sympathiques. Paisibles, sans malice, parfois d'une gaieté puérile : on croirait de grosses dames dans la cinquantaine qui feraient semblant d'avoir quatorze ans. Il n'est rien de plus touchant que des vaches qui jouent. Tereza les regarde avec tendresse et se dit (c'est une idée qui lui revient irrésistiblement depuis deux ans) que l'humanité vit en parasite de la vache comme le ténia vit en parasite de l'homme : elle s'est collée à leurs pis comme une sangsue. L'homme est un parasite de la vache, c'est sans doute la définition qu'un non-homme pourrait donner de l'homme dans sa zoologie.

On peut voir dans cette définition une simple plaisanterie et en sourire avec indulgence. Mais si Tereza la prend au sérieux, elle s'engage sur une pente glissante : ces idées-là sont dangereuses et l'éloignent de l'humanité. Déjà, dans la Genèse, Dieu a chargé l'homme de régner sur les animaux, mais on peut expliquer cela en disant qu'il n'a fait que lui *prêter* ce pouvoir. L'homme n'était pas le propriétaire mais seulement le gérant de la planète, et il aura un jour à rendre compte de sa gestion. Descartes est allé plus loin : il a fait de l'homme « le maître et le possesseur de la nature ». Et il y a certainement une profonde logique dans le fait que lui, précisément, ait nié que les animaux ont une âme. L'homme est le propriétaire et le maître tandis que l'animal, dit Descartes, n'est qu'un automate, une machine animée, une « machina animata ». Lorsqu'un animal gémit, ce n'est pas une plainte, ce n'est que le grincement d'un mécanisme qui fonctionne mal. Quand la roue d'une charrette grince, ça ne veut pas dire que la charrette a mal, mais qu'elle n'est pas graissée. De la même manière il faut interpréter les plaintes de l'animal et ne pas se lamenter sur le chien qu'on découpe vivant dans un laboratoire.

Les génisses broutent dans une prairie, Tereza est assise sur une souche et Karénine est étendu à ses pieds, la tête posée sur ses genoux. Et Tereza se souvient d'une dépêche de deux lignes qu'elle a lue dans le journal voici une douzaine d'années : il y était dit que dans une ville de Russie tous les chiens avaient été abattus. Cette dépêche, discrète et apparemment sans importance, lui avait fait sentir pour la première fois l'horreur qui émanait de ce grand pays voisin.

C'était une anticipation de tout ce qui est arrivé ensuite ; dans les deux premières années qui suivirent l'invasion russe, on ne pouvait pas encore parler de terreur. Etant donné que presque toute la nation désapprouvait le régime d'occupation, il fallait que les Russes trouvent parmi les Tchèques des hommes nouveaux et les portent au pouvoir. Mais où les trouver, puisque la foi dans le communisme et l'amour de la Russie étaient choses mortes ? Ils allèrent les chercher parmi ceux qui nourrissaient en eux le désir vindicatif de régler leurs comptes avec la vie. Il fallait souder, entretenir, tenir en alerte leur agressivité. Il fallait d'abord l'entraîner contre une cible provisoire. Cette cible, ce furent les animaux.

Les journaux commencèrent alors à publier des séries d'articles et à organiser des campagnes sous forme de lettres de lecteurs. Par exemple, on exigeait l'extermination des pigeons dans les villes. Exterminés, ils le furent bel et bien. Mais la campagne visait surtout les chiens. Les gens étaient encore traumatisés par la catastrophe de l'occupation, mais dans les journaux, à la radio, à la télé, il n'était question que des chiens qui souillaient les trottoirs et les jardins publics, qui menaçaient ainsi la santé des enfants et qui ne servaient à rien mais qu'il fallait pourtant nourrir. On créa une véritable psychose, et Tereza redoutait que la populace excitée ne s'en prît à Karénine. Un an plus tard, la rancœur accumulée (d'abord essayée sur les animaux) fut pointée sur sa véritable cible : l'homme. Les licenciements, les arrestations, les procès commencèrent. Les bêtes pouvaient enfin souffler.

Tereza caresse la tête de Karénine qui repose paisiblement sur ses genoux. Elle se tient à peu près ce raisonnement : Il n'y a aucun mérite à bien se conduire avec ses semblables. Tereza est forcée d'être correcte avec les autres villageois, sinon elle ne pourrait pas y vivre, et même avec Tomas elle est *obligée* de se conduire en femme aimante car elle a besoin de Tomas. On ne pourra jamais déterminer

420

avec certitude dans quelle mesure nos relations avec autrui sont le résultat de nos sentiments, de notre amour ou non-amour, de notre bienveillance ou haine, et dans quelle mesure elles sont d'avance conditionnées par les rapports de force entre individus.

La vraie bonté de l'homme ne peut se manifester en toute pureté et en toute liberté qu'à l'égard de ceux qui ne représentent aucune force. Le véritable test moral de l'humanité (le plus radical, qui se situe à un niveau si profond qu'il échappe à notre regard), ce sont ses relations avec ceux qui sont à sa merci : les animaux. Et c'est ici que s'est produite la faillite fondamentale de l'homme, si fondamentale que toutes les autres en découlent.

Une génisse s'est approchée de Tereza, s'est arrêtée et l'examine longuement de ses grands yeux bruns. Tereza la connaît. Elle l'appelle Marguerite. Elle aurait aimé donner un nom à toutes ses génisses, mais elle n'a pas pu. Il y en a trop. Avant, il en était encore certainement ainsi voici une trentaine d'années, toutes les vaches du village avaient un nom. (Et si le nom est le signe de l'âme, je peux dire qu'elles en avaient une, n'en déplaise à Descartes.) Mais le village est ensuite devenu une grande usine coopérative et les vaches passent toute leur vie dans leurs deux mètres carrés d'étable. Elles n'ont plus de nom et ce ne sont plus que des « machinae animatae ». Le monde a donné raison à Descartes.

J'ai toujours devant les yeux Tereza assise sur une souche, elle caresse la tête de Karénine et songe à la faillite de l'humanité. En même temps, une autre image m'apparaît : Nietzsche sort d'un hôtel de Turin. Il aperçoit devant lui un cheval et un cocher qui le frappe à coups de fouet. Nietzsche s'approche du cheval, il lui prend l'encolure entre les bras sous les yeux du cocher et il éclate en sanglots.

Ça se passait en 1889 et Nietzsche s'était déjà éloigné, lui aussi, des hommes. Autrement dit : c'est précisément à ce moment-là que s'est déclarée sa maladie mentale. Mais, selon moi, c'est bien là ce qui donne à son geste sa profonde signification. Nietzsche était venu demander au cheval pardon pour Descartes. Sa folie (donc son divorce d'avec l'humanité) commence à l'instant où il pleure sur le cheval.

Et c'est ce Nietzsche-là que j'aime, de même que j'aime Tereza, qui caresse sur ses genoux la tête d'un chien mortellement malade. Je les vois tous deux côte à côte : ils s'écartent tous deux de la route où l'humanité, « maître et possesseur de la nature », poursuit sa marche en avant.

3

Karénine avait accouché de deux croissants et d'une abeille. Il regardait avec surprise sa bizarre progéniture. Les croissants se tenaient tranquilles mais l'abeille ahurie titubait; bientôt elle s'envola et disparut.

C'était un rêve que Tereza venait de faire. A son réveil, elle le raconta à Tomas et ils y trouvèrent tous deux une consolation : ce rêve changeait la maladie de Karénine en grossesse et le drame de l'accouchement avait une issue à la fois comique et attendrissante : deux croissants et une abeille.

Elle fut de nouveau saisie d'un espoir absurde. Elle se leva et s'habilla. Au village aussi, sa journée commençait par les courses : elle allait à l'épicerie acheter du lait, du pain, des croissants. Mais ce jour-là, quand elle appela Karénine pour qu'il l'accompagne, le chien leva à peine la tête. C'était la première fois qu'il refusait de participer à la cérémonie qu'il avait toujours, avec entêtement, réclamée lui-même.

Elle partit donc sans lui. « Où est Karénine ? » demanda la vendeuse qui avait déjà un croissant prêt pour lui. Cette fois, ce fut Tereza qui emporta elle-même le croissant dans son cabas. Dès qu'elle fut sur le seuil, elle le sortit pour le montrer à Karénine. Elle voulait qu'il vienne le chercher. Mais il restait couché et ne bougeait pas.

Tomas voyait combien Tereza était triste. Il prit lui-même le croissant dans la bouche et se mit à quatre pattes en face de Karénine. Puis il approcha lentement.

Karénine le regardait, une lueur d'intérêt parut s'allumer dans ses yeux, mais il ne se levait pas. Tomas avança son visage tout près de son museau. Sans déplacer son corps, le chien prit dans la gueule un morceau du croissant qui sortait de la bouche de Tomas. Puis Tomas lâcha le croissant pour le laisser tout entier à Karénine.

Tomas, toujours à quatre pattes, recula, se recroquevilla et se mit à grogner. Il faisait semblant de vouloir se battre pour le croissant. Le chien répondit à son maître par son propre grognement. Enfin ! C'était ça qu'ils attendaient ! Karénine avait envie de jouer ! Karénine avait encore le goût de vivre.

Ce grognement, c'était le sourire de Karénine et ils voulaient faire durer ce sourire le plus longtemps possible. De nouveau, Tomas, toujours à quatre pattes, s'approcha du chien et saisit l'extrémité du croissant qui saillait de la gueule du chien. Leurs visages étaient tout près l'un de l'autre, Tomas sentait l'haleine du chien, et les longs poils qui poussaient autour du museau de Karénine lui chatouillaient le visage. Le chien émit encore un grognement et secoua brusquement son museau. Il leur restait à chacun une moitié de croissant serrée entre les dents. Karénine commit sa vieille erreur. Il lâcha son bout de croissant et voulut s'emparer du morceau que son maître tenait dans la bouche. Il avait, comme toujours, oublié que

Tomas n'était pas un chien et qu'il avait des mains. Tomas ne lâcha pas le croissant qu'il avait à la bouche et ramassa la moitié tombée par terre.

« Tomas, cria Tereza, ne lui prends pas son croissant ! »

Tomas laissa tomber les deux moitiés devant Karénine qui en avala une bien vite mais garda l'autre dans sa gueule, longtemps et ostensiblement, pour montrer fièrement à ses deux maîtres qu'il avait gagné la partie.

Ils le regardaient et se répétaient que Karénine souriait et que, tant qu'il souriait, il aurait encore une raison de vivre, même s'il était condamné.

Le lendemain, son état parut s'améliorer. Ils déjeunèrent. C'était le moment où ils avaient tous les deux une heure de liberté et où ils emmenaient le chien faire sa promenade. Il le savait et, d'ordinaire, quelques instants avant, il gambadait autour d'eux d'un air inquiet, mais cette fois, quand Tereza prit sa laisse et son collier, il les regarda longuement sans bouger. Ils étaient campés devant lui et s'efforçaient de paraître gais (à cause de lui et pour lui) afin de lui communiquer un peu de bonne humeur. Au bout d'un moment, comme s'il avait eu pitié d'eux, le chien s'approcha en boitant sur trois pattes et se laissa mettre son collier.

« Tereza, dit Tomas, je sais que tu es brouillée avec l'appareil photo. Mais aujourd'hui, prends-le ! »

Tereza obéit. Elle ouvrit un placard pour y chercher l'appareil enfoui dans un coin et oublié.

425

Tomas reprit : « Un jour, on sera très contents d'avoir ces photos-là. Karénine, c'était une part de notre vie.

— Comment, *c'était* ? » dit Tereza, comme si un serpent l'avait mordue. L'appareil était devant elle au fond du placard, mais elle ne faisait pas un geste. « Je ne le prendrai pas. Je ne veux pas croire que Karénine ne sera plus là. Tu en parles déjà au passé !

— Ne m'en veux pas ! dit Tomas.

— Je ne t'en veux pas, dit doucement Tereza. Moi aussi, combien de fois je me suis surprise à penser à lui au passé ! Combien de fois je me le suis reproché ! C'est pour ça que je n'emporterai pas l'appareil. »

Ils marchaient sur la route sans parler. Ne pas parler, c'était la seule façon de ne pas penser à Karénine au passé. Ils ne le quittaient pas des yeux et ils étaient constamment avec lui. Ils guettaient le moment où il allait sourire. Mais il ne souriait pas ; il ne faisait que marcher, et toujours sur trois pattes.

« Il fait ça uniquement pour nous, dit Tereza. Il n'avait pas envie de sortir. Il est venu uniquement pour nous faire plaisir. »

Ce qu'elle disait était triste, mais ils étaient heureux malgré cela sans s'en rendre compte. S'ils étaient heureux, ce n'était pas en dépit de la tristesse, mais grâce à la tristesse. Ils se tenaient par la main et ils avaient tous les deux la même image devant les yeux : un chien boiteux qui incarnait dix années de leur vie.

Ils firent encore un bout de chemin. Puis Karénine, à leur grande déception, s'arrêta et fit demi-tour. Il fallut retourner.

Peut-être encore le même jour ou le lendemain, en entrant à l'improviste dans la chambre de Tomas, Tereza remarqua qu'il lisait une lettre. Quand il entendit claquer la porte, il repoussa la lettre parmi d'autres papiers. Elle s'en aperçut. Et en sortant de la pièce, elle vit qu'il glissait une lettre dans sa poche. Mais il avait oublié l'enveloppe. Une fois seule dans la maison, elle l'examina. L'adresse était rédigée d'une écriture inconnue qui lui parut très nette et où elle crut voir une écriture de femme.

Plus tard, quand ils se retrouvèrent, elle lui demanda, mine de rien, s'il y avait eu du courrier.

« Non », dit Tomas, et le désespoir s'empara de Tereza, un désespoir d'autant plus cruel qu'elle en avait perdu l'habitude. Non, elle ne croyait pas que Tomas pût voir ici une femme en cachette. C'était pratiquement impossible. Elle était au courant de tous ses moments de liberté. Mais il était sans doute à Prague une femme à laquelle il pensait et à laquelle il tenait même si elle ne pouvait lui laisser l'odeur de son sexe dans les cheveux. Elle ne croyait pas que Tomas pût la quitter pour cette femme, mais elle avait le sentiment que le bonheur des deux dernières années passées à la campagne était, comme autrefois, avili par le mensonge.

Une idée ancienne lui revenait : son chez-soi, ça n'était pas Tomas, mais Karénine. Qui remonterait l'horloge de leurs journées quand il ne serait plus là ?

Tereza était en pensée dans l'avenir, dans un avenir sans Karénine, et elle s'y sentait abandonnée.

Karénine était couché dans un coin et gémissait.

Tereza alla au jardin. Elle examina l'herbe entre deux pommiers et se dit que c'était ici qu'ils enterreraient Karénine. Elle plongea le talon dans la terre pour tracer dans l'herbe un rectangle. Ce serait l'emplacement de la tombe.

« Qu'est-ce que tu fais ? » lui demanda Tomas, qui la surprit tout aussi inopinément qu'elle l'avait surpris quelques heures plus tôt lisant une lettre.

Elle ne répondit pas. Il voyait qu'elle avait les mains qui tremblaient ; c'était la première fois depuis longtemps. Il les lui saisit. Elle se dégagea.

« C'est la tombe de Karénine ? »

Elle ne répondit pas.

Son silence irritait Tomas. Il éclata : « Tu m'as reproché de penser à lui au passé. Et toi, qu'est-ce que tu fais ? Tu veux déjà l'enterrer ! »

Elle lui tourna le dos et rentra.

Tomas alla dans sa chambre et claqua la porte derrière lui.

Tereza la rouvrit en disant : « Tu n'as beau penser qu'à toi, tu pourrais au moins penser à lui en ce moment. Il dormait et tu l'as réveillé. Il va se remettre à gémir. »

Elle savait qu'elle était injuste (le chien ne dormait pas), elle savait qu'elle se comportait comme la bonne femme la plus vulgaire qui veut faire mal et sait comment s'y prendre.

Tomas entra sur la pointe des pieds dans la pièce où Karénine était couché. Mais elle ne voulait pas le laisser seul avec lui. Ils se penchaient sur le chien, chacun d'un côté. Ce mouvement commun n'était pas un geste de réconciliation. Au contraire. Chacun était seul. Tereza avec son chien, Tomas avec son chien.

J'ai bien peur qu'ils ne restent ainsi avec lui jusqu'au dernier moment, tous deux séparés, chacun seul.

4

Pourquoi le mot idylle est-il si important pour Tereza ?

Nous qui avons été élevés dans la mythologie de l'Ancien Testament, nous pourrions dire que l'idylle est l'image qui est restée en nous comme un souvenir du Paradis : La vie au Paradis ne ressemblait pas à la course en ligne droite qui nous mène dans l'inconnu, ce n'était pas une aventure. Elle se déplaçait en cercle entre des choses connues. Sa monotonie n'était pas ennui mais bonheur.

Tant que l'homme vivait à la campagne, au milieu de la nature, entouré d'animaux domestiques, dans l'étreinte des saisons et de leur répétition, il restait toujours avec lui ne serait-ce qu'un reflet de cette idylle paradisiaque. Aussi, le jour où Tereza rencontra dans la ville d'eaux le président de la coopérative, vit-elle surgir devant ses yeux l'image de la campagne (de la campagne où elle n'avait jamais vécu, qu'elle ne connaissait pas) et elle en fut ravie. C'était comme de regarder en arrière, en direction du Paradis.

Au Paradis, quand il se penchait sur la source, Adam ne savait pas encore que ce qu'il voyait, c'était lui. Il n'aurait pas compris Tereza qui, quand elle était petite, se plantait devant la glace et s'efforçait de voir son âme à travers son corps. Adam était comme Karénine. Souvent, pour s'amuser, Tereza le conduisait devant le miroir. Il n'y reconnaissait pas son image et la regardait d'un air distrait, avec une incroyable indifférence.

La comparaison entre Karénine et Adam m'amène à l'idée qu'au Paradis l'homme n'était pas encore l'homme. Plus exactement : l'homme n'était pas encore lancé sur la trajectoire de l'homme. Nous autres, nous y sommes lancés depuis longtemps et nous volons dans le vide du temps qui s'accomplit en ligne droite. Mais il existe encore en nous un mince cordon qui nous rattache au lointain Paradis brumeux où Adam se penchait sur la source et, à la différence de Narcisse, ne se doutait pas que cette pâle tache jaune qu'il y voyait paraître, c'était bien lui. La nostalgie du Paradis, c'est le désir de l'homme de ne pas être homme.

Quand elle était petite fille et qu'elle trouvait les serviettes hygiéniques de sa mère tachées de sang menstruel, elle en était dégoûtée et détestait sa mère de ne même pas avoir la pudeur de les cacher. Mais Karénine, qui était une chienne, avait aussi ses règles. Elles arrivaient une fois tous les six mois et duraient quinze jours. Pour qu'il ne salît pas l'appartement, Tereza lui mettait un gros morceau de coton entre les pattes et l'habillait d'un de ses vieux slips ingénieusement fixé au corps par un long ruban. Pendant quinze jours, elle souriait de cet accoutrement.

Comment expliquer que les règles d'une chienne éveillaient en elle une tendresse enjouée, alors que ses propres règles lui répugnaient ? La réponse me semble facile : le chien n'a jamais été chassé du Paradis.

Karénine ignore tout de la dualité du corps et de l'âme et ne sait pas ce qu'est le dégoût. C'est pourquoi Tereza se sent si bien et si tranquille auprès de lui. (Et c'est pour cela qu'il est si dangereux de changer l'animal en machine animée et de faire de la vache un automate à produire du lait : l'homme coupe ainsi le fil qui le rattachait au Paradis, et rien ne pourra l'arrêter ni le réconforter dans son vol à travers le vide du temps.)

Du chaos confus de ces idées, une pensée blasphématoire dont elle ne peut se débarrasser germe dans l'esprit de Tereza : l'amour qui la lie à Karénine est meilleur que l'amour qui existe entre elle et Tomas. Meilleur, pas plus grand. Tereza ne veut accuser personne, ni elle, ni Tomas, elle ne veut pas affirmer qu'ils pourraient s'aimer *davantage*. Il lui semble plutôt que le couple humain est créé de telle sorte que l'amour de l'homme et de la femme est a priori d'une nature inférieure à ce que peut être (tout au moins dans la meilleure de ses variantes) l'amour entre l'homme et le chien, cette bizarrerie de l'histoire de l'homme, que le Créateur, vraisemblablement, n'avait pas planifiée.

C'est un amour désintéressé : Tereza ne veut rien de Karénine. Elle n'exige même pas d'amour. Elle ne s'est jamais posé les questions qui tourmentent les couples humains : est-ce qu'il m'aime ? a-t-il aimé quelqu'un plus que moi ? m'aime-t-il plus que moi je l'aime ? Toutes ces questions qui interrogent l'amour, le jaugent, le scrutent, l'examinent, peut-être le détruisent-elles dans l'œuf. Si nous sommes incapa-

432

bles d'aimer, c'est peut-être parce que nous désirons être aimés, c'est-à-dire que nous voulons quelque chose de l'autre (l'amour), au lieu de venir à lui sans revendications et ne vouloir que sa simple présence.

Et encore une chose : Tereza a accepté Karénine tel qu'il est, elle n'a pas cherché à le changer à son image, elle a acquiescé d'avance à son univers de chien, elle ne veut pas le lui confisquer, elle n'est pas jalouse de ses penchants secrets. Si elle l'a élevé, ce n'est pas pour le changer (comme un homme veut changer sa femme et une femme son homme), mais uniquement pour lui enseigner le langage élémentaire qui leur a permis de se comprendre et de vivre ensemble.

Et aussi : son amour pour le chien est un amour volontaire, personne ne l'y a contrainte. (Une fois de plus, Tereza pense à sa mère, et elle en éprouve un grand regret : si sa mère avait été une des femmes inconnues du village, sa joviale grossièreté lui eût peut-être été sympathique ! Ah ! si seulement sa mère avait été une étrangère ! Depuis l'enfance Tereza a toujours eu honte que sa mère occupe les traits de son visage et lui ait confisqué son moi. Et le pire, c'est que l'impératif millénaire « Aime ton père et ta mère ! » l'obligeait à accepter cette occupation, à qualifier d'amour cette agression ! Ce n'est pas la faute de sa mère si Tereza a rompu avec elle. Elle n'a pas rompu avec sa mère parce que sa mère était telle qu'elle était, mais parce que c'était sa mère.)

Mais surtout : aucun être humain ne peut faire à un autre l'offrande de l'idylle. Seul l'animal le peut parce qu'il n'a pas été chassé du Paradis. L'amour entre l'homme et le chien est idyllique. C'est un amour sans conflits, sans scènes déchirantes, sans évolution. Autour de Tereza et de Tomas, Karénine traçait le cercle de sa vie fondée sur la répétition et il attendait d'eux la même chose.

Si Karénine avait été un être humain au lieu d'être un chien, il aurait certainement dit depuis longtemps à Tereza : « Ecoute, ça ne m'amuse plus de porter jour après jour un croissant dans la gueule. Tu ne peux pas me trouver quelque chose de nouveau ? » Il y a dans cette phrase toute la condamnation de l'homme. Le temps humain ne tourne pas en cercle mais avance en ligne droite. C'est pourquoi l'homme ne peut être heureux puisque le bonheur est désir de répétition.

Oui, le bonheur est désir de répétition, songe Tereza.

Quand le président de la coopérative allait promener son Méphisto après le travail et rencontrait Tereza, il n'oubliait jamais de dire : « Madame Tereza ! Si seulement je l'avais connu plus tôt ! On aurait couru les filles ensemble ! Aucune femme ne résiste à deux cochons ! » A ces mots, le cochon poussait un grognement, il avait été dressé pour ça. Tereza riait, et pourtant elle savait une minute à l'avance ce qu'allait lui dire le président. La répétition n'enlevait rien de son charme à la plaisanterie. Au contraire. Dans le contexte de l'idylle, même l'humour obéit à la douce loi de la répétition.

5

Par rapport à l'homme, le chien n'a guère de privilèges, mais il en a un qui est appréciable : dans son cas, l'euthanasie n'est pas interdite par la loi ; l'animal a droit à une mort miséricordieuse. Karénine marchait sur trois pattes et passait de plus en plus de temps couché dans un coin. Il gémissait. Tereza et Tomas étaient tout à fait d'accord : ils n'avaient pas le droit de le laisser souffrir inutilement. Mais leur accord sur ce principe ne leur épargnait pas une angoissante incertitude : comment savoir à quel moment la souffrance devient inutile ? comment déterminer l'instant où ça ne vaut plus la peine de vivre ?

Si seulement Tomas n'avait pas été médecin ! Il aurait alors été possible de se cacher derrière un tiers. Il aurait été possible d'aller trouver le vétérinaire et de lui demander de piquer le chien.

Il est si dur d'assumer soi-même le rôle de la mort ! Longtemps, Tomas avait énergiquement déclaré qu'il ne lui ferait jamais de piqûre lui-même et qu'il appellerait le vétérinaire. Mais il finit par comprendre qu'il pouvait lui accorder un privilège qui n'est à la portée d'aucun être humain : la mort viendrait à lui sous l'apparence de ceux qu'il aimait.

Karénine avait passé toute la nuit à gémir. Au

matin, après l'avoir ausculté, Tomas dit à Tereza : « Il ne faut plus attendre. »

Ils devaient bientôt partir à leur travail tous les deux. Tereza alla chercher Karénine dans la chambre. Jusque-là il était resté couché avec indifférence (même quelques instants plus tôt, pendant que Tomas l'examinait, il n'y avait prêté aucune attention), mais à ce moment, en entendant la porte s'ouvrir, il leva la tête et regarda Tereza.

Elle ne put soutenir ce regard, il lui fit presque peur. Jamais il ne regardait Tomas comme ça, il ne regardait qu'elle de cette façon. Mais jamais avec la même intensité qu'aujourd'hui. Ce n'était pas un regard désespéré ou triste, non. C'était un regard d'une effrayante, d'une insoutenable confiance. Ce regard était une question avide. Toute sa vie durant, Karénine avait attendu la réponse de Tereza et il lui faisait maintenant savoir (avec encore beaucoup plus d'insistance qu'autrefois) qu'il était toujours prêt à apprendre d'elle la vérité (car tout ce qui vient de Tereza est pour lui la vérité : qu'elle lui dise « assis ! » ou « couché ! », ce sont des vérités avec lesquelles il fait corps et qui donnent un sens à sa vie).

Ce regard d'une effrayante confiance fut bref. Il reposa aussitôt sa tête sur ses pattes. Tereza savait que personne ne la regarderait plus jamais *ainsi*.

Ils ne lui donnaient jamais de sucreries, mais quelques jours plus tôt elle avait acheté des tablettes de chocolat. Elle les retira du papier d'argent, les cassa en menus morceaux et les posa autour de lui. Elle y joignit un bol d'eau pour qu'il ne manquât de rien pendant les quelques heures où il allait rester seul à la maison. Mais le regard qu'il avait posé sur elle semblait l'avoir fatigué. Bien qu'entouré de morceaux de chocolat, il ne releva plus la tête.

Elle se mit par terre près de lui et le prit dans ses bras. Il la reniffla très lentement et la lécha une ou deux fois avec une grande fatigue. Elle reçut cette caresse les yeux fermés, comme si elle avait voulu la graver à jamais dans sa mémoire. Elle tourna la tête pour qu'il lui lèche encore l'autre joue.

Puis il fallut partir s'occuper des génisses. Elle ne revint qu'après le déjeuner. Tomas n'était pas encore rentré. Karénine était toujours couché, entouré de bouts de chocolat, et il ne leva plus la tête en entendant Tereza s'approcher. Sa jambe malade était enflée et la tumeur avait éclaté à un autre endroit. Une gouttelette rouge pâle (qui ne ressemblait pas à du sang) était apparue entre les poils.

Comme le matin, elle s'allongea par terre contre lui. Elle avait passé un bras autour de son corps et elle fermait les yeux. Puis elle entendit tambouriner à la porte. « Docteur, docteur ! Voilà le cochon et son président ! » Elle était incapable de parler à personne. Elle ne fit pas un geste et garda les yeux fermés. On entendit encore une fois : « Docteur, les cochons sont venus vous voir », puis ce fut de nouveau le silence.

Tomas rentra une demi-heure plus tard. Il alla à la cuisine, sans mot dire, pour préparer la piqûre. Quand il revint dans la chambre, Tereza était debout et Karénine fit un effort pour se relever. En voyant Tomas, il agita faiblement la queue.

« Regarde ! dit Tereza, il sourit encore. »

Elle dit cela d'un ton suppliant, comme si elle avait voulu, par ces mots, demander un bref sursis, mais elle n'insista pas.

Lentement, elle étendit un drap sur le lit. C'était un drap blanc parsemé de motifs représentant de petites fleurs violettes. D'ailleurs, elle avait déjà tout préparé, déjà réfléchi à tout, comme si elle avait imaginé bien des jours à l'avance la mort de Karénine. (Ah ! quelle horreur ! nous rêvons d'avance la mort de ceux que nous aimons !)

Il n'avait plus la force de sauter sur le lit. Ils le prirent dans leurs bras et le soulevèrent ensemble. Tereza le posa sur le flanc et Tomas lui examina la patte. Il cherchait un endroit où la veine était saillante et nettement visible. Il coupa les poils avec des ciseaux à cet endroit-là.

Tereza était agenouillée au pied du lit et tenait la tête de Karénine dans ses mains contre son visage.

Tomas lui demanda de serrer fermement la patte de derrière juste au-dessus de la veine qui était mince et où il était difficile d'enfoncer l'aiguille. Elle tenait la patte de Karénine, mais sans éloigner son visage de sa tête. Elle lui parlait sans cesse d'une voix douce et il ne pensait qu'à elle. Il n'avait pas peur. Il lui lécha encore deux fois le visage. Et Tereza lui chuchotait : « N'aie pas peur, n'aie pas peur, là-bas tu n'auras pas mal, là-bas tu rêveras d'écureuils et de lièvres, il y aura des vaches, et il y aura aussi Méphisto, n'aie pas peur... »

Tomas piqua l'aiguille dans la veine et pressa le

piston. Un léger tressaillement parcourut la patte de Karénine, sa respiration s'accéléra puis s'arrêta net. Tereza était agenouillée par terre au pied du lit et pressait son visage contre sa tête.

Ils durent retourner tous les deux à leur travail et le chien resta couché sur le lit, sur le drap blanc orné de fleurs violettes.

Ils rentrèrent le soir. Tomas alla dans le jardin. Il trouva entre deux pommiers les quatre traits du rectangle que Tereza avait tracé avec son talon quelques jours plus tôt. Il se mit à creuser. Il observait rigoureusement les dimensions indiquées. Il voulait que tout fût comme Tereza le souhaitait.

Elle était restée dans la maison avec Karénine. Elle avait peur qu'ils n'enterrent le chien vivant. Elle appliqua son oreille contre son museau et crut entendre un léger souffle. Elle s'écarta et constata que sa poitrine bougeait un peu.

(Non, elle n'a entendu que sa propre respiration qui imprime un mouvement imperceptible à son propre corps, et elle croit que c'est la poitrine du chien qui bouge !)

Elle trouva un miroir dans son sac à main et l'appliqua contre la truffe du chien. Le miroir était tellement sale qu'elle crut y voir la buée laissée par le souffle.

« Tomas, il est vivant ! » s'écria-t-elle quand Tomas revint du jardin avec ses chaussures couvertes de boue.

Il se pencha, et fit non de la tête.

Ils prirent, chacun à une extrémité, le drap sur

lequel reposait Karénine. Tereza du côté des pattes, Tomas du côté de la tête. Ils le soulevèrent et l'emportèrent dans le jardin.

Tereza sentit à ses mains que le drap était mouillé. Il nous a apporté une petite mare en arrivant et il nous en laisse une en partant, pensa-t-elle. Elle était heureuse de sentir sous ses doigts cette humidité, le dernier adieu du chien.

Ils le portèrent entre les deux pommiers et le déposèrent au fond de la fosse. Elle se pencha pour arranger le drap de façon à l'en envelopper tout entier. Elle ne pouvait supporter l'idée que la terre qu'ils allaient jeter sur lui pût retomber sur son corps *nu*.

Puis elle rentra dans la maison et revint avec le collier, la laisse et une poignée de bouts de chocolat qui étaient restés intacts, par terre, depuis le matin. Elle jeta le tout dans la tombe.

A côté de la fosse, il y avait un tas de terre fraîchement retournée. Tomas se saisit de la pelle.

Tereza se souvenait de son rêve : Karénine avait donné le jour à deux croissants et à une abeille. Soudain, cette phrase ressemblait à une épitaphe. Elle imaginait, entre les pommiers, un monument avec cette inscription : « Ici repose Karénine. Il a donné le jour à deux croissants et à une abeille. »

La pénombre s'épaississait dans le jardin, ce n'était ni le jour ni le soir, il y avait une lune pâle dans le ciel, comme une lampe oubliée dans la chambre des morts.

Ils avaient tous les deux leurs chaussures pleines de terre et ils rapportèrent la bêche et la pelle dans l'appentis où étaient rangés les outils : des râteaux, des pioches, des sarclettes.

6

Il était assis à la table de sa chambre, là où il s'installait toujours pour lire un livre. A ces moments-là, quand Tereza venait le rejoindre, elle se penchait sur lui et pressait par-derrière son visage contre le sien. En faisant ce geste, ce jour-là, elle s'aperçut que Tomas ne lisait pas de livre. Une lettre était posée devant lui, et bien qu'elle eût à peine cinq lignes dactylographiées, Tomas la contemplait fixement d'un long regard immobile.

« Qu'est-ce que c'est ? » demanda Tereza avec angoisse.

Sans se retourner Tomas prit la lettre et la lui tendit. Il y était écrit qu'il devait se rendre le jour même à l'aérodrome de la ville voisine.

Quand il tourna enfin la tête vers Tereza, elle lut dans ses yeux la même horreur qu'elle venait de ressentir.

« Je vais t'accompagner », dit-elle.

Il hocha la tête : « Cette convocation ne concerne que moi. »

Elle répéta : « Non, je vais t'accompagner », et ils montèrent dans le camion de Tomas.

Quelques instants plus tard, ils arrivaient au terrain d'aviation. Il y avait de la brume. Devant eux, très vaguement, se profilaient des silhouettes d'avions. Ils allaient de l'un à l'autre, mais les portes de tous ces avions étaient fermées, il n'y avait pas moyen d'entrer. Ils finirent par en trouver un dont la porte avant était ouverte, une passerelle y était accostée. Ils montèrent les marches, un steward parut dans l'encadrement de la porte et leur fit signe de continuer. C'était un petit avion, d'une trentaine de places à peine, et il était complètement vide. Ils s'avancèrent dans l'allée entre les sièges, sans cesser de se tenir l'un à l'autre et sans trop s'intéresser à ce qui se passait autour d'eux. Ils s'assirent côte à côte sur deux sièges et Tereza posa la tête sur l'épaule de Tomas. L'horreur initiale se dissipait et se changeait en tristesse.

L'horreur est un choc, un instant de total aveuglement. L'horreur est dépourvue de toute trace de beauté. On ne voit que la lumière violente de l'événement inconnu qu'on attend. Au contraire, la tristesse suppose que l'on sait. Tomas et Tereza savaient ce qui les attendait. L'éclat de l'horreur se voilait et l'on découvrait le monde dans un éclairage bleuté et tendre qui rendait les choses plus belles qu'elles ne l'étaient auparavant.

A l'instant où elle avait lu la lettre, Tereza n'avait pas éprouvé d'amour pour Tomas, elle avait seulement pensé qu'elle ne devait pas le quitter une seconde : l'horreur étouffait tous les autres sentiments, toutes les autres sensations. Maintenant qu'elle était serrée contre lui (l'avion flottait dans les nuages), l'effroi était passé et elle sentait son amour et savait que c'était un amour sans limites et sans mesure.

L'avion atterrit enfin. Ils se levèrent et se dirigèrent vers la porte que le steward avait ouverte. Ils se tenaient toujours par la taille et ils étaient debout sur les marches en haut de la passerelle. En bas, ils virent trois hommes qui avaient des cagoules sur le visage et des fusils à la main. Il était inutile d'hésiter, car il n'y avait pas moyen d'échapper. Ils descendirent lentement et quand ils posèrent le pied sur la piste, l'un des hommes leva son fusil et mit en joue. Il n'y eut pas de détonation, mais Tereza sentit que Tomas, qui à peine une seconde avant se pressait contre elle et lui enlaçait la taille, s'affaissait sur le sol.

Elle voulut le serrer contre elle mais ne put le retenir. Il tomba sur le béton de la piste d'atterrissage. Elle se pencha. Elle voulait se jeter sur lui pour le couvrir de son corps, mais il se produisit alors une chose étrange : son corps se mit à rapetisser sous ses yeux, très vite. C'était si incroyable qu'elle en était pétrifiée et qu'elle restait clouée au sol. Le corps de Tomas rétrécissait de plus en plus, il ne ressemblait plus du tout à Tomas, il n'en restait plus que quelque chose de minuscule, et cette chose infime commençait à bouger puis se mettait à courir et s'enfuyait sur le terrain d'aviation.

L'homme qui avait tiré enleva son masque et sourit d'un air affable à Tereza. Puis il se retourna et se lança à la poursuite de cette chose minuscule qui courait en zigzaguant de-ci, de-là, comme si elle évitait quelqu'un et cherchait désespérément un abri. La chasse dura quelques instants, puis l'homme se jeta brusquement à terre et la poursuite prit fin.

Il se releva et vint vers Tereza. Il lui apportait la chose dans les mains. La chose tremblait de peur.

C'était un lièvre. Il le tendit à Tereza. Alors, l'effroi et la tristesse disparurent et elle fut heureuse de tenir ce petit animal entre ses bras, un petit animal qui était à elle et qu'elle pouvait serrer contre son corps. De bonheur, elle fondit en larmes. Elle pleurait, elle n'arrêtait pas de pleurer, elle ne voyait pas à travers ses larmes et elle emportait le lièvre chez elle en se disant qu'elle arrivait enfin tout près du but, qu'elle était là où elle voulait être, là où il n'y avait plus aucune raison de s'évader.

Elle prit par les rues de Prague et trouva facilement sa maison. Elle y avait vécu avec ses parents quand elle était petite Sa mère et son père n'y habitaient plus ni l'un ni l'autre. Elle fut accueillie par deux vieillards qu'elle n'avait jamais vus, mais elle savait que c'étaient son arrière-grand-père et son arrière-grand-mère. Ils avaient tous les deux le visage ridé comme l'écorce d'un arbre et Tereza se réjouissait d'habiter avec eux. Mais pour l'instant, elle voulait être seule avec son petit animal. Elle trouva sans difficulté la chambre où elle avait habité à partir de l'âge de cinq ans, quand ses parents avaient décidé qu'elle méritait d'avoir une pièce pour elle toute seule.

La chambre était meublée d'un divan, d'une petite table et d'une chaise. Sur la table, il y avait une lampe allumée qui l'attendait depuis tout ce temps. Et sur cette lampe reposait un papillon aux ailes ouvertes ornées de deux grands yeux peints. Tereza savait qu'elle touchait au but. Elle s'allongea sur le divan et pressa le lièvre contre son visage.

7

Il était assis à la table où il s'installait toujours pour lire des livres. Il avait devant lui une enveloppe ouverte et une lettre. Il dit à Tereza : « Je reçois de temps en temps des lettres dont je ne voulais pas te parler. C'est mon fils qui m'écrit. J'ai tout fait pour éviter un contact entre ma vie et la sienne. Et regarde comme le destin s'est vengé de moi. Il a été exclu de l'université voici quelques années. Il est conducteur de tracteur dans un village. C'est vrai, il n'y a pas de contact entre ma vie et la sienne, mais elles sont tracées côte à côte dans la même direction comme deux lignes parallèles.

— Et pourquoi ne voulais-tu pas me parler de ces lettres ? dit Tereza, profondément soulagée.

— Je ne sais pas. Ça m'était désagréable.

— Il t'écrit souvent ?

— De temps en temps.

— Et pour te parler de quoi ?

— De lui.

— Et est-ce que c'est intéressant ?

— Oui. Sa mère, comme tu le sais, était une communiste enragée. Il a depuis longtemps rompu avec elle. Il s'est lié à des gens qui se trouvaient dans la même situation que nous. Ils ont essayé d'avoir une activité politique. Quelques-uns sont aujourd'hui en prison. Mais avec ceux-là aussi, il s'est brouillé. Il a

pris ses distances. Il les qualifie d' " éternels révolutionnaires ".

— Il s'est réconcilié avec ce régime ?

— Non, pas du tout. Il est croyant et il pense que
c'est la clé de tout. D'après lui, chacun de nous doit
vivre la vie de tous les jours d'après les normes
données par la religion sans tenir compte du régime. Il
faut l'ignorer. D'après lui, si l'on croit en Dieu, on est
capable d'instaurer par sa conduite, dans n'importe
quelle situation, ce qu'il appelle " le Royaume de
Dieu sur la terre ". Il m'explique que l'Eglise est dans
notre pays la seule association volontaire qui échappe
au contrôle de l'Etat. Je me demande s'il pratique
pour mieux résister au régime ou s'il croit vraiment.

— Eh bien ! Pose-lui la question ! »

Tomas poursuivit : « J'ai toujours admiré les
croyants. Je pensais qu'ils possédaient le don particulier de perception extrasensorielle qui m'est refusée.
Un peu comme les voyants. Mais je m'aperçois
maintenant, d'après l'exemple de mon fils, qu'il est en
fait très facile d'être croyant. Quand il s'est trouvé en
difficulté, des catholiques se sont occupés de lui et il a
tout d'un coup découvert la foi. Peut-être s'est-il
décidé par gratitude. Les décisions humaines sont
affreusement faciles.

— Tu n'as jamais répondu à ses lettres ?

— Il ne m'a pas donné son adresse. »

Puis il ajouta : « Il y a évidemment le nom du
village sur le cachet de la poste. Il suffirait d'envoyer
une lettre à la coopérative locale. »

Tereza avait honte de ses soupçons devant Tomas

447

et voulait réparer sa faute par un brusque élan de générosité envers son fils : « Alors, pourquoi ne lui écris-tu pas ? Pourquoi ne l'invites-tu pas ?

— Il me ressemble, dit Tomas. Quand il parle, il fait exactement le même rictus que moi avec sa lèvre supérieure. Voir ma propre bouche parler du Royaume de Dieu, ça me semble un peu trop bizarre. »

Tereza éclata de rire.

Tomas rit avec elle.

Tereza dit : « Tomas, ne sois pas enfantin ! C'est une si vieille histoire. Toi et ta première femme. En quoi est-ce que cette histoire le concerne ? Qu'a-t-il de commun avec elle ? Si tu as eu mauvais goût dans ta jeunesse, est-ce une raison pour faire du mal à quelqu'un ?

— Pour être sincère, cette rencontre me donne le trac. C'est surtout pour ça que je n'ai pas envie de le voir. Je ne sais pas pourquoi j'ai été si têtu. Un jour, on prend une décision, on ne sait même pas comment, et cette décision a sa propre force d'inertie. Avec chaque année qui passe, il est un peu plus difficile de la changer.

— Invite-le ! » dit-elle.

L'après-midi, en rentrant de l'étable, elle entendit des voix depuis la route. En s'approchant, elle vit le camion de Tomas. Tomas était penché et démontait une roue. Autour, il y avait un petit groupe qui regardait, attendant que Tomas en eût terminé avec la réparation.

Elle était immobile et ne pouvait détourner son

regard : Tomas faisait vieux. Il avait les cheveux gris, et la maladresse avec laquelle il s'y prenait n'était pas la gaucherie d'un médecin devenu chauffeur de camion, mais la maladresse d'un homme qui n'est plus jeune.

Elle se souvenait d'une récente conversation avec le président. Il lui avait dit que le camion de Tomas était dans un état lamentable. Il avait dit cela comme une plaisanterie, ce n'était pas une plainte, mais il était quand même soucieux. « Tomas connaît mieux ce qu'il y a dans le corps d'un homme que ce qu'il y a dans un moteur », dit-il en riant. Puis il lui confia qu'il avait déjà fait plusieurs démarches auprès de l'administration pour que Tomas pût exercer la médecine dans le canton. Il avait appris que la police ne l'y autoriserait jamais.

Elle se dissimula derrière un tronc d'arbre pour ne pas être vue des hommes autour du camion, mais elle ne le quittait pas des yeux. Elle avait le cœur lourd de remords : c'était à cause d'elle qu'il avait quitté Zurich pour rentrer à Prague. C'était à cause d'elle qu'il avait quitté Prague. Et même ici, elle avait continué à le harceler, même devant Karénine agonisant elle l'avait tourmenté avec ses soupçons inavoués.

En son for intérieur, elle lui reprochait toujours de ne pas l'aimer assez. Elle considérait que son amour à elle était au-dessus de tout reproche, mais que son amour à lui était une simple condescendance.

Elle voyait maintenant comme elle avait été injuste : Si elle avait vraiment aimé Tomas d'un grand amour, elle serait restée avec lui à l'étranger ! Là-bas,

449

Tomas était heureux, une vie nouvelle s'ouvrait devant lui ! Et elle l'avait quitté, elle était partie ! Bien sûr, elle s'était persuadée qu'elle agissait par générosité, pour ne pas être un poids pour lui ! Mais cette générosité était-elle autre chose qu'un subterfuge ? En réalité, elle savait qu'il rentrerait, qu'il viendrait la rejoindre ! Elle l'avait appelé, elle l'avait entraîné de plus en plus bas, comme les fées attirent les paysans dans les tourbières et les laissent s'y noyer. Elle avait profité d'un instant où il avait des crampes d'estomac pour lui soutirer la promesse qu'ils iraient s'installer à la campagne ! Comme elle avait été rusée ! Elle l'avait appelé à la suivre, chaque fois pour le mettre à l'épreuve, pour s'assurer qu'il l'aimait, elle l'avait appelé jusqu'à ce qu'il se retrouve ici : gris et fatigué, avec des doigts raidis qui ne pourraient plus jamais tenir le scalpel du chirurgien.

Ils sont arrivés au bout. D'ici, où pourraient-ils encore aller ? Jamais on ne les laisserait partir à l'étranger. Ils ne pourraient jamais retourner à Prague, personne ne leur y donnerait du travail. Quant à aller dans un autre village, à quoi bon !

Mon Dieu, fallait-il vraiment venir jusqu'ici pour qu'elle ait la certitude qu'il l'aime !

Il réussit enfin à remonter la roue du camion. Les gars sautèrent sur les ridelles et le moteur vrombit.

Elle rentra et se fit couler un bain. Elle était étendue dans l'eau brûlante et songeait qu'elle avait, toute la vie durant, abusé de sa propre faiblesse contre Tomas. On a tous tendance à voir dans la force un coupable et dans la faiblesse une innocente victime.

Mais maintenant, Tereza s'en rend compte : dans leur cas, c'était le contraire ! Même ses rêves, comme s'ils avaient connu la seule faiblesse de cet homme fort, lui offraient en spectacle la souffrance de Tereza pour le contraindre à reculer ! La faiblesse de Tereza était une faiblesse agressive qui le forçait chaque fois à capituler, jusqu'au moment où il avait cessé d'être fort et où il s'était métamorphosé en lièvre entre ses bras. Elle pensait sans cesse à ce rêve.

Elle sortit de la baignoire et alla chercher une robe habillée. Elle voulait mettre sa plus jolie toilette pour lui plaire, pour lui faire plaisir.

Elle avait à peine attaché le dernier bouton quand Tomas fit bruyamment irruption dans la maison, suivi du président de la coopérative et d'un jeune paysan visiblement pâle.

« Vite ! cria Tomas. De l'eau-de-vie, quelque chose de très fort ! »

Tereza courut chercher une bouteille de prune. Elle versa de l'alcool dans un verre et le jeune homme le vida d'un trait.

Entre-temps, on lui expliquait ce qui s'était passé : le jeune homme s'était démis l'épaule en travaillant et hurlait de douleur. Personne ne savait que faire et on avait appelé Tomas qui, d'un seul geste, lui avait remis le bras en place dans l'articulation.

Le jeune homme avala un deuxième verre et dit à Tomas :

« Ta femme est fichtrement belle aujourd'hui !

— Imbécile, dit le président, madame Tereza est toujours belle.

— Je le sais, qu'elle est toujours belle, dit le jeune homme, mais en plus, aujourd'hui, elle a mis une jolie robe. On ne vous a jamais vue avec cette robe-là. Vous allez en visite ?

— Non. Je me suis habillée pour Tomas.

— T'en as de la chance, docteur, fit le président. C'est pas ma bourgeoise qui se mettrait sur son trente et un pour me faire plaisir.

— C'est bien pour ça que tu sors avec ton cochon et pas avec ta femme, dit le jeune homme, et il rit longuement.

— Que devient Méphisto ? dit Tomas, je ne l'ai pas vu depuis au moins... (il parut réfléchir) une heure !

— Il s'ennuie de moi, dit le président.

— Quand je vous vois avec cette belle robe, ça me donne envie de danser avec vous, dit le jeune homme à Tereza. Tu la laisserais danser avec moi, docteur ?

— On va tous aller danser, dit Tereza.

— Tu viendrais ? dit le jeune homme à Tomas.

— Mais où ? » demanda Tomas.

Le jeune homme indiqua un bourg des environs où il y avait un hôtel avec bar et piste de danse.

« Tu viens avec nous », dit le jeune homme au président, d'un ton sans réplique, et comme il en était à son troisième verre de prune, il ajouta : « Si Méphisto a le cafard, emmenons-le ! Comme ça, on aura deux cochons avec nous ! Toutes les nanas vont tomber à la renverse en voyant arriver deux cochons ! » Et il repartit d'un long rire.

« Si Méphisto ne vous gêne pas, je viens avec

vous », dit le président, et tout le monde monta dans le camion de Tomas.

Tomas se mit au volant, Tereza s'assit à côté de lui et les deux hommes prirent place derrière avec la bouteille d'eau-de-vie à moitié vide. Ils étaient déjà sortis du village quand le président se rappela qu'on avait oublié Méphisto à la maison. Il cria à Tomas de faire demi-tour.

« Ce n'est pas la peine, un cochon suffit », dit le jeune homme, et le président se calma.

Le jour déclinait. La route montait en lacets.

Ils arrivèrent à la ville et s'arrêtèrent devant l'hôtel. Tereza et Tomas n'y étaient jamais allés. Un escalier menait au sous-sol où il y avait le bar, la piste de danse et quelques tables. Un monsieur dans la soixantaine jouait sur un piano droit, et une dame du même âge tenait le violon. Ils jouaient des airs d'il y a quarante ans. Quatre ou cinq couples dansaient sur la piste.

Le jeune homme jeta un regard circulaire dans la salle. « Y'en a pas une seule pour moi ici ! » dit-il, et il invita tout de suite Tereza à danser.

Le président s'assit à une table libre avec Tomas et commanda une bouteille de vin.

« Je ne peux pas boire. Je conduis ! protesta Tomas.

— Et après ? dit le président. On va passer la nuit ici. Je vais réserver deux chambres. »

Quand Tereza revint de la piste avec le jeune homme, le président l'invita à danser ; puis elle dansa enfin avec Tomas.

En dansant, elle lui dit : « Tomas, dans ta vie, c'est moi la cause de tout le mal. C'est à cause de moi que tu es venu jusqu'ici. C'est moi qui t'ai fait descendre si bas qu'on ne peut pas aller plus bas.

— Tu divagues, répliqua Tomas. D'abord, qu'est-ce que ça veut dire, *si bas* ?

— Si on était restés à Zurich, tu opérerais tes malades.

— Et toi, tu ferais de la photo.

— On ne peut pas comparer, dit Tereza. Pour toi, ton travail comptait plus que tout au monde, tandis que moi, je peux faire n'importe quoi, je m'en fous pas mal. Je n'ai rien perdu, moi. C'est toi qui as tout perdu.

— Tereza, dit Tomas, tu n'as pas remarqué que je suis heureux ici ?

— C'était ta mission, d'opérer !

— Mission, Tereza, c'est de la foutaise. Je n'ai pas de mission. Personne n'a de mission. Et c'est un énorme soulagement de s'apercevoir qu'on est libre, qu'on n'a pas de mission. »

Au ton de sa voix, il était impossible de douter de sa sincérité. Elle revit la scène de l'après-midi : il réparait le camion et elle trouvait qu'il faisait vieux. Elle était arrivée où elle voulait arriver : elle avait toujours souhaité qu'il fût vieux. Elle pensa encore une fois au lièvre qu'elle pressait contre son visage dans sa chambre d'enfant.

Qu'est-ce que ça signifie, se changer en lièvre ? Ça signifie oublier sa force. Ça signifie que désormais on n'a pas plus de force l'un que l'autre.

Ils allaient et venaient, esquissant les figures de la danse au son du piano et du violon ; Tereza avait la tête posée sur son épaule. Comme dans l'avion qui les emportait tous deux à travers la brume. Elle ressentait maintenant le même étrange bonheur, la même étrange tristesse qu'alors. Cette tristesse signifiait : nous sommes à la dernière halte. Ce bonheur signifiait : nous sommes ensemble. La tristesse était la forme, et le bonheur le contenu. Le bonheur emplissait l'espace de la tristesse.

Ils retournèrent à leur table. Elle dansa encore deux fois avec le président et une fois avec le jeune homme déjà tellement soûl qu'il s'écroula avec elle sur la piste.

Puis ils montèrent tous les quatre et gagnèrent leurs chambres.

Tomas tourna la clé et alluma le lustre. Elle vit deux lits poussés l'un contre l'autre et près d'un lit une table de nuit avec une lampe de chevet. Un gros papillon de nuit effrayé par la lumière s'échappa de l'abat-jour et se mit à tournoyer à travers la chambre. D'en bas leur parvenait l'écho affaibli du piano et du violon.

L'Idylle et l'idylle
Relecture de Milan Kundera

I

Les dernières pages de L'insoutenable légèreté de
l'être, *intitulées « Le sourire de Karénine », m'ont laissé,
me laissent encore à la fois ébloui et perplexe. L'éblouissement vient de leur beauté, de cette espèce de plénitude
sémantique et formelle qui les caractérise. Mais de cette
même beauté et de cette même plénitude vient aussi la
perplexité, l'interrogation sans fin où elles me plongent.
C'est pour tenter de comprendre et cet éblouissement et cette
interrogation — de les comprendre* ensemble *et l'un par
l'autre — que j'écris cet essai. Il prendra la forme d'une
méditation autour de deux thèmes : l'idylle, la beauté.*

*Mais d'abord, pourquoi ai-je éprouvé ce choc ? Il tient
sans doute au contraste particulièrement vif que formaient
ces pages avec ce que je voyais alors comme la tendance
centrale de l'œuvre de Kundera, telle que ma lecture de ses
romans antérieurs m'avait amené à la définir, c'est-à-dire
l'ironie, la méfiance envers toute forme de lyrisme, la
critique radicale de l'innocence, en un mot, une forme de
satanisme philosophique axé avant tout sur la destruction,
la dérision, le regard « d'en bas » jeté sur toutes valeurs, et
notamment sur la politique et la poésie*[1]. *Je ne connais*

1. On m'excusera de renvoyer à mon précédent essai sur
Kundera, « Le point de vue de Satan », publié d'abord dans *Liberté*
(Montréal, 1979) et repris comme postface de *La vie est ailleurs*
(Gallimard, 1982, 1985).

pas, à cet égard, d'œuvre littéraire qui aille plus loin, qui pousse plus avant l'art de la désillusion et qui dévoile à ce point la tromperie essentielle dont se nourrissent nos vies et nos pensées. Pas d'œuvre, en un mot, qui soit aussi étrangère à l'esprit de l'idylle. C'est une de ses constantes, au contraire, que de mettre à nu, à travers l'existence et les réflexions des personnages — Ludvik et Jaroslav dans La plaisanterie, le narrateur de « Personne ne va rire », l'héroïne du « Jeu de l'auto-stop », le docteur Havel et Edouard dans Risibles amours, Jakub dans La valse aux adieux, Tamina et Jan dans Le livre du rire et de l'oubli, le valet de Jacques et son maître —, que de mettre à nu, dis-je, l'insignifiance et la parfaite bouffonnerie du monde.

Or comment, dans un tel univers, l'idylle pouvait-elle advenir ? Comment la dernière partie de L'insoutenable légèreté de l'être était-elle possible, toute de douceur et éclairée par le sourire d'un chien mourant ? L'incongruité était d'autant plus grande que cette idylle survient, dans le roman même, juste après la partie intitulée « La Grande Marche », qui traite de la merde et du kitsch, et où l'ironie du romancier est plus radicale, peut-être, que nulle part ailleurs dans son œuvre.

Ces pages, en somme, avaient quelque chose de scandaleux. Pourtant, elles possédaient une vérité, une évidence tout aussi incontournables que celles qui se dégagent des parties les plus sataniques de l'œuvre de Kundera. Aussi me révélaient-elles un autre Kundera, ou du moins elles m'obligeaient à corriger ma vision de son œuvre (et donc de la répercussion de cette œuvre en moi, dans ce cœur de ma conscience qu'elle en est venue à

exprimer de la manière la plus exacte). Et cette correction,
comme toujours, ne pouvait se faire qu'en relançant
l'interrogation, qu'en dé-simplifiant l'idée peut-être trop
univoque que je m'étais faite de cette œuvre et de ce qu'elle
avait à me dire, c'est-à-dire en examinant ce paradoxe :
l'écrivain de la dévastation est aussi écrivain de l'idylle.

II

La relecture de l'œuvre de Kundera fait découvrir, en
effet, que si « Le sourire de Karénine » est certainement la
figure de l'idylle la plus élaborée ou la plus soutenue que
l'on y rencontre, elle est loin cependant d'être la seule.
Maintes autres figures analogues apparaissent dans les
récits et les romans antérieurs, à tel point qu'il ne paraît
pas exagéré de dire qu'il y a là un des thèmes majeurs de
l'œuvre. Mieux : un des moteurs les plus puissants de
l'existence des personnages, c'est-à-dire de la dynamique
même de l'imagination romanesque.

Mais comme tous les thèmes kundériens, celui-ci est
par essence ambigu, polysémique, irréductible à quelque
contenu stable et définitif que ce soit. A l'instar de celle des
étranges tableaux de Sabina dans L'insoutenable légèreté de l'être, sa signification, marquée par la nature
essentiellement interrogative du discours romanesque, ne
saurait se formuler autrement que par l'évocation d'une
sorte de contrepoint sémantique, qui ne cesse de la
dédoubler, de l'ouvrir sur son envers et ainsi de la rendre
incertaine, donc d'autant plus riche et fascinante.

Rien, peut-être, n'exprime mieux cette ambiguïté du

thème de l'idylle que la fin du Livre du rire et de l'oubli. *Au bord de la mer, dans une île abandonnée — décor idyllique par excellence —, Jan et Edwige se promènent sur une plage où tout le monde est nu. Elle y voit une image du paradis et de l'humanité enfin libérée, tandis que lui songe aux juifs allant à la chambre à gaz. Ils parlent alors de* Daphnis et Chloé :

> Jan répéta encore une fois avec un soupir :
> « Daphnis, Daphnis...
>
> — Tu appelles Daphnis ? [demanda Edwige]
>
> — Oui, dit-il, j'appelle Daphnis.
>
> — C'est bien, dit Edwige, il faut retourner à lui. Aller là où l'homme n'a pas encore été mutilé par le christianisme. C'est ce que tu voulais dire ?
>
> — Oui », dit Jan qui voulait dire quelque chose de tout à fait différent[2].

Approfondissons un peu cette incompréhension entre Jan et Edwige. Tous deux désirent *l'idylle, c'est-à-dire, comme l'écrit ailleurs Kundera, un « état du monde d'avant le premier conflit ; ou en dehors des conflits ; ou avec des conflits qui ne sont que malentendus, donc faux conflits[3] ». Ce désir d'un bonheur fondé sur l'harmonie, nous pouvons l'appeler leur « conscience idyllique ».*

2. *Le livre du rire et de l'oubli*, VII-14 (traduction de François Kérel, nouvelle édition revue par l'auteur, Gallimard, 1985, p. 321).

3. *L'art du roman*, Gallimard, 1987, p. 161.

Pourtant, même si tous deux éprouvent un tel désir, celui-ci n'a pas pour chacun la même signification, et les images dans lesquelles Edwige et Jan projettent leur désir commun ne sont pas les mêmes. On dira donc que chacun d'eux possède, nourrit en soi-même une « conscience idyllique » qui lui est propre, dans laquelle s'exprime une espèce de « mythe » individuel gouvernant à la fois sa vie et son imagination.

C'est en ce sens que je parlais plus haut de l'idylle comme d'un « moteur », dans la mesure où il serait possible, me semble-t-il, de définir la dynamique ou la « loi » existentielle de chaque personnage kundérien précisément par l'idylle qu'il porte en lui, ou qui le porte, c'est-à-dire par sa « conscience idyllique » particulière. Relisons par exemple La plaisanterie. *Jamais la connaissance que nous y avons des personnages ne nous paraît aussi prégnante et aussi entière que lorsque le récit les saisit « en situation idyllique », pourrait-on dire, c'est-à-dire par le biais de l'idylle qui les habite. Helena : la joie d'une foule chantant la révolution. Jaroslav : dans un champ, près d'un églantier, des cavaliers qui passent, escortant un roi voilé. Kostka : un pays de collines, où règne le pardon. Pour chacun, le bonheur réside dans la concrétisation de son idylle, le malheur, dans sa destruction.*

Mais revenons à Jan et Edwige nus sur la plage. Ainsi, chacun d'eux nourrit en soi une certaine image de l'idylle, chacun imagine à sa façon l'univers de Daphnis, où les conflits n'ont pas de place. Mais leur incompréhension est plus profonde qu'il n'y paraît. Car il y a, entre leurs « consciences idylliques » respectives, beaucoup plus qu'une simple différence. C'est bien plutôt d'une contra-

diction qu'il s'agit. Edwige, au milieu des nudistes, se croit toute proche de Daphnis ; Jan, quant à lui, sait qu'il en est séparé irrémédiablement, et qu'il ne saurait s'approcher de Daphnis, si cela se pouvait, qu'en fuyant cette plage, ou que si cette plage était déserte. L'idylle selon Jan n'est pas seulement différente de l'idylle selon Edwige, elle en est le contraire, elle en est, plus exactement, la négation.

Ainsi, à partir du même mouvement — le désir d'harmonie et de paix —, se déploient, pour y répondre, deux images — deux significations — de l'idylle, qui se retrouvent toutes deux abondamment illustrées dans l'œuvre de Kundera. Je propose, pour mieux saisir à la fois leur antagonisme et leur entremêlement, de nommer ces images — en sollicitant quelque peu l'acception que le critique Northrop Frye donne à ces mots, qu'il emprunte lui-même à William Blake [4] —, l'une, l'idylle de l'innocence (ou « edwigienne »), l'autre, l'idylle de l'expérience (ou « jannienne »).

Il serait trop long de dresser ici un inventaire complet des deux paradigmes que forment, à travers l'œuvre de Kundera, les diverses figures représentant ces deux types d'idylles. Contentons-nous de rappeler les plus évidentes.

III

Au paradigme de l'innocence appartiennent deux grandes figures récurrentes, qui sembleraient contradic-

4. *Anatomie de la critique*, traduction de Guy Durand, Gallimard, 1969, p. 185-188.

toires à première vue, si l'une des découvertes du roman kundérien n'était pas de montrer à quel point elles sont profondément analogues, enracinées dans le même désir et débouchant sur le même univers. La première est justement la plage de nudistes où Edwige voit une réactualisation de l'île de Daphnis ; on trouve des variantes de cette figure non seulement dans les scènes de fêtes et d'orgies collectives (à la villa de la cinéaste dans La vie est ailleurs, chez Karel et Markéta puis chez Barbara dans Le livre du rire et de l'oubli), mais aussi dans l'évocation de cette « musique sans mémoire », de « cet état premier de la musique » que font entendre les guitares électriques : là aussi, en effet, tous les conflits s'abolissent.

Sur ces simples combinaisons de notes tout le monde peut fraterniser, car c'est l'être même qui crie en elles son jubilant *je suis là*. Il n'est pas de communion plus bruyante et plus unanime que la simple communion avec l'être. [...] Les corps s'agitent au rythme des notes, ivres de la conscience d'exister [5].

La seconde figure de l'idylle innocente n'est nulle autre que l'idéal révolutionnaire, qui promet également la fin des conflits par la transformation du monde en un cercle unanime, sans dissidence et sans division. Cette interprétation du communisme comme volonté idyllique revient fréquemment dans l'œuvre de Kundera ; elle s'exprime avec une évidence particulière dans les diverses évocations

5. *Le livre du rire et de l'oubli*, VI-18 (p. 257-258).

de la Prague de 1948, alors que la révolution se présente comme une invitation adressée à tous d'accéder enfin « à ce jardin où chantent les rossignols, à ce royaume de l'harmonie, où le monde ne se dresse pas en étranger contre l'homme et l'homme contre les autres hommes, mais où le monde et tous les hommes sont au contraire pétris dans une seule et même matière [6] ».

Entre la plage d'Edwige ou la musique rock, d'une part, et la ronde communiste, d'autre part, l'opposition n'est qu'apparente. Tereza, un jour, après avoir regardé des photos représentant un camp de nudistes et l'entrée des chars russes en Tchécoslovaquie, ne peut s'empêcher de dire : « C'est exactement la même chose [7] ». Ces deux figures de l'idylle dite de l'innocence présentent en effet les mêmes caractéristiques fondamentales. Retenons-en deux, qui sont d'ailleurs étroitement liées : l'abolition de l'individu, le rejet des limites.

La plage d'Edwige, ou l'orgie, ou la fête rock ont d'abord ceci de commun avec le paradis communiste que la solitude y est non seulement impossible, mais interdite. C'est l'univers de la fusion, de la dissolution de l'individu dans le tout rassemblé ; et « celui qui ne veut pas en être [...] reste un point noir inutile et privé de sens ». Cette idylle, en un mot, est « par essence un monde pour tous [8] ».

C'est aussi un monde qui ne connaît pas la limite, où toute limite est niée et franchie. Edwige se réjouit de

6. *Le livre du rire et de l'oubli*, I-5 (p. 17).
7. *L'insoutenable légèreté de l'être*, II-24 (traduction de François Kérel, nouvelle édition revue par l'auteur, Gallimard, 1987, p. 92, et *supra* p. 107).
8. *Le livre du rire et de l'oubli*, I-5 (p. 17).

parvenir « *de l'autre côté de cette geôle de notre civilisation*[9] », *Gustav Husak déclare aux enfants rassemblés :* « *Mes enfants ! Vous êtes l'avenir ! [...] Mes enfants*, ne regardez jamais en arrière[10] ! » *C'est que l'idylle, ici, se situe au-delà de toute frontière, qu'il s'agisse des frontières de l'individualité, de la culture, de la morale ou de l'existence même. A la contingence, à la faiblesse, au doute ou à l'amertume, c'est-à-dire à tout ferment de conflit, elle oppose la plénitude. Plénitude de la joie, plénitude de la liberté, plénitude de l'être. Semblable à* « *l'attitude lyrique* » *qui affirme :* « *La [vraie] vie est ailleurs* », *elle prétend racheter le quotidien vil et imparfait, tout criblé d'incertitude et de néant, par l'instauration d'une vie rehaussée, où triomphent la profusion du sens et la réalisation du désir.*

Ce premier type d'idylle — ses caractères nous autorisent à la singulariser sous le nom d'Idylle, avec une majuscule — n'est pas sans rappeler l'univers de la continuité, *que Georges Bataille a décrit dans son étude sur l'érotisme et qu'il a lié précisément au dépassement, à la* transgression *de l'interdit. Or tel est bien le bonheur d'Edwige, ou celui de Markéta au cours de l'orgie, tout comme celui des militants dansant dans les rues de Prague : le sentiment d'avoir transgressé, d'avoir passé une frontière, et d'accéder ainsi à un nouvel état de l'être, infiniment plus vrai, plus simple et plus beau que celui qu'ils ont quitté.*

---

9. *Le livre du rire et de l'oubli*, VII-14 (p. 322).
10. *Le livre du rire et de l'oubli*, VI-13 (p. 248) ; c'est moi qui souligne.

IV

Toute l'œuvre de Kundera, pourrions-nous dire, est fascinée par l'Idylle ainsi entendue, qui constitue bel et bien, dans cette œuvre, un mythe central, et donc un moyen de comprendre à la fois l'existence de l'homme et le monde où nous vivons, ou du moins leurs horizons. Mais c'est un mythe qui, au lieu d'attirer, repousse, et dont la fascination s'exerce à l'envers, non comme aspiration mais comme menace. C'est par là, peut-être, par cette critique impitoyable de l'Idylle et la destruction, pièce à pièce, des merveilles qu'elle promet, que se manifeste le mieux le « satanisme » kundérien. Une telle critique est radicale. Elle ne vise pas seulement telle ou telle image de l'Idylle, telle ou telle idéologie ou politique en laquelle celle-ci prétendrait s'incarner. C'est, dans ses dimensions aussi bien sociales qu'individuelles, l'aspiration, la foi idyllique elle-même qui est en cause, c'est-à-dire la préférence accordée à l' « au-delà » plutôt qu'à l' « ici-bas », à l'unité plutôt qu'à la discordance.

Cette critique emprunte plusieurs formes. Elle est tantôt explicite, tantôt voilée ; tantôt elle s'exprime par le cynisme, tantôt par la moquerie ; mais toujours elle met à nu, dans l'Idylle, et le mensonge et l'horreur. Qu'on songe, par exemple, dans la sixième partie du Livre du rire et de l'oubli, à l'île toute peuplée de Daphnis et de Chloé où le rocker Raphaël entraîne Tamina. Qu'on songe aussi, dans L'insoutenable légèreté de l'être, à l'universelle victoire du kitsch sur la merde, le kitsch qui n'est rien d'autre, en définitive, que l'expression, que la beauté même de l'Idylle.

Mais il est encore une autre voie, la plus significative peut-être, par où s'exerce la critique kundérienne de l'Idylle, et c'est elle que nous voudrions suivre ici. Il s'agit de la constitution, à travers l'œuvre, d'un autre réseau d'images, d'un autre paradigme fondé cette fois sur ce que nous pourrions dénommer paradoxalement l' « idylle anti-idyllique », et que nous avons appelé plus haut l'idylle de l'expérience.

Le personnage de Jan, déjà, nous est apparu comme un des porteurs de cette « conscience idyllique ». Mais il n'est pas le seul. D'autres personnages font surgir des figures encore plus riches appartenant à ce même paradigme. Rappelons-en quelques-unes.

Les deux premières se trouvent dans La plaisanterie. Il y a d'abord, bien sûr, la scène finale du petit orchestre folklorique auquel se joint Ludvik, scène qui présente plusieurs des motifs traditionnellement associés au mode idyllique : la musique, le jardin, l'amitié, la paix. Mais plus tôt dans le roman, un autre épisode illustre ce thème : c'est la rencontre avec Lucie, alors que Ludvik, interné au camp militaire, se voit « rejeté hors du chemin de [sa] vie[11] ». Nulle part peut-être le caractère « anti-idyllique » de ce type d'idylle n'apparaît avec autant de force que dans ces pages où le bonheur, paradoxalement, naît de l'exclusion.

11. La plaisanterie, III-6 (traduction de Marcel Aymonin entièrement révisée par Claude Courtot et l'auteur, version définitive, Gallimard, 1985, p. 65).

J'étais convaincu que, loin [du] volant de l'Histoire, la vie n'était pas vie mais demi-mort, ennui, exil, Sibérie. Et voici qu'à présent (au bout de six mois de Sibérie) je distinguais soudain une possibilité d'exister, toute nouvelle et imprévue : devant moi s'étendait, dissimulée sous l'aile de l'Histoire en plein vol, la prairie oubliée du quotidien où une modeste et pauvre femme, digne pourtant d'amour, m'attendait : Lucie.

Que pouvait-elle connaître, Lucie, de cette grande aile de l'Histoire ? A peine si le bruit assourdi en avait jamais frôlé son oreille ; elle ignorait tout de l'Histoire ; elle vivait *au-dessous* d'elle ; elle n'en avait pas soif ; elle ne savait rien des soucis *grands* et *temporels,* elle vivait pour ses soucis *petits* et *éternels.* Et moi, d'emblée, j'étais libéré [12].

Il y a ensuite, dans la sixième partie de La vie est ailleurs, *cette « pause tranquille » où apparaît le personnage du quadragénaire, qui vit « l'idylle de son non-destin » tout en entretenant pour la petite amie de Jaromil « la lampe de la bonté* [13] *». Il y a aussi, dans* Le livre du rire et de l'oubli, *le petit hôtel d'un village des Alpes où se réfugient Tamina et son mari après avoir quitté leur pays.*

12. *La plaisanterie,* III-8 (p. 91).
13. *La vie est ailleurs,* VI-12, VI-17 (traduction de François Kérel, nouvelle édition revue par l'auteur, Gallimard, 1988, p. 358, 363).

Quand [...] ils avaient compris qu'ils étaient seuls, coupés du monde où s'était déroulée toute leur vie d'avant, elle avait éprouvé un sentiment de libération et de soulagement. Ils étaient à la montagne, magnifiquement seuls. Autour d'eux régnait un silence incroyable. Tamina recevait ce silence comme un don inespéré [...]; le silence pour son mari et pour elle; le silence pour l'amour [14].

Cette scène annonce directement la dernière des figures que nous voulions signaler, celle où apparaissent le plus fortement les traits du paradigme et qui, nous l'avons dit, hante tout cet essai. Il s'agit, bien sûr, des dernières pages de L'insoutenable légèreté de l'être.

Ces figures offrent toutes l'image d'un monde apaisé, où les conflits ont disparu et où règne ce qu'il faut bien appeler le bonheur. En quoi se distinguent-elles des figures du premier groupe? En quoi ces idylles s'opposent-elles à l'Idylle?

V

Leur caractéristique la plus frappante est la solitude, ou du moins le climat d'étroite intimité *où elles baignent. C'est seul dans son île avec Chloé que Jan imagine Daphnis. De même, le petit orchestre, quand Ludvik le rejoint, n'a plus qu'un public indifférent et forme bientôt,*

14. *Le livre du rire et de l'oubli*, IV-12 (p. 141-142).

au milieu de la fête, « un îlot délaissé », comme « une cabine de verre suspendue dans les profondeurs des eaux froides [15] ». A l'écart vit aussi le quadragénaire, retiré dans son studio, « tout occupé de soi-même, de ses divertissements privés et de ses livres [16] ». Quant à Tomas et Tereza, ayant mis fin à « tout contact avec leurs anciens amis et connaissances », « ils avaient coupé leur vie passée comme on coupe, avec des ciseaux, un ruban » ; dans leur village loin de Prague, « ils étaient ensemble [...], et ils étaient seuls [17] ».

Ces idylles naissent donc de la rupture ; ce sont des idylles privées. Toutefois, le seul fait d'être séparé de la multitude ne suffit pas à les faire naître. Ludvik, après s'être éloigné de Lucie et avoir quitté la mine, reste seul ; pourtant, il vit toujours dans l'enfer, à cause de son besoin de vengeance, qui est une façon de consentir encore à l'Histoire et d'y rester emprisonné. Sa délivrance ne surviendra qu'à la toute fin du roman, quand, comprenant la vanité de la vengeance, il acceptera de « tomber » indéfiniment, d'être indéfiniment à l'écart. Alors seulement pourra surgir l'idylle ; alors Ludvik pourra emboucher la clarinette et retrouver le folklore oublié. En somme, cette expérience ne lui est pas donnée comme une conquête, que toute sa vie il aurait poursuivie. Elle lui est donnée, au contraire, comme une sorte de révélation logée au plus profond de son échec, au point le plus bas de sa chute et de son exclusion.

15. *La plaisanterie*, VII-19 (p. 392-393).
16. *La vie est ailleurs*, VI-10 (p. 355).
17. *L'insoutenable légèreté de l'être*, VII-1 (p. 356, et *supra* p. 410).

La solitude n'est donc véritable que si elle implique non seulement l'éloignement d'avec le groupe, mais surtout une désolidarisation radicale, par laquelle il est mis fin à toute communication, et par laquelle le groupe et son désir de l'Idylle sont définitivement disqualifiés. Le solitaire, le héros de l'idylle privée est toujours, en définitive, un déserteur.

Car cette idylle n'a rien d'une assomption ou de l'accès à une autre vie. Elle en est même exactement le contraire, consistant plutôt à se détourner volontairement *de cette autre vie. Ainsi, le quadragénaire se tient « le dos tourné à l'Histoire et à ses représentations dramatiques, le dos tourné à son propre destin* [18] *». Autrement dit, la condition de l'idylle, ici, n'est pas le dépassement, mais le* recul; *non la transgression des interdits, mais une transgression encore plus radicale : la transgression de la transgression. C'est ainsi que Tomas et Tereza, dans leur village, ne sont pas « de l'autre côté » de la frontière, là où la vie se change en destin, où le sens et la plénitude règnent, où l'Histoire est en marche. Leur paix, au contraire, est une fuite, un repli en deçà de la frontière, dans le monde du « non-destin », de la non-plénitude, de la répétition, et de l'imperfection du sens. Le monde de Lucie.*

Dans la mesure où l'autre Idylle est essentiellement positive, celle-ci est donc essentiellement négative. Elle se définirait même, très précisément, comme la non-Idylle, c'est-à-dire comme le monde sur lequel, à mesure que l'Idylle s'érige, descendent l'oubli et la dévastation.

Et ce monde, dans la retraite de Tomas et Tereza, prend l'aspect d'une maison isolée, où agonise un chien.

---

18. *La vie est ailleurs*, VI-10 (p. 355).

VI

Si le kitsch est l'expression de l'innocence, à l'idylle de l'expérience appartient la beauté. *En effet, les motifs auxquels celle-ci est associée dans l'œuvre de Kundera recoupent constamment ceux par lesquels nous avons pu décrire jusqu'ici l'idylle « jannienne ». Ils font de la beauté une catégorie elle aussi « négative », c'est-à-dire liée à ce mouvement de* détachement *par lequel l'être se sépare de l'Idylle et, dans l'espèce d'abandon où cette solitude le plonge, découvre ce qui était caché.*

Ou plutôt : le redécouvre. Car la beauté n'est pas ce vers quoi l'on va, mais ce à quoi l'on revient, *ce vers quoi l'on « retombe » — une fois consommée la rupture avec l'Idylle qui, promettant le dépassement, nous entraînait au-delà des limites, vers un monde meilleur que celui où l'on était tout d'abord. Là encore, la beauté kundérienne — et c'est ce qui l'oppose le plus fortement à la beauté « moderne » — ne naît pas de la transgression, mais bien plutôt de ce que nous venons d'appeler la transgression de la transgression. Elle est ce que la transgression abandonne derrière elle, ce qui, derrière elle, en dehors de son territoire, est destiné à s'évanouir. Elle est, en un mot,* cela même qui a été transgressé, *c'est-à-dire oublié, méprisé, rejeté par l'Idylle.*

Telle apparaît, à la fin de La plaisanterie, *la musique traditionnelle de Bohême, pour laquelle Ludvik se reprend d'attachement au moment où elle est délaissée par tous et au moment où lui-même a consenti à sa propre chute.*

Ce monde [...], je l'avais retrouvé (inopinément) dans sa pauvreté ; dans sa pauvreté et surtout dans sa *solitude* ; il était abandonné par la pompe et la publicité, abandonné par la propagande politique, par les utopies sociales, par les troupes de fonctionnaires de la culture [...] ; cette solitude le purifiait ; pleine de reproches à mon égard, elle le purifiait comme quelqu'un qui n'en a plus pour longtemps ; elle l'illuminait d'une irrésistible *dernière beauté* ; cette solitude me le rendait.

Et son « amour pour ce monde [...] autrefois déserté[19] *» rend également à Ludvik le souvenir, la présence retrouvée de Lucie ; celle-ci, avec sa pauvreté et son «* ordinarité *», avec ce «* paradis grisâtre[20] *» où elle a jadis introduit Ludvik, aura été pour lui l'* « ouvreuse » *de la beauté.*

C'est aussi à la fin de son séjour dans la ville d'eaux, alors qu'il s'apprête à quitter son pays, c'est-à-dire parce qu'il a rompu et se trouve maintenant « en dehors de sa vie, quelque part sur la face cachée de son destin[21] », *que Jakub, le personnage de* La valse aux adieux, *a la révélation soudaine de la beauté. Mais celle-ci, mais Kamila, pour lui, est alors perdue. De même, à Franz qui demande : « Qu'est-ce que la beauté ? », Sabina ne sait que répondre ; mais elle se souvient de l'époque où,*

---

19. *La plaisanterie*, VII-19 (p. 387-388).
20. *La plaisanterie*, III-7, III-8 (p. 83, 91).
21. *La valse aux adieux*, V-6 (traduction de François Kérel, nouvelle édition revue par l'auteur, Gallimard, 1987, p. 245).

*travaillant comme étudiante dans un Chantier de la
jeunesse, elle était entrée un jour par hasard dans une
église où l'on célébrait la messe, et y avait connu
« l'enchantement ».*

Ce qu'elle avait rencontré à l'improviste
dans cette église, ce n'était pas Dieu mais la
beauté. En même temps, elle savait bien que
cette église et ces litanies n'étaient pas belles en
elles-mêmes, mais que leur beauté venait du
rapprochement avec le Chantier de la jeunesse
où elle passait ses jours dans le vacarme des
chansons. La messe était belle de lui être
apparue soudainement comme un monde trahi.

*Et « depuis, [Sabina] sait que la beauté est un monde
trahi*[22] *». C'est que l'Idylle — figurée ici par « le venin
des joyeuses fanfares qui jaillissaient sans interruption des
haut-parleurs » du Chantier — ne réalise sa visée de
rehaussement que par la dévaluation de ce qui est, au
profit de ce qui devrait être. Elle implique, en d'autres
mots, ce que Kundera appelle « l'oubli de l'être*[23] *»,
l'oubli et l'élimination de ce qui, dans l'être, est complexe,
incohérent ou fragile, au profit d'un Etre simplifié et
cohérent, sans division comme sans faiblesse. Et c'est
pourquoi le kitsch l'exprime si justement, qui, dans son
« accord catégorique avec l'être », doit à tout prix ignorer
la merde, c'est-à-dire tout ce qui dans l'être est contradiction et précarité ; le kitsch ne triomphe qu'en dressant « un*

22. *L'insoutenable légèreté de l'être*, III-7 (p. 141-142, et *supra*
p. 161-162).
23. *L'art du roman*, p. 35.

paravent qui dissimule la mort[24] ». *Et cette réduction, cette substitution de l'Etre à l'être est justement ce en quoi le lyrisme de Jaromil, l'idéal édénique d'Edwige ou la fête rock rejoignent le totalitarisme révolutionnaire. Car le désir d'embellissement du monde ne peut se réaliser sans rejeter, sans dévaster ce qui, dans le monde, y résiste ou y échappe : là, pour reprendre une formule de Kundera, avec le poète règne le bourreau.*

Or c'est *précisément dans cela même que pourchasse le bourreau, dans ce* résidu, *que se trouvent l'idylle et la beauté. Crépusculaire, menacée, « noyée comme l'Atlantide*[25] *» sous le silence et l'oubli, la beauté, dès lors, ne suscite pas tant l'exaltation qu'une sorte de* compassion éblouie. Compassion, *c'est-à-dire charité, bonté à l'égard de ce qui est faible et mortel, comme Lucie dans* La plaisanterie, *comme la mère de Karel et son caniche dans* Le livre du rire et de l'oubli, *comme le boxer Bob dans* La valse aux adieux, *comme la corneille que recueille Tereza dans* L'insoutenable légèreté de l'être, *et surtout comme Karénine à l'agonie.*

Mais cette « *compassion pour un monde dévasté*[26] » *est aussi éblouissement devant l'être, devant la nudité et l'évidence de l'être, au-delà, ou plutôt en deçà des mirages, des significations et des discours qui le cachent. C'est « quelque part là-derrière*[27] », *en effet, aux antipodes de l'Idylle, entouré de Tomas et Tereza dont nous*

24. *L'insoutenable légèreté de l'être*, VI-5, VI-10 (p. 311, 318, et supra p. 356, 367).
25. *Le livre du rire et de l'oubli*, IV-17 (p. 152).
26. *La plaisanterie*, VII-19 (p. 390).
27. Ces mots, tirés d'un poème de Jan Skacel, sont le titre de la cinquième partie de *L'art du roman*.

savons depuis longtemps qu'ils vont bientôt mourir, que brille enfin, dans son dénuement et sa fragilité, déjà enveloppé lui aussi par la mort, le doux, l'apaisé sourire de Karénine.

François Ricard

ŒUVRES DE MILAN KUNDERA

Aux Éditions Gallimard

LA PLAISANTERIE.

RISIBLES AMOURS.

LA VIE EST AILLEURS.

LA VALSE AUX ADIEUX.

LE LIVRE DU RIRE ET DE L'OUBLI.

L'INSOUTENABLE LÉGÈRETÉ DE L'ÊTRE.

Entre 1985 et 1987 les traductions des ouvrages ci-dessus ont été entièrement revues par l'auteur et, dès lors, ont la même valeur d'authenticité que le texte tchèque.

L'IMMORTALITÉ.

La traduction, entièrement revue par l'auteur, a la même valeur d'authenticité que le texte tchèque.

JACQUES ET SON MAÎTRE, HOMMAGE À DENIS DIDEROT, *théâtre*.

L'ART DU ROMAN, *essai*.

Impression Bussière à Saint-Amand (Cher),
le 4 mars 1991.
Dépôt légal : mars 1991.
1er dépôt légal dans la collection : décembre 1989.
Numéro d'imprimeur : 852.
ISBN 2-07-038165-X./Imprimé en France.